Amores sin internet y mundos diversos

Luis Calahorrano Revelo | Yadira Santiago Ríos

2025

Library of Congress Cataloging-in-Publication Data

Names: Calahorrano, Luis author | Santiago, Yadira, author.
Title: Amores sin internet y mundos diversos | Luis Calahorrano and Yadira Santiago Rios.
Description: First Edition.
Self-publishing.
Identifiers:
LCCN 2025923536
ISBN: 979-8-218-85490-4 (Paperback edition)
ISBN: 979-8-218-81474-8 (e-edition)

Hecho en Estados Unidos
Publicado por Luis Calahorrano y Yadira Santiago

Dedicatorias

de Yadira

A mis padres, luchadores incansables,
que me enseñaron a enfrentar las dificultades
de la vida con entereza. A mi esposo, que me arropa
con su amor y apoyo incondicional.
A mis hijos, seres de luz, que me inspiran
y me llenan de fuerza todos los días.
A mis hermanos, que siempre están a mi lado,
a pesar de la distancia.

de Luis

A mi amada esposa, mujer encantadora, alma gemela que me inspira y me
mueve a otros niveles de amor.
A mis hijos, que son mi fuerza y motivación.
A mi madre, por su amor, sabiduría, templanza y guía.
A mis hermanas, por su cariño y cercanía, a pesar de la distancia.
A mi padre, que siempre es un ejemplo y la energía que mueve todo.
A la Mima y al Papi-ayo. A don Gilberto y Victorita. A Miguel y a Cristina. Y a
mi sangre, que,
propia o de adopción, me da historias, motivación y solaz.
Al amor que no entiende de banderas, preferencias, complejos y colores. Al
compromiso de las almas que se dan sin esperar recibir.
Al ser humano, que cada vez decida ser más humano.

Agradecemos, especialmente, a...

- Iván Revelo, por contarme la historia de la conquista cuando era niño.
- Roberto Parada, por sembrar amor y paz desde su amor y paz.
- Juan Russo, por ese primer gran consejo de evolución del texto.
- Jimena Revelo, por ese lente histórico y puntual.
- Juan Sebastián Félix, por cimentar la semilla del primer borrador.
- Cristina Calahorrano, por la profundidad de tus pensamientos y por tu voz.
- Cristina Ríos, por usar parte de los textos para educar.
- Miguel Santiago, por siempre creer y apoyarnos.
- Fernanda Calahorrano, por tu visión, guía y pasión.
- Dixa Martínez, Alejandra Vargas, Sandra Johnson y Ivelisse Colón, por su apoyo moral y por leer parte del borrador final.
- Évelyn Datsomor, por la motivación que compartimos con Ghana.
- Sebastián Calahorrano, por el concepto de la portada y por las buenas sugerencias.
- Daniel Calahorrano, por su alegría y por sus opiniones que siempre nos ayudan.
- Diane Mussmacher, por sus valiosas opiniones en las primeras traducciones.
- Caline Abadjian, por las primeras traducciones de mis traducciones.
- Lisa Leslie, por demostrar ese liderazgo en acciones.
- César Rodríguez, por el apoyo y por aportar una perspectiva práctica.
- Eduardo Proaño, por compartir esas ideas alineadas a las tendencias.
- Diego Sánchez, por estar siempre ahí y compartir la voz de la historia.
- José Borges, por enfrentarnos al texto sin miedo y directamente plantear las cartas de las mejoras necesarias.
- Restaurante Amora en Portland, Oregón, por el apoyo incondicional y por la promoción inicial y el deseo de unir a la comunidad latina. Gracias, César.
- Jeremy Mikecz, por compartir sus investigaciones históricas y de campo sobre los incas, Atahualpa y el Tahuantinsuyo.

Contenido

Mapa 9

Digital 1 — ¿El final? 10

Análogo 0 — El Francisco inca 19

Análogo 1 — Capulí, un encuentro mágico 24

Análogo 2 — Llegó una nueva era 31

Análogo 3 — Conectarte sin módem 47

Análogo 4 — Decisiones sin www 65

Análogo 5 — La mejor opción es ¿no hacer nada? 97

Análogo 6 — "1", "0" = Comunicación 117

Análogo 7 — Sin *hardware* no hay *software* y sin *software* no hay red 141

Análogo 8 — Místel, ¿por qué trabaja? 169

Digital 2 — Ahora podemos hacer más cosas y más rápido 183

MAPA DE MUNDOS DIVERSOS

Las ubicaciones y dimensiones en estos mapas son para referencia solamente. No es un mapa exacto, pero muestra el área que comprendía el imperio inca y las distancias que se recorrían.

Se presentan las ciudades más importantes mencionadas en la novela e incluimos Lima como un punto de referencia, ya que fue fundada por Pizarro años más tarde.

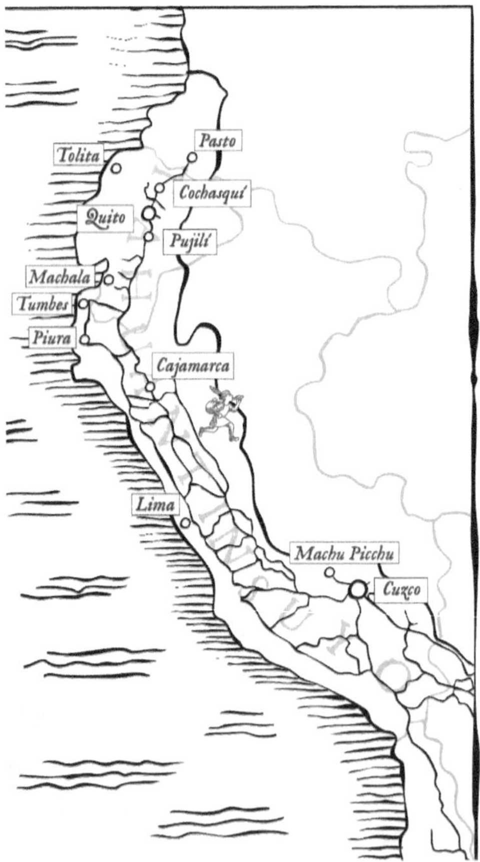

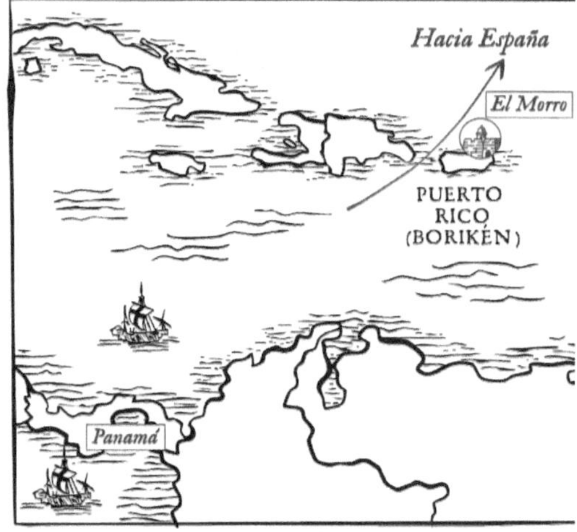

LEYENDA

Imperio Inca o también conocido como el Tahuantisuyo.

Sistema de carreteras del Tahuantinsuyo llamado Qhapac Ñan. Este camino comprendía alrededor de 30,000 Killometros de vías entre lo que hoy es Colombia, Ecuador, Perú, Bolivia, Chile y Argentina y servía como red de comunicación y fines comerciales entre los distintos lugares del imperio.

Debido a que en esa época no existía el Canal de Panamá, los expedicionarios utilizaban el estrecho de Panamá como lugar de transbordo entre los océanos Pacífico y Atlántico.

Digital 1

¿El final?

El reloj marcaba el tiempo que ya no les quedaba.

Los neurocirujanos monitoreaban un tumor en la parte superior del cerebro de mi esposa. Ella no se veía bien físicamente. Sus movimientos eran lentos y presentaba mucho dolor en todo el cuerpo, en especial en el lado derecho de la cabeza. El tumor ya había crecido el doble del tamaño en menos de medio año por lo que pudimos ver en las últimas resonancias magnéticas. Debían operar pronto. De lo contrario, no garantizaban que tuviera una vida con la misma calidad que antes. No era cuestión de operarla o no, era cuestión de si estábamos preparados para enfrentar lo que conllevaba esa intervención tan delicada.

El doctor no escatimó en detalles sobre la explicación de la operación que venía pronto. Fue claro y directo: abriría el cráneo con una apertura del tamaño de una moneda de 25 centavos y por ahí, meticulosamente, intervendría milimétricamente las membranas del cerebro. Una vez dentro, separaría el tejido tumoral del tejido neuronal sano. Para ilustrarnos mejor, el doctor utilizó imágenes de la última resonancia magnética con una infinidad de detalles. Tanto mi esposa como yo, pudimos ver el tumor en todos sus ángulos. Era real, tan real como nuestros miedos.

No podíamos perder tiempo, ya que debíamos organizar nuestras vidas en los próximos días. El hospital había sometido la aprobación al plan médico y la cita para la extracción del tumor tenía ya fecha tentativa. El reloj ya no marcaba el tiempo que teníamos, sino el que no nos quedaba.

Pequeños como las letras chiquitas

Era como escucharlo a lo lejos, como una bulla lejana. De repente el mundo se silenció. Nadie hablaba. Todo parecía en cámara lenta mientras veíamos las imágenes de resonancia magnética en la pantalla del doctor. Me negaba a creer que el nombre de la paciente asociado con esa imagen era el de mi amada. Seguramente alguien del laboratorio o los técnicos de radiología se habían equivocado de apellido o de tomografía. No sé, algo así.

El doctor me observó, me preguntó algo y solo lo miré. Sentí la mano fría de mi esposa al tratar de acomodarme en la silla del consultorio. Debía mantener la calma y respirar. Intentaba ser fuerte en ese momento y tratar de ser positivo. No quería que mi esposa me viera llorar. Ni quería voltear a verla. ¡No quiero llorar!, me decía a mí mismo. Hubo un silencio de varios minutos que me dolieron en el alma y, finalmente, ella preguntó algo sobre la duración de la cirugía. Hizo otras preguntas al ver que yo no lograba formular una palabra.

Ese tiempo me ayudó a enfocarme en mi respiración. Mi corazón quería salirse del pecho, pero me negaba a llorar. Poco a poco, se aclaró mi visión y mi pulso bajó de velocidad. Sentí el cuello más relajado y escuché el corazón más tranquilo. Finalmente, pude concentrarme en la contestación del doctor.

—Cinco o seis horas; claro, todo depende de lo que encuentre en el cerebro al momento de la cirugía —explicó. El cirujano continuó —: Eso sí, tienen que prepararse para aceptar los resultados y, pase lo que pase, tienen que ser fuertes.

¿Qué quería decir el doctor? ¿Qué porcentaje de efectividad puede haber en una operación de cráneo abierto? Ese comentario del doctor me dio fuerzas para preguntar:

—¿Qué probabilidad de éxito tiene este tipo de cirugía? El médico pensó su respuesta por un instante. Luego de unos segundos, contestó:

—Hemos tenido muy buenos resultados con casos de pacientes jóvenes. Ella es fuerte y hemos encontrado el tumor en un estado avanzado, pero manejable. Además, está localizado en un sitio que me permitirá limitarme a las áreas afectadas y no tocar ciertos centros motores o del habla.

El doctor no me contestó.

—¿50 %? —insistí.

—Seamos positivos y pensemos lo mejor — replicó.

Como recordando algo, levantó la cabeza y dijo:

—Eso sí, luego de la cirugía, tal vez tu esposa no podrá moverse y quizás no pueda hablar por varios días. Eso es normal para este tipo de operaciones —concluyó.

—Tranquilos, todo va a salir bien. Aquí les dejo los relevos legales por escrito para que los lean. Son los requerimientos de la operación.

No lo volvimos a ver hasta el día de la cirugía.

Por algún rato, no viré mi cara hacia ella, no la miré, quería esconder esa lágrima que ya se acomodaba en mi ojo. Me levanté, miré por la ventana del consultorio ubicado en el piso doce del edificio que daba hacia un río. No sabía qué decir. Miré hacia el paisaje de la izquierda, no lo disfruté, pues no le podía prestar atención. Miré hacia el otro lado y fue igual: mis ojos miraban algo, pero mi mente observaba una y otra vez esa imagen de resonancia magnética que me aterrorizaba.

Fijé la mirada a lo lejos, en las casas que se divisaban. Miré más allá hacia las montañas, allá donde se acababa el horizonte, donde se perdía esa montaña nevada, allá a lo lejos. Simplemente quería huir, volar, no estar ahí, no ser yo.

Le di la espalda a la ventana y, disimulando mi miedo, le dije a mi esposa: —Vida, estos documentos… tenemos que entenderlos bien y firmarlos cuanto antes. Todo va a salir bien.

Eran tres o cuatro páginas con muchos *bullets* y términos técnicos y médicos que parecían escritas en otro idioma. Tal vez si buscaba algunas palabras en internet podía entenderlas un poco mejor, pero la mayoría de las letras eran tan pequeñas que casi no las distinguía. Tampoco me sentía con la energía y el deseo de buscarlas y comenzar a descifrarlas. Sabía que no iba a entender todas esas palabras extrañas, esos requerimientos, ese contrato. Total, no importaba. Iba a pasar lo que tuviera que pasar, los entendiera o no.

Leí lo que pude de la primera página. Luego, navegué por la segunda hoja. Antes de que pudiera terminar de leer, ella firmó el documento. Luego, yo estampé mi nombre: "Esteban Castillo". Entregamos los papeles y después nos preparamos para salir. En ese momento, las letras pequeñas no tenían tanta importancia como los resultados de las letras grandes. Hay noticias que no quieres escuchar o que te niegas a aceptar. Hay momentos en la vida que crees que nunca llegarán o que solo ocurren en la televisión. No nos preparan para pensar que en algún momento tendremos que manejar una enfermedad así. Y si nos ocurre, estamos convencidos de que no necesitaremos a nadie, porque nos creemos autosuficientes, pero no es verdad. Ahora, de la nada, nosotros estábamos enfrentando esta incertidumbre. Solo resta hablar con la familia.

La vulnerabilidad de la vida

Tantas preguntas que hacer, tantos detalles que coordinar, tantos proyectos inconclusos y planes que ahora no sé si podremos completarlos. Esos viajes que queríamos realizar el verano próximo ya se no podrán dar; tenemos que centrarnos en estar listos para enfrentar la cirugía. Los nenes, la casa, el trabajo, las deudas…, ¿cuánto costará este proceso? No, no quiero pensar en eso. Primero lo primero, la vida y la felicidad de mi esposa. Ella es mi prioridad y quiero que sienta que no está sola en este camino; que estoy junto a ella y que siempre he estado aquí. No tengo nada que recriminarme.

Cada día la he amado como si fuera el último día. No me he guardado ningún "Te quiero". Por el contrario, siempre he utilizado cualquier excusa para amarla más. Hoy se trata de que sienta mi apoyo y que podamos enfrentar estos próximos días positivamente, atrayendo felicidad y no desesperación. Nos enfocaremos en lo que podemos controlar, y no, en tareas que otras personas manejan. Creo que el éxito en estos momentos de incertidumbre está en hablar mucho con las personas cercanas, en comunicarnos entre nosotros, en erradicar esos pensamientos que nos limitan, que nos preocupan, para poder hablarlos y aclararlos. ¿Por qué tendremos que esperar a enfrentarnos a un evento de vida o muerte para reaccionar y darnos cuenta de que la vida es corta? Pienso que, si no nos comprometemos de verdad, nunca alcanzaremos eso que tanto anhelamos: eso que muchos llaman amor.

Es hoy que me doy cuenta de que las personas que amo están aquí con nosotros y que tal vez mañana ya no estén, que tenemos que demostrarles lo mucho que decimos amarlos. En este momento comprendí que mi esposa debía saber que la amaba, no con promesas y discursos, sino con gestos; besarla como si el tiempo se acabara, como si el mañana no existiera, pues muy a mi pesar, esa posibilidad estaba ahora cerca. No quería que esos grandes y profundos ojos se cerraran para siempre sin haberlos amado más que ayer.

El futuro incierto. Tantas posibilidades

Mi esposa estaba lista con su bata de cirugía y yo tenía el bolso del hospital con toda su ropa y sus pertenencias. Estábamos preparados para que la ingresaran a la sala de operaciones. Ella estaba tranquilamente acostada en la cama del hospital y yo de pie junto a ella, desesperado, sin hablar. Mi esposa tomó mi mano y la acercó a su corazón mientras me miraba con una sonrisa tranquilizadora. Luego, me entregó el collar que ella tanto atesoraba. Era un collar de coral rosado intenso con unas dos maderitas a los lados que tenía un leve olor a palo santo. Las cuencas estaban unidas por un hilo grueso de color rojo sangre. Ella lo guardaba desde pequeña. Solamente sabía que se lo había dado su madre. Siempre lo veía en su cofrecito de collares ubicado en su velador junto a la cama y solo lo utilizaba en momentos especiales. Cada vez que lo usaba me envolvía ese olor especial. Ahora, ese olor estaba en mi memoria para siempre junto a su cara, a su mirada y a este momento que no quiero revivir.

—Esteban, cuídalo. Te traerá suerte —me dijo.

Yo no supe qué decir. Solo me incliné y le besé las manos. Su piel tiritaba por la escasez de ropa y las bajas temperaturas del hospital.

—Voy a cuidarlo y a devolvértelo cuando salgas en un par de horas, ¡ya verás!

El enfermero a cargo del piso se acercó a la camilla para llevarla a la sala de operaciones. Luego llegó un segundo auxiliar de enfermería para ayudar con el traslado. Antes de trasladarla, uno de ellos preguntó:

—¿Señora Castillo?

—Sí, esa soy yo —contestó ella y me miró con una complicidad que solo los dos conocíamos. Ella nunca quiso cambiarse el apellido, por lo que todavía mantiene el suyo. Como el enfermero vio mi nombre en el membrete que colgaba de mi pecho identificándome como acompañante, supuso que el apellido de ella era el mismo. El enfermero confirmó el nombre, la fecha de nacimiento y el número de paciente. Esta información, que yo también tenía, era necesaria pues iba a identificarla durante todo el proceso.

Poco a poco comenzaron a llevarse la camilla que trasladaba a mi esposa. Yo caminaba junto a ella, a pesar de que sabía que luego de la puerta grande del final de pasillo ya no podría pasar. No quería soltar el borde de la camilla y la agarraba con más fuerza. El enfermero, al darse cuenta, se detuvo y nos dijo que podíamos despedirnos en ese momento. Titubeé. No supe si besarla o llorar. Me era indiferente lo que pensara la gente que estaba cerca. No sabía qué decirle, quería ser positivo. Me quedé en silencio unos segundos hasta que atiné a decirle:

—Vida, te espero cuando salgas. Te amo.

Mi esposa me miró con esa mirada sostenida y profunda, la que solo aparece cuando está segura de algo o decidida a conseguirlo. Esa mirada me llenó el corazón.

—Te amo —me dijo. Los enfermeros prosiguieron su trayecto con ella. Se cerraron las puertas detrás de ellos y ya no pude ver más. Me negaba a pensar que sería la última vez que iba a ver a mi alma gemela. Quería convencerme de que todo saldría bien y que en un par de horas volveríamos a vernos. Caminé lentamente fuera del edificio. Deambulé cuesta arriba por la calle principal del campus del Hospital Universitario de Portland, Oregón, hasta llegar a la biblioteca.

En el tercer piso, hallé una cómoda butaca de cuero negro junto a un enorme ventanal. Eso era justo lo que necesitaba: ver el horizonte. Tenía que informar a la familia que vivía en distintos países. Con mi celular envié un resumen de las últimas tres horas de preparación y terminé el mensaje con algunas palabras de aliento que ahora no recuerdo. ¡Cinco horas de espera! Era demasiado tiempo para mí. Decidí detenerme en la cafetería del hospital. No recuerdo qué comí, pero lo que sí sabía era que necesitaba un buen café. Ese café caliente me reanimó y ahora mi cuerpo me pedía dormir. Nos habíamos levantado a las tres de la mañana y estaba agotado. Regresé al carro para descansar. Al principio, los pensamientos me asaltaban y tuve que obligar a mi cerebro a no pensar en nada, a concentrarse en las nubes que veía y a escuchar mi respiración. Me pareció que había dormido como cinco minutos, pero, cuando vi el reloj, había pasado una hora. Al encender el celular tenía unos treinta mensajes de todas partes del mundo de muchos amigos y familia. Con tranquilidad les contesté a todos y pude hablar con mis suegros que vinieron a cuidar a los niños. También contesté a toda la gente que estaba en una zona horaria con el sol para no despertar a los que ya estaban con la luna. Habían pasado cuatro horas en las que pude obligar a mi cerebro a enfocarse en cosas que me ayudaran y no en desesperados pensamientos que me atacaban como cuervos hambrientos. Tenía que enfocarme en este día y evitar tratar de adivinar el futuro. Luego de cinco horas y media aún no tenía novedades.

Seguía el estatus de mi esposa y de su progreso con ese número que tenía asignado como paciente y que mantenían cierta confidencialidad. Aun así, supe que ese día en el hospital hubo veintitrés operaciones neurológicas que pude identificar en la lista de casos en una pantalla. De ellas, solo quedaban tres pacientes en las salas de operación del hospital.

Finalmente, un enfermero me llamó para darme novedades de la cirugía. El doctor había estimado unas cinco horas de operación y ya estábamos rozando las seis. Mi corazón latía muy fuerte como presintiendo lo peor. En la pantalla de estatus de los pacientes, observé que movieron otro número de la lista de operados a la sala de recuperación. La penúltima paciente la movieron directo a cuidados intensivos, hasta que en la pantalla solo quedó   un último número de identificación, y ese era el de mi esposa.

Ya no quedaban más familiares en la sala de espera. Todos se habían ido y yo seguía sentado sin saber nada. El enfermero no me llamó otra vez. La pantalla no se actualizaba, el número de paciente de mi esposa seguía en el mismo lugar: ¡en la sala de operación! ¡Algo andaba mal! Salí a caminar para tranquilizarme y al rato uno de los enfermeros me llamó. Me explicó que se había complicado la operación y que estaban estabilizándola, que tal vez en 30 minutos podrían normalizar esta emergencia y sacarla a cuidados intensivos. Solo quedaba esperar.

Seis horas y media…, siete horas de espera… Era un sufrimiento interminable, una impotencia de tener manos y no poder hacer nada. De tener salud y no poder compartirla. Solo rogaba al universo que añadiera más tiempo entre este duro momento y esa fecha que nadie quiere saber. En mi pecho sentía que tenía mi corazón pinchado contra la pared. O, era como si estuviera sumergido en lo profundo del océano sintiendo la presión de muchos mares sobre mi pecho. Miraba las nubes y rogaba al cosmos que me diera un poco más de esa mirada, de su sonrisa, de su presencia. No podía perderla ahora, no así, de pronto, sin aviso. Me sentía como cuando vas caminando por la calle y caes en un hueco sin pensarlo. Ya no puedo aguantar más. Mis ojos arrojaron todas esas lágrimas que había retenido desde hace varios días. Como cuando una represa de agua se rompe en las montañas y no hay nada que pueda detener ese caudal que salta y se lleva todo a su paso.

—Mi amor, no sé cómo tocarte ni abrazarte desde aquí afuera del hospital. Siente mis lágrimas, son por ti. Esta energía que genera mi dolor tienes que sentirla, pues quiero arroparte y cuidarte. Darte mi salud —grité. Solo puedo llorar y clamar al universo. Suplicaba y solo sentía que me estaban arrancando algo de aquí adentro, del centro de mi pecho y que se llenaba de un vacío inconmensurable.

* * *

Ángel de la guarda

—Ángel de la guarda, dulce compañía, no me desampares ni de noche ni de día —ella, suavemente, lo recitaba junto a mí. La noche era fría, pero el calor de su pierna contra mi brazo de niña asustada por la obscuridad y los vientos me ofrecía un consuelo inesperado.

—Dilo, mi niña bella, con seguridad. Repítelo después de mí sin miedo. Los ángeles están aquí y nos escuchan. No tengas miedo —me decía con esa voz que solo las madres tienen. Sus ojos, profundos y cariñosos, me miraban con una dulzura inigualable. Esos ojos solo lograban contagiarme de paz.

—Ángel de la guarda… —comencé a decirlo en voz bien baja, pero me detuve. Miré la profundidad de mi alrededor, pero no alcancé a ver a nadie. No distinguía figuras o formas. Pensaba que veía algo, pero era fruto de mi imaginación. Me apegué un poco más a su pierna. No vi ningún ángel u otra entidad se le pareciera, simplemente me sentía más acompañada con cada palabra que salía de mi boca.

—…dulce compañía… —prosiguió mi madre suavemente. Yo volví a repetirlo, pero esta vez con una voz más firme. Y pensé: "¿En realidad eran dulces esos ángeles?". No lo entendía… Era una niña de cuatro años, pero el repetirlo junto a mi madre me tranquilizaba ante el terror que la falta de luz me producía cuando iba a dormir y, sobre todo, cuando había una tormenta. El calor y la suavidad de sus manos me alentaban. Ella acariciaba mi cabello y yo me sentía cada vez más segura.

Levanté la cabeza hacia su brazo y, con mi mentón hacia el techo y los labios entreabiertos, pensé preguntarle si de verdad existían los ángeles. Ella volvió a verme nuevamente con esos ojos tiernos, pero con una profunda mirada esperando mi comentario. Yo me callé, porque mi temor iba disminuyendo. Su mirada cariñosa me lo dijo todo. Ella era y siempre será mi ángel de la guarda. En este momento en que me debato entre la vida y la muerte, tengo a mi mamá más presente que nunca.

* * *

Análogo 0

El Francisco inca

Veo mis nuevas alpargatas de hilos rojos, tejidas con cabuya recién trenzadas y adornadas con hilos de oro, que parecen parpadear ante el brillo de la fogata en el centro de la plaza que nos calienta en esta noche fría en Cajamarca. Ya le tiraron las últimas dos leñas de la noche y con eso se dicta la llamada a descansar.

Esta noche todos están en silencio, sin querer hacerle competencia al viento. Entre nosotros, apenas se oye, de vez en cuando, el sonido de esos animales extraños que los hombres pálidos descargaron de sus casas flotantes al llegar por el mar. Yo centro mi atención en el crujir de la leña que explota liberando sus aceites y sus chispas. Ese sonido nada tienen que ver con las ensordecedoras explosiones de los palos que vomitan fuego y humo, que trajo la gente blanca a las tierras del dios sol, a las tierras de nuestro dios Inti. Yo, Atahualpa, el Sapa Inca, el emperador de este imperio lo confirmo pues lo viví en carne propia.

El fuego de la fogata central lo consume todo poco a poco, pero ya no puede más contra la leve pero constante fuerza del frío de los Andes al que estoy bastante acostumbrado. Ya pocos están de pie. Todos están cabizbajos y callados. Ahora solo se escuchan las cucharas golpeando el fondo de los platos como deseando encontrar respuestas entre los restos de la comida o entre las sobras que flotan en la grasa que ya se enfrían en las ollas olvidadas junto a la fogata.

Las murallas de esta fortaleza nos cuidan parcialmente del viento helado que baja de las montañas de los Andes, pero, a pesar de eso, el frío encuentra rendijas y espacios por donde llevar su mensaje. Uno puede escuchar su recorrido intermitente al pasearse entre nosotros como revisando lo que estamos pensando, como buscando enfriar esas terribles ideas y profundas pasiones que se han apurado últimamente entre estos visitantes sedientos de oro y plata.

Luego de acabar la última comida del día, que ya se fue, solo nos queda el sabor de boca que a unos les sabrá mejor que a otros. La fogata se apaga cada vez más rápido y mis alpargatas brillan menos. Veo que unos soldados sucumben al frío y buscan balancear las aguas en algún lugar apartado. Los soldados se preparan para dormir mientras se acurrucan junto a una pared, en busca del calor de una oveja o en una esquina sobre la paja que trajeron para los animales. Ahora que estoy tratando de dormir en este piso frío y duro, no me queda más que preguntarme si volveré a ver los ojos profundos de mi amada Yuisa. Todos nos resignamos al cansancio o a la dictadura de la meditación en tiempos de incertidumbre.

Me pregunto cuál será la decisión más rápida para este juicio sobre mi libertad. Este juicio fue forzado por el grupo de indecisos e impuesto por el peso y la influencia que tiene ese barbudo religioso que se viste con esa ropa blanca, larga y pesada que le llama *sotana*. Ese hombre parece ser el líder de estos soldados (¿o será Francisco Pizarro el que manda?).

Francisco Pizarro no ha sido el mismo desde que se vio obligado a comenzar este juicio en mi contra. En esta organización de soldados, él es quien manda en este grupo de barbudos que están impacientes por llevarse todo el oro y la plata que les hemos traído desde los diferentes pueblos cercanos. Creo que Pizarro se siente triste. Quizás es fruto del embrujo del barbudo con las batas blancas que sostiene en su pecho esa cruz y que se llama fray Vicente de Valverde. Ambos han discutido mucho y el fraile siempre le echaba en cara esa pequeña caja llena de pétalos escritos que ellos llaman *libro de Dios*. Lo veo en los ojos del fraile y en lo poco que ahora quiere hablar conmigo. Hace muchas lunas hablábamos amigablemente de muchas cosas: de las estrellas, de los Apus, nuestros dioses de las montañas, y de nuestro dios Wiracocha, que lo creó todo. También de nuestro sol Inti y nuestra relación con nuestra Pachamama, que es la tierra que nos da de comer. Ese barbudo religioso ahora me esquiva cada vez que nos encontramos, como culpándome de que mi cultura no se asemeje a la suya o de que su dios hombre o su dios invisible no sean como nuestros dioses.

Yo entiendo muy bien a Pizarro. Él, como líder de su grupo de guerreros, tiene que decidir muchas cosas y necesita mucha información. De la misma forma, yo, Atahualpa, como Sapa Inca, como el inca supremo, necesito decidir con la información correcta y, para eso, tengo a mis caciques, a mis ancianos y a las momias de mis antepasados que nos guían en las asambleas del pueblo.

Con Francisco Pizarro, la relación es diferente. Él ha sido muy franco, abierto y directo al conversar conmigo desde el principio de mi encierro aquí, en Cajamarca. Pizarro me ha prometido que, cuando tenga todo el oro y la plata, me soltará. Yo siento que él trata de protegerme y de ayudarme, pues sabe que le soy muy útil para sus planes futuros. Con él, he podido practicar lo que he aprendido de su lengua.

Ahora me pregunto si fue la decisión correcta estar encerrado aquí con estos visitantes barbudos, solo para buscar lo mejor para mi pueblo o si era mejor estar sentado en el trono en el Cuzco, rodeado de la seguridad de mi ejército, y simplemente hacerles caso a los generales, que querían acabar con estos visitantes. Era fácil para mí ordenar el ataque y la segura destrucción a estos barbudos que han llegado desde el mar, pero mi decisión fue otra y, pensándolo bien, creo que fue la mejor. Muchos pensarán que era una pérdida de tiempo traer los metales poco a poco haciéndoles creer a los visitantes que venían de lejos, pero eso era parte del plan. Necesitaba ese tiempo para compartir con ellos, para aprender sus hábitos, sus ideas, sus tradiciones y lenguaje. Eso me llevaría a conocer sus intenciones. Pero ya sé todo lo que necesitaba saber y ya organicé nuestro imperio para lo que viene.

Pienso en mis hijos, en mis nietos y en todos los incas que, luego de mí, enfrentarán esta decisión que he tomado y que ya está consumándose. No fue una decisión fácil, pero era necesario para lograr lo que logré. Es mi deber como Sapa Inca de este imperio al que llamamos Tahuantinsuyo.

La sabiduría incaica es especial y nos fue dada por los dioses, desde la Chakana, la Estrella del sur o Cruz del Sur, a los chamanes, que son nuestros sacerdotes y, luego, a todos los incas. Para nosotros, la vida se mueve con los astros y la naturaleza; nuestras siembras danzan con la luna y las estrellas. Las estrellas fugaces nos hablan de la fuerza de destrucción de los astros y de su inminente impacto en nuestras vidas. Sabemos bien que Mamá Quilla, la diosa luna, maneja las aguas y ordena y balancea nuestros ánimos por las noches.

En cambio, estos visitantes cuentan cada día como si todos los días fueran iguales. Tampoco ponen atención para entender el clima que se avecina. Ellos dividen su siembra en lo que llaman *semanas* y *meses*. Ahora yo digo, como dirían estos visitantes, cuando cuentan el tiempo:

—Ya han pasado ocho meses de este encierro que yo mismo decidí comenzar cuando propuse llenar un cuarto de oro y otros dos cuartos de plata hasta donde alcance mi mano, en lo alto de la pared mientras apunto a las estrellas.

Francisco Pizarro y su grupo de soldados han llegado a una última disyuntiva que está fuera de mi control; todo lo demás, ha salido como lo pensé. En realidad, en este momento identifico solo tres alternativas.

La primera alternativa, que es la más deseada, es que él maneje bien a sus subordinados y cumpla su palabra para que, al final del juicio, me deje en libertad. Entonces, regresaré con mi pueblo y encontraré a mi amada Yuisa, porque hoy más que nunca la extraño, así como la arena caliente del medio día extraña la caricia del mar.

Luego de ver todas las acaloradas discusiones entre los soldados, los escribanos del rey y el fraile, creo que la segunda alternativa es la más probable: que Pizarro tal vez no cumplirá su palabra y no me liberará. Entonces, después del juicio, me encontrarán culpable y me condenarán. Estoy seguro que el castigo menor será la muerte.

De lo que sí tengo seguridad es que aquí no se acaba el forcejeo por mi pueblo. La tercera alternativa (si se confirma la segunda) es continuar hasta el final. Si no puedo controlar mi salida en esta tierra para re-encontrarme con mi familia, pues, entonces, voy a seguir luchando por mi gente desde el más allá. Voy a seguir peleando y presentando mi alegato, pero en la otra vida. Sabiamente, voy a cumplir sus requisitos para llegar al cielo del fraile Valverde y retar sus valores y sus creencias. Voy a convencer al fray de que me dé la entrada a su cielo y que haga lo que tenga que hacer para darme paso libre a su dios invisible. Eso haré. Voy a llegar ante su dios invisible y presentarme en su cielo, como ellos llaman a su más allá. Pero no voy a llegar con mi realidad de inca, porque veo que ellos no la aceptan como es. Voy a llegar con un nombre que reconozcan por lo que soy. Voy a llegar con el nombre de Francisco. No por Francisco Pizarro, soldado y aventurero, sino por lo que significa su nombre, pues mi alma es franciscana. Mi vida ha sido siempre humilde, noble. Mi amor por la naturaleza es la de cualquier inca del imperio.

Eso haré. ¡Me llamaré Francisco Atahualpa! y voy a mantener el nombre que me dio mi madre, porque quiero que mi Yuisa me encuentre en ese más allá, no importa cómo se llame esa instancia que se da después de la muerte. Si hay vida o no, eso no importa. La verdad es que el amor va más allá. Al amor lo sientes y lo reconoces en ti y punto.

Estos enviados del rey, que anotan y guardan todo en esos libros de pétalos escritos, llevarán esta decisión mía ante su rey y él también entenderá lo que yo estoy haciendo hoy por mi pueblo. La descendencia de ese rey de España lo recordará y, si bien no todos lo entenderán y muchos lo malinterpretarán, sé que unos pocos lo descifrarán.

* * *

Análogo 1

Capulí, un encuentro mágico

Anestesia

Siento un golpe fuerte en todo el cuerpo. El cuarto y la camilla en la que estoy acostada están muy fríos, pues solo tengo puesta una bata blanca para ingresar a la sala de operaciones. La luz en este cuarto es más intensa que en el cuarto anterior y la verdad me cegué por unos segundos. Hay mucha gente a mi alrededor. Alguien lee mi nombre y la razón por la que estoy ahí. Me preguntan mi fecha de nacimiento y yo respondo. Todos están de acuerdo en comenzar en unos minutos. Parece que mi procedimiento será más complicado de lo que pensaba. No reconozco a nadie. Trato de identificar a mi neurocirujano, pero no lo encuentro. Me siento adormecida, como flotando. Estoy tan cansada y tengo mucha sed. Se me acerca una señora con una bata blanca como la mía, pero ella tiene otra ropa fucsia bajo esa bata. Me pregunta si recuerdo mis vacaciones más recientes. Vencida por un sueño pesado trato de contarle una versión corta, aunque no tengo muchas ganas de contestar. Solo quiero que todo termine ya. Sé que lo hace para distraerme y relajarme. Todos están ocupados: mueven artículos, acomodan instrumentos y leen monitores. La enfermera vuelve a pedirme que le cuente sobre mis últimas vacaciones; se detiene frente a mí y me mira atentamente.

—Fuimos a Puerto Rico hace poco y la pasamos muy bien. —de repente, me detuve porque no sentí bien la lengua. Tragué y continué—: Esta vez fuimos a Vieques y Culebra, unas islas más pequeñas, pero preciosas al este de la isla grande —tuve que parpadear, ya que se me nublaron los ojos. Los cerré y traté de proseguir mi explicación—: Las playas…

No pude más. Mis párpados estaban tan pesados que parecían hechos de acero inoxidable y todo mi cuerpo no tuvo más remedio que rendirse. Lo último que recuerdo fue la inyección que añadieron a mi suero justo antes de contestar la pregunta sobre mis vacaciones. Entendí que la anestesia estaba haciendo su efecto y mis ojos tuvieron que aceptar el camino propuesto. Era un momento de cambio, de transformación, así quería verlo. Tenía que someterme a este momento tan riesgoso para eliminar lo que me causaba dolor y poder renacer como una nueva mujer.

* * *

¿Casualidades o amor a primera conversación?

Pero ¿cómo conocí a mi esposa? ¿Dónde fue la primera vez que la vi?, se preguntarán. Permítanme contarles primero un evento que pasó años antes de nuestro encuentro. ¡Vaya!, durante mis primeros años de juventud, ya fuera de la escuela superior, y cursando la universidad, había tenido una revelación bastante interesante. Fue una premonición de la naturaleza confabulada o un designio de los dioses, de Zeus, Shiva, Odin, Orisha o el que sea. Como ustedes prefieran interpretarlo. Siéntanse en la libertad de escoger su deidad.

Fue como un regurgitar de mi adentro, un reflotar de mis sentimientos encontrados con mi ser interior. Fue la mezcla de la energía de mis células y de la memoria de mi ADN, en un resurgir del pasado filogenético. Fue una visión, en la que pude saber un poco de lo que iba a pasar más adelante, fue una probadita de nuestro futuro encuentro o de nuestro rico pasado ancestral escondido entre los cromosomas de mi sangre. Surgió de esa roja sangre mestiza española, inca, vasca, negra, cayapa, quitumbe, portuguesa y milenaria que llevo dentro y que corre por mis venas.

Lo recuerdo como si fuese ayer. Esa tarde, luego del mediodía, ya avanzado el sol en su recorrido, estaba yo solo en la playa de Ecuador caminando en la orilla del mar. Las gaviotas volaban junto a mí, mientras los piqueros buscaban su comida a la orilla del mar sin temor a mi presencia. Los cangrejos se movían entre la espuma, se escondían al pasar las olas. Mis pies descalzos sobre la arena gris sentían el calor del agua de la orilla y el frío del viento. Caminé en silencio, caminé por donde se seca lo mojado por el mar; esa línea que se borra rápidamente por el sol, ese encuentro en el que la arena se humedece brevemente y desaparece bajo la espuma. Creo que yo estaba, así como la arena, indeciso. Estaba en un punto de mi vida, en el que sabía que necesitaba una respuesta de lo que debía hacer, pero no la tenía. Yo había pedido al universo por una compañera que llenara mi corazón y todavía no llegaba. En ese momento me sentía medio lleno, medio vacío. Veía el horizonte y el sol anaranjado en el atardecer y me preguntaba sobre la vida, sobre qué sería de mí. Me dirigí hacia dentro del mar para sentir el agua y sentir las olas que golpeaban ya mis rodillas. Pensé en zambullirme en el agua salada para limpiarme del sudor de la tarde caliente o, tal vez, para hacerme una limpieza de esas que hacen los chamanes con hierbas y agua bendita mezclada con jengibre, canela y alcohol del barato. Sin embargo, el mar estaba raro y la tarde no estaba de humor para ese tipo de sanación.

El día ya se ahuyentaba por entre las pocas nubes que había, pero las aves todavía volaban junto a mí. Creo que, si tenía algunas semillas en la mano, ellas se posarían para comer, porque lo veía en sus ojos. Parecía que se daban mensajes entre ellas y querían hablarme: amigables y bulliciosas. Me veían, me seguían, cantaban, volaban junto a mí y hasta jugaban con mi pelo. Yo no me detenía.

La tarde se estaba poniendo más fría y venteada. Caminé hasta donde estaban unos troncos secos para tomar un poco de aire. Encontré dónde sentarme y pude descansar por un momento. Alcé los ojos a esa bóveda azulada que se estaba pintando poco a poco de colores más oscuros. El horizonte tenía un color como de ceniza negra por la partida del sol y la llegada de cada vez más estrellas. "¡Que muchas estrellas fugaces hay hoy! Seguro que son las Leónidas, que nos traen nuevos augurios de otros lados intergalácticos o históricos y que recién ahora estamos comprendiendo. Voy a cerrar mis ojos y pedir un deseo con la próxima estrella fugaz que se incendie en este cielo que me quiere hablar", pensé.

Estaba solo, distraído, confuso en mi interior. No estaba disfrutando totalmente el momento en medio de ese espectáculo que la naturaleza me regalaba. Yo buscaba una contestación en mi corazón, pero por alguna razón buscaba esa respuesta en la naturaleza. El mar se veía tan bello, tan inmenso, como llamándome, como queriéndome contar una historia con su subir y bajar de las aguas y yo comencé a poner atención. Miré a la izquierda y no vi a nadie. Había caminado por lo menos unos cuatro kilómetros y la playa estaba casi desierta. A la derecha, se veía una pareja tomada de la mano que se alejaba poco a poco. Regresé la mirada al atardecer. El sol se acercaba al borde del agua y resplandecía a doble imagen, parecía que con su calor iba a quemar el mar. "Seguro que cuando toque el horizonte sale humo", pensé. No quería perderme ese momento y seguí viendo al sol. El día palidecía entre amarillo, anaranjado y rojo. Menguaba lentamente y se iba mientras aparecían a mi espalda esos verdes y esos azules y tonos más oscuros que traía la noche.

—¡Qué espectáculo tan bello! —dije en voz alta. El viento movía mi pelo, pero yo no me inmutaba. Mis ojos se quedaron como ciegos de tanto ver el sol y los cerré presionando fuertemente mis ceños, como gritando al cielo por una chispa de luz interior. Podía ver en mi mente el sol en su cenit y la última imagen se mantenía frente a mí a pesar de tener los ojos cerrados. Pensé que debía tenerlos así un poco más para aliviarlos de tanto sol.

Y fue allí, ¡sí!, allí en ese instante donde el cerebro me jugó un truco de mal gusto o quizás fue una contestación a mi pedido. Frente a mí y, como caminando en el agua hacia ese sol que se ahogaba, estaba ella, de espaldas hacia mí, como caminando hacia la profundidad. Solo podía ver su larga cabellera que cubría sus hombros y la mayoría de su espalda. Tenía una camiseta blanca y unos *jeans* azul. Los rizos suaves de su cabellera, que le llegaban hasta la cintura, se movían lentamente con el viento siguiendo el mismo patrón de la brisa que yo sentía en mi cara.

Era como verla caminando en el agua hacia el horizonte a unos pasos de mí, pero ¡yo tenía los ojos cerrados!

No sabía qué hacer, ya sentía el frío de una brisa cada vez más atrevida. Sin pensarlo mucho abrí los ojos para ver si era cierto lo que mi mente estaba viendo, pero solo divisé el mar con menos colores y más tranquilo por la despedida del sol. No vi el humo del mar quemado, pero sentí una paz en lo profundo de mi ser. Fue como si me hablaran directamente al corazón. Me quedé callado por un rato en busca de las gaviotas que ya no estaban por ahí. La pareja que caminaba a lo lejos se había ido y respiré profundamente ese aire salado que sacó una ansiedad vieja y amarga que tenía desde lo más profundo de mi alma. Levanté la cabeza mirando a esa bóveda obscura de luces titilantes, como buscando la luna. Estaba allí equilibrando las aguas y a los sentimientos. Ya alumbraba entre tonos azules claros y verdes tenues. Fue entonces que, entre gritos hablando hacia mis adentros, y en voz baja, le prometí al viento, al mar y a las estrellas lo siguiente:

—¡Te vi! No te conozco, pero te vi y te veré otra vez. Seguro de que pronto te veré en otros vientos y en otros mares.

* * *

No puedo escuchar

Me siento débil y mi visión está borrosa nuevamente. Al parecer, me transfirieron a otra camilla luego de mi cirugía. No sé cuánto tiempo ha pasado, porque perdí la cuenta de los días. He dormido mucho o, por lo menos, eso creo. Ya no sé si es de noche o de día. Pareciera que estoy empeorando porque ahora escucho más lejos el bullicio de la gente de mi alrededor. Siento que retrocedo en vez de sentirme mejor.

Hace mucho frío y me siento mojada. La bata del hospital no me ayuda mucho. ¿Será que tengo alcohol o será sangre? No sé, porque, como no huelo, es difícil distinguirlo. Todo se ve más oscuro y frío que antes. Digo que "se ve más oscuro" no porque pueda abrir los ojos y darme cuenta de todo, sino porque estoy en un letargo y no entiendo si son mis sentidos hablándome o es que estoy soñando. A lo lejos, veo una luz intensa, que se acerca lentamente. Es una luz tranquilizante, que me calienta. Es parecido a la sensación del sol en la playa, que sientes cuando toca tu piel y puedes darte cuenta de que los rayos ultravioletas te acarician. Pero ¿puedo sentir mi piel nuevamente? Sí, creo que estoy recuperando mis sentidos. ¿Será que abrieron la ventana? No, no puede ser, porque estamos en la sala de operaciones o en un cuarto adjunto.

De repente, mi perspectiva cambia y, al ver esa luz, que se acerca más, siento menos el cuerpo. Voy a pellizcarme, pero mi cuerpo no me responde. No puedo mover mis brazos.

Muevo la cabeza para escuchar mejor el griterío que tiene el equipo médico junto a mí, pero solo puedo ver a otra paciente en la camilla de al lado rodeada de médicos y enfermeras. Pero ¿por qué estoy de pie?, ¿ya puedo estabilizarme? No entiendo. Lo veo todo, pero desde otra perspectiva, como desde el techo de la sala de operaciones. Conozco esos dedos del pie, esas piernas… ¡Esa persona soy yo! Me estoy viendo rodeada de doctores que tratan de reanimarme. Pongo atención y ahora me veo bien. Mi pelo está todo cubierto de sangre; mi cara, toda hinchada por las horas de operación. Parece como si hubiera salido de una pelea de boxeo. Estoy segura de que es fruto del manejo que tuvo que utilizar el doctor para extirpar lo que tenía que sacar en mi cerebro. Y…, y mi cuerpo…, sí…, veo mi cuerpo inerte en la camilla. Mi brazo se ha caído a un lado de la camilla lleno de tubos y sensores. No se mueve mi cuerpo, a pesar de que me halan, me pinchan y me aplican en el pecho ese desfibrilador. Cada vez me alejo más y ya no me importa, solo hay un silencio mayor y esa luz que ya me arropa por completo, y me siento tranquila. Me siento muy liviana, con esa sensación de que caes en paracaídas, pero no hay gravedad que te atraiga. Ahora todo se detiene y ya no me sigo moviendo. Escucho una voz familiar a lo lejos. Es de un hombre que gime y llora profusamente. Yo conozco esa voz acá en el pecho y la siento familiar desde mi alma. No lo veo, no sé dónde está, pero lo escucho claramente y siento su corazón compungido. Siento su alma hablándome como si estuviera aquí. No entiendo lo que dice, pero escucho a ese hombre a lo lejos. Siento su agonía y desesperación. Lo escucho llorando, rogando. "¿Quién eres?, ¿dónde estás? ¿Me ves?", grito sin gritar. La luz me enfrenta, como diciéndome algo. Me detengo en ese espacio vacío, en ese silencio pacífico y solo abro mi corazón a recibir. No sé lo que me dijo, pero siento un mandato directo al alma y yo entendí. Creo que en esto yo no tengo nada que hacer. Poco a poco la luz se va y yo caigo nuevamente en mi cuerpo y vuelvo a sentir ese frío penetrante. Ese olor tan fuerte a alcohol y ese bullicio vuelve a sobrecogerme de repente. Pero esta vez más fuerte y claro. Ya escucho mejor, ya siento y me duele todo. La enfermera grita y llama al doctor nuevamente:

—¡Volvió! Tiene pulso otra vez. ¡La paciente tiene pulso! La tenemos de vuelta. Mire, doctor, ¡está respirando otra vez!

* * *

Análogo 2

Llegó una nueva era

Expandiendo horizontes

Ahora estaba con la tarea de conocer sobre los países en donde podría completar mis estudios graduados en Ciencia Política con enfoque en Relaciones Internacionales. Ya me imaginaba:

—Estimado Esteban Castillo, bienvenido a la universidad de…

Lo primero que debía hacer era conseguir las solicitudes de ingreso a las universidades y llenarlas. Ya tenía completada la de Chile. Completé y entregué mi solicitud durante mi último viaje y estancia en la capital, Santiago. Ahora me faltaba completar la de la universidad de México y la de la de Puerto Rico, que finalmente fueron las tres mejores opciones que seleccioné.

Sin demora, escribí mi carta de solicitud a puño y letra a los departamentos de esas instituciones. Al cabo de unas semanas, recibí los sobres con las solicitudes, los panfletos, los currículos, las nuevas fechas y las cartas de motivación para que solicitara. ¡Qué emocionante! Sin perder tiempo, las completé todas y las deposité en el correo. No me había percatado de lo caro que era el envío internacional por correo. Para ese entonces, alrededor de los 1990 no había UPS, FedEx, DHL ni nada de esos servicios privados de mensajería y envíos. Solo podías utilizar el correo regular de cada país. Dependías de la eficacia y seguridad de los correos nacionales. No deseaba utilizar el envío por fax, porque alguna vez me falló ese medio, ya fuera porque el lugar donde enviaba el documento no tenían papel, no había luz o porque nadie se preocupaba de recoger el documento cuando lo recibían. Lo importante era que los papeles llegaran a su destino.

Tenía que seguir ahorrando y preparándome para tomar una decisión en caso de que las tres universidades me aceptaran. También tenía que saber sobre el clima de cada uno de los países, costos, viviendas, distancias y transportaciones.

Comencé a buscar las direcciones de las embajadas de esos países en el libro de las páginas amarillas de la guía telefónica. Todas las casas de mi ciudad recibían una cada año al renovar su contrato de teléfono. Eran unos librotes como de 2000 páginas, con todos los números de teléfonos registrados en ese sector del país cerca de mi ciudad. También tenían todas las propagandas de los servicios disponibles. Era algo así como un Google de teléfonos impreso. Encontré los teléfonos y las direcciones de las embajadas de Chile y México, pero no la de Puerto Rico. Eso demoraría mi búsqueda y complicaba un poco las actividades que tenía que realizar antes de las fechas límite para solicitar aceptación a las universidades.

¿Qué raro? Yo había visto ganar a la representante de Puerto Rico en Miss Universo y el equipo de baloncesto de Puerto Rico era siempre fuerte y estaba entre las mejores. En béisbol, conocía a Roberto Clemente, Orlando Cepeda y Roberto Alomar. Incluso, conocía la bandera y podía identificar a los atletas en las olimpiadas y a los boxeadores de Puerto Rico, que siempre se destacaban. Había escuchado a los cantantes de salsa Héctor Lavoe, Tito Nieves y La India y, recientemente, a otros cantantes como Chayanne, Ricky Martin, Marc Anthony o Draco Rosa… Es que había tantos…, pero no sabía nada de la isla como tal. "¿Será que son tan pobres que no tienen embajada en Suramérica? No, no creo", me dije. Tendría que averiguarlo. Fui a la biblioteca de mi casa y busqué el último almanaque mundial. También investigué más del país en la enciclopedia británica impresa más reciente que teníamos en casa. Como estaba ordenada alfabéticamente, busqué por letras: P, Perú, Polonia… Recuerdo que la información estaba en los últimos tomos.

—Ajá, ¡aquí está! —me dije sorprendido. No tenían embajada propia. Tenía que ir a la de Estados Unidos, ya que son un territorio de ese país, un Estado Libre Asociado. "A ver, barajéemelo más despacio", pensé incrédulo.

—¿Qué es eso de libre y asociado? —me cuestioné. Me sentía confundido y hasta desorientado. El no tener información era tan malo como no entenderla.

Comencé a pensar en mis posibilidades, por ejemplo, Chile. Me encantó Santiago, es una capital vibrante y moderna; no conocía México, pero me gustaron mucho los comentarios e historias de los estudiantes mexicanos en el congreso en el que participé hace poco. Me impresionó la gente que presentó conferencias y ponencias nuevas. Y sobre Puerto Rico, pues no sabía mucho. Solamente me impresionó el calibre de la disertación de la directora del programa graduado, ¡Qué maestría! ¡Qué investigación!, realmente me impresionó. Lo malo fue que esa vez no conocí a ningún participante puertorriqueño en el congreso y no podía conseguir ninguna información sobre Puerto Rico entre mis amigos y vecinos. Era raro que ni en la embajada de Estados Unidos logré conseguir información. Lo único que sabía por mis libros en casa era que estaba ubicado en el Caribe; que en Puerto Rico se utilizaba como moneda el dólar americano; que no tienen un ejército propio, que el correo de allí es el de los Estados Unidos, y que ningún producto, así sea materia prima o elaborada, puede ingresar a la isla, a menos que sea a través de un puerto estadounidense. Sin embargo, hablaban español, como nosotros, y su cultura, su música eran hispanas. Claro, los profesores que conocí hablaban perfecto el inglés también, así que parece que la influencia y la asociación de la cultura con la de Estados Unidos existe.

Lo último que descubrí sobre Puerto Rico es que fue un territorio de España y que, luego de la Guerra hispano-cubana-estadounidense en 1898, España cedió la isla a los Estados Unidos como un botín de guerra, para convertirse en uno de sus territorios, como Guam, las islas Marianas del Norte o Samoa estadounidense. Era un acuerdo diferente a lo ocurrido con Hawái, que fue el último estado que se unió a los Estados Unidos en 1959.

Me quedé pensando por un momento…. "¿Y lo de estado? O… ¿lo de libre?, ¿dónde queda? ¡Qué complicado! Ya investigaré más tarde.

Llegar a la Universidad sin saber ni dónde ni cómo

Ya lo tenía pensado: podía acomodarlo todo en una mochila bastante grande en mi espalda, y el resto, en una mochila normal amplia que cargaría adelante, en mi pecho. Así podría moverme con todo fácilmente. Recuerdo que, luego de tres cambios de avión, llegué a Puerto Rico por la tarde. El calor y la humedad eran intensos y cargar dos equipajes grandes hacían que hasta mis medias se mojaran de sudor. Nunca me voy a olvidar de cuando puse mis dos mochilas en el vestíbulo de la facultad de la universidad y alguien me dijo:

—Esteban Castillo, ¿verdad? Estábamos esperándote, ¡Bienvenido a la Universidad de Puerto Rico, recinto de Río Piedras! ¿Cómo cargaste tú solo esas dos mochilas tan grandes? Vamos a ayudarte para que puedas descansar. Debes estar exhausto. Hoy es viernes y tienes el cuarto de profesores disponible solamente hasta el lunes por la tarde. Utiliza el fin de semana para encontrar dónde quedarte, ya que ese cuarto tiene un nuevo huésped el martes al mediodía —me explicó la consejera de estudiantes extranjeros. Luego, me presentó a dos estudiantes voluntarios para que me ayudaran y me guiaran.

—Te presento a Amaia y a Christian. Chicos, por favor lleven a Esteban a su cuarto y ofrézcanle un tour por el recinto.

—¡Que guay que vengas de Ecuador! Siempre me ha llamado la atención ese país —me dijo Amaia mientas caminábamos hacia el segundo piso de la residencia de profesores de la universidad. Christian llevaba mi equipaje de espalda y yo la otra mochila pesada. Amaia me ayudaba con mi canguro de cintura.

—Nosotros somos de Europa: Christian es de España, y yo, del País Vasco —comentó Amaia sonriendo—. Si no tienes ningún compromiso, tenemos hoy una fiesta de residentes españoles en la isla en casa de un diplomático y todos los españoles pueden llegar —lo dijo con una sonrisa mientras llegábamos al cuarto 2018.

—Pero yo no soy español —le dije un tanto curioso y como averiguando.

—Majo, todos los hispanoamericanos somos familia de una u otra forma —y me golpeó el hombro, como diciendo: "reacciona" —. Seguro que algún abuelo tuyo era de Barcelona o de por ahí. Te recogemos en una hora.

En el cuarto pude acomodarme y tomar una ducha, medio organizar mis papeles y colocarlos junto con mi dinero en la caja fuerte del cuarto. Solamente llevé mi licencia de conducir y unos dólares para comer algo y tomar un par de cervezas, en caso de que lo de la fiesta no funcionara. Total, tenía que celebrar mi llegada.

Amaia y Christian llegaron con dos amigas más: Karla y Helena, bellas las dos. Karla era delgada y de estatura baja, mientras que Helena era un poco más llenita, y de tez blanca, y como de mi tamaño. Las chicas se montaron en la parte de atrás del carro y me dejaron como copiloto de Christian para que disfrutara la vista de la ciudad y del paseo. Los chistes iban y venían. Ellas se burlaban de mi acento y yo remedaba su forma ibérica de hablar. Karla me contó que su madre era de Perú pero que ella nunca había ido. Christian era de Madrid. Hablaba poco, pero siempre se quejaba de algo. Por su forma de vestir y la compostura del lenguaje, me parecía que era el de más alcurnia de todos ellos. De hecho, el carro lo había alquilado él. Nos detuvimos a comprar una botella de vino de la Rioja, por supuesto, y unos manís para picar. Yo llevé otro vino, por si acaso me pedían alguna invitación formal. No sé, mejor tener algo en la mano a la entrada.

Este grupo era muy divertido y Amaia, desde ya, no se separaba de mi lado. Nos mirábamos muy amigablemente y sentía que había química entre los dos. Karla más tranquila, parecía interesada en Christian, pero él siempre estaba parco y poco amigable. Amaia y Helena no paraban de conversar con todos. Ya ingresados en la fiesta, entre la multitud de desconocidos y luego de saludar y conocer al anfitrión, nos ubicamos en la terraza de esta maravillosa casa de tres pisos. Hablábamos de todo: de geografía, de historia, del descubrimiento de América, de que Colón habría venido a América antes de su primer viaje con un mapa que encontró en un naufragio de unos barcos portugueses y eso le permitió lograr el apoyo del Banco de Venecia. Con esos mapas secretos, de lo que ahora es América, preparó esa historia de ir a India para los reyes. De hecho, el primer contrato dice que, a base de lo que visitó, le cedieron dinero, títulos y todo lo necesario para iniciar su expedición. Claro, él no dijo que era otro lugar, porque eso era muy difícil de pensarlo en ese momento, pero era más fácil vender la idea de que había otro camino hacia la India. Yo no podía creer eso, pero Amaia decía que era verdad, y que esos mapas están ahora en la biblioteca privada del Vaticano.

Comenzó la música y la algarabía. La fiesta se encendió. Yo bailaba con Karla un merengue, y luego con Amaia, unas dos piezas de salsa. Me pisaban seguido perdiendo el compás, pero eso no importaba. Nos tropezábamos, pero era todo parte de divertirnos y aprovechar el momento. Su vestido floreado flotaba en el aire cuando daba vueltas y, con el color de su pelo rojo y esa sonrisa, nos alegraba a todos. Con tanto calor, nos deteníamos a beber y a disfrutar de la vista nocturna del Viejo San Juan. ¡Hermoso! A lo lejos, se distinguían los barcos cargueros y los cruceros que traían más turistas. La brisa brillaba por su ausencia, pero la humedad decía presente. Luego del baile, se podía apreciar el brillo de los sudores en nuestros cuerpos. Amaia se recogía el pelo y se tiraba un vaso de agua fría en el cuello sin pensarlo. Se refrescaba de una pasada y su piel, bastante bronceada por el sol del Caribe puertorriqueño, reaccionaba erizando sus poros y pintando sus curvas al vestido.

La noche era perfecta. Todos celebramos: chinchín, salud, skål, santé. Con las copas, celebramos el momento, mi llegada y esta nueva amistad. Luego vino la segunda ronda de bebida. Amaia y yo seguimos bailando mientras veía a lo lejos a Karla y Christian besándose en una esquina. La música no se detenía y no parábamos de bailar. Al rato Helena se fue al borde de la terraza a fumar y yo me quedé bailando un bolero con Amaia. El calor no nos importaba. Los roces y miradas estaban haciendo efecto y suavizando mi alma. Los dos estábamos decididos a disfrutar esta pieza romántica y nuestros cuerpos fueron acomodándose entre los pasos lentos de izquierda a derecha, así, lentamente. Nuestras ropas emanaban una mezcla de perfume y sudor. Nuestros olores corporales nos parecían un bálsamo a los sentidos, posiblemente producto del alcohol que corría ya por nuestras venas. Ella me apretó la cintura y yo reaccioné acercándome a su cuello. Su mejilla me rozó la boca y su sudor sabía a un salado especial con una pizca de pacholí. El momento era perfecto. La balada terminó y ninguno de los dos queríamos separarnos. Su boca se acercó a la comisura de mis labios y podía sentir su corazón latir en ese pecho sudado. Ella me besó y yo le correspondí. En eso, Helena se acercó, tosió frente a nosotros y nos ofreció un poco del cigarrillo que ella había enrollado y encendido para compartir. Amaia, enfadada, le dijo:

—Vaya que tienes puntería, maja. Gracias—. Helena sonrió y le contestó:

—Ahora me toca a mí bailar con él. Disfruta del cigarrillo —y enseguida se colgó de mi cuello buscando el paso de la balada que ya había comenzado y que Amaia había dejado pasar comenzando el baile.

—Veo que ustedes son buenas amigas y les gusta compartir, ¿no es así? —le pregunté mientras sincronizábamos nuestros pasos.

—Ella siempre es más rápida, pero al final somos amigas, solamente deseamos pasarlo bien —sonrió. —¿Y tú?, ¿Cuál es tu historia? ¿Estás casado?, ¿Tienes novia? —me miró sonriendo y pegándose un poco más, a pesar del calor y agarrando mis nalgas mientras me giraba como un tango.

—No, soltero, disponible, pero sin apuro —le dije, mientras la tomaba de la cintura y hacia un movimiento que la obligaba a dar un paso atrás y soltarme para dar la vuelta completa para seguir el compás de la música.

—¿Y tú? ¿Cuál es tu historia? —repetí con la firmeza y confianza, como diciendo "no vas a dominar esta conversación". Ella se sonrió, volvió a apegarse a mi cuerpo sudado y me dijo:

—Hoy solo quiero disfrutar este día. Mañana veremos

Se acercó más, me dio un beso rápido al que no pude negarme como probando a ver si la perseguía o si me limpiaba la boca. Se acabó la canción, vino Amaia y compartió el cigarrillo conmigo.

—No, gracias. Esta vez paso. Tengo sed —le dije mientras señalaba la esquina de licores y bebidas.

—Okey, tú te lo pierdes —afirmó mientras hizo una señal con la mano a Helena y le dio lo que sobraba del cigarrillo. Me tomó la mano y nos dijo:

—Vamos a ver qué hay de comida en el salón. Se notaba que a Amaia le gustaba tomar la iniciativa y hoy quiero dejarme llevar. Karla y Christian aparecieron al rato y nos mostraron dónde estaban los platos más apetitosos. Karla también me dijo que quería presentarme a una amiga que pronto se iba a casar y que tenía un novio maravilloso. Eran una pareja bella, pero no los encontraba por ningún lado.

—Se llaman Maximiliano y Sofía, pero no los veo ahora —me habló sin mirarme y se puso en puntillas para tratar de encontrarlos por encima de la multitud. Cuando los encuentre, te los presento. —Ella es como tú, buena gente y alegre. Maximiliano es medio misterioso, pero buena gente y muy guapo.

—¿Probaste esto? Está delicioso —señalando unos mofongos pequeños rellenos de camarón que estaban en la mesa. Seguimos comiendo y saludando a la gente. Esta comunidad la pasa bien; y me gusta este grupito que he conocido. Parece que no me voy a sentir tan solo en Puerto Rico como pensé.

Eran ya las tres de la mañana y los pocos invitados que quedaban estábamos en la terraza admirando la ciudad. El dueño de la casa se portó de maravilla. Agradecimos al Sr. Joan Bartolomé por ser tan buen anfitrión y por habernos permitido disfrutar de la fiesta. Llegamos al carro y, sin preguntarme, me llevaron a una playa cercana, pero con poca iluminación para ver el amanecer. Allí seguimos la fiesta viendo las estrellas y bebiendo el vino que Helena y Amaia rescataron al salir de la fiesta. La noche era bella, las estrellas estaban titilando como siempre y una que otra estrella fugaz nos permitió pedir un deseo. Helena se quitó casi toda la ropa y corrió hasta la playa solo en su ropa interior. Le siguieron Amaia y Christian.

— Estos españoles están locos —le dije a Karla.

—¡Dale, vamos! —me dijo ella —. La vida es corta y tal vez no podamos hacerlo otra vez —se rió y no lo pensamos dos veces. Nos quitamos la ropa y saltamos al mar. La verdad esa noche fue un éxito y no recuerdo cómo regresamos o quién manejó de regreso. Solo sé que al despertar estaba en mi cama del hotel de la universidad junto a Helena y

Amaia. Karla y Christian no estaban allí. Las dos dormían como lirones. Revisé mi caja fuerte y todo estaba allí. El dinero que sobró del vino había desaparecido y solo tenía mi licencia de conducir en el pantalón que colgaba de la silla del cuarto junto a los vestidos de las chicas. Yo solo quería ducharme y sacarme toda la arena que tenía entre las piernas y este dolor de cabeza que me mataba. De la playa para acá, no me acuerdo de nada. Ya en la ducha abrí la llave del agua fría y dejé que corriera un buen rato para refrescarme desde mi cuello hacia mis hombros, mi espalda y por ahí hasta mis pies. Sentía que me quitaba la arena pero no el dolor de cabeza; ni la mezcla salada de pacholí, el olor a cigarrillo y el sudor.

—Hola, majo. Buen día —dijo Amaia mientras abría la cortina de la ducha. Me empujó a un lado y se quedó con el chorro directo del agua fría de la ducha mientras tomaba el jabón y se preparaba para enjabonarse.

—La fiesta estuvo guay, me encantó. Bailas muy bien, ¡ah! —me dijo mientras se viraba y el agua le caía en la espalda y en la cabeza. Sus palabras salpicaban mi pecho. Yo no sabía qué hacer, solo me quedé callado asistiendo con la cabeza. Se volvió a abrir la cortina y era Helena, también reclamando un espacio en la ducha. No dijo nada. Solo se metió detrás de mí mientras yo solo atinaba a reírme por lo que estaba pasando.

—Pásame el jabón, Amaia —le dijo Helena mientras estiraba su mano al lado de mi cintura y apretaba su cuerpo al mío. Sus senos rodaban por mi espalda y su aliento, que olía a una mezcla de alcohol añejo y a cigarrillo, me distrajeron por un momento. El espacio limitado hacía que mi pecho chocara con la humanidad de Amaia. Al parecer a ella no le molestaba. Ya las cosas se estaban complicando y mi virilidad se estaba despertando. Ella se dio cuenta de eso y, luego de pasarle el jabón a Helena y, con sus manos, comenzó a enjabonarme lentamente desde mi cadera hasta casi la mitad de mi apellido. Helena, toda enjabonada y resbalosa nos empujó con los ojos cerrados para llegar hasta el agua fría y, mientras tanto, yo me hacía a un lado para dejar espacio.

—Hagamos un trato —les dije—. Yo ya terminé y creo que hay poco espacio. Mejor sigan ustedes en lo que me visto. ¿Les parece? Y así, entre enjabonado y mojado, abrí la cortina y salí hacia la parte seca del baño controlando mi emoción entre mis manos.

—No te vayas, que falto yo. Recién estaba calentando motores. ¿Estás seguro de que quieres irte? —me dijo Amaia con un ojo cerrado por la espuma de jabón que ya bajaba por su cara—. Helena y yo podemos ducharte muy bien —continuó.

—Gracias, gracias, ustedes son un amor —repliqué mientras seguía mirando mi reflejo frente al espejo. Respiré profundo mientras ellas cerraban la cortina del baño y continuaban riendo y haciendo chistes.

Al rato, los tres estábamos a la entrada de la universidad, nos despedimos y yo seguí buscando un sitio para ubicarme. La vida siguió como si nada hubiese pasado.

Caminé por esas calles junto a la universidad buscando dónde comer. Pregunté, me perdí, me ubiqué, encontré un restaurante dominicano espectacular y, entre las recomendaciones del mesero y unos comensales que escucharon mi conversación, pude llegar a una residencia privada de estudiantes que alquilaban cuartos solos y compartidos. El "cuarto compartido" tenía dos literas en un cuarto en el que el clóset era para todos y no había forma de guardar todo lo que yo traía, así que decidí seleccionar el cuarto individual porque me daba un poco más de privacidad. Así podía cuidar mis pertenencias y, sobre todo, el dinero que traía. Todos mis ahorros estaban en juego y no podía arriesgarlos. El costo del alquiler del cuarto en solitario era el triple de lo que yo había presupuestado. Pensaba compartir, pero los planes cambiaron. Ahora debía dedicar el 66% de mis ahorros a este cuarto y eso me obligaba a elegir entre pagar la renta o comer. No tendría dinero suficiente para ambas. Pero, ¿qué podría hacer para mantenerme a flote? Ya sé, ¡avena! Mi abuela siempre alababa los beneficios de la avena y uno de ellos era que te llenaba. Desayunaría y merendaría avena con alguna fruta y buscaría todos los programas que incluyeran comida gratuita en las iglesias o las organizaciones no-gubernamentales de los alrededores. Ahorraría hasta el último centavo y buscaría un espacio en la residencia de estudiantes para economizar. Luego de mi primer año podría trabajar en el recinto y con eso podría manejar mis finanzas. No era una decisión fácil, pero se puede. Debía llamar a la familia para que supieran que había llegado y que todo estaba bajo control. Esa noche busqué un teléfono público y pedí una llamada a la operadora al número telefónico de mi casa en Sudamérica.

—Por favor, comuníqueme con el 987-65-4321. Gracias —dije y cerré. Al ratito sonó el teléfono y me dijo el costo.

—¿Que cuesta cuánto? ¡Están locos! ¡Mi madre!

El viajar sin conocimiento de causa me estaba impactando. Los costos en Puerto Rico eran muy altos en comparación con mi país y los otros países de la región que había visitado antes. ¡Claro!, en ese momento viví el impacto de la limitada información que tenían de este Estado Libre Asociado. Puerto Rico, al ser una isla territorio de Estados Unidos, todos los productos vienen de allá, bueno, casi todos, y todo lo que viene de afuera tiene que ir primero a los puertos de Estados Unidos continentales y ser transportado en barcos de bandera norteamericana, que son los barcos más caros del mundo para transportar mercancías antes de ingresar a Puerto Rico. Por esto, el costo de todo se duplicaba o triplicaba debido al estatus político de la isla.

Ya la operadora telefónica nos estaba conectando. Menos mal que para esa llamada estaba preparado con muchas monedas y acepté pagar la cantidad de la llamada telefónica, pero advertí a mis padres que no iba a volver a llamarlos hasta el próximo semestre cuando ya tuviera trabajo. Que no se preocuparan y que todo estaría bien. Modulé la voz, no demostré mis nervios y respiré mucho. Después de cada comentario levantaba la parte inferior del auricular por donde uno habla hasta la frente para poder respirar por la boca; luego lo bajaba para responder. Así sobreviví esa llamada.

Ese día me callé tantas cosas que quería decir. Debía demostrarles que sus miedos estaban errados, que había conquistado esos monstruos. Es más, hice un chiste al final de la conversación antes de acabar la llamada que nunca supe cómo les cayó.

Colgué. No sabía qué pensar. Me quedé como cuando recibes una noticia inesperada y te quedas congelado. Todo era un laberinto. Era ya medianoche y el cielo estaba tiznado de carbón. En ese momento del día era cuando apenas el calor se disipaba por la ausencia del sol. Caminé por esa calle secundaria solitaria y seguí sin un objetivo claro. Tal vez al caminar sin rumbo por la calle, encontraría algo de sentido a lo que me estaba pasando. Me sentía un paria, un desterrado. Sentir la calidez de las voces amadas a través de ese teléfono apestoso que tanta gente usaba, pero a la vez sentir y vivir la soledad y el frío de la dureza de la nueva realidad que había seleccionado, ¡fue tan duro! Quería estar en los dos lados de la línea telefónica. Tan cerca y tan lejos. ¿Volver?, ¿seguir?, ¿para qué? Me harté de caminar. Nadie pasaba a esa hora por allí; ni los carros ni los gatos. Ya iba a amanecer, y continuaba pensando sentado en la vereda de la calle viendo el reflejo de la luz de ese gran queso brillante en el cielo teñido de carbón. Tenía tantos miedos y tantas preguntas e inseguridades que no podía dejar que me abrumaran. Continué deliberando… No podía claudicar. Solo había dos opciones: seguir o morir.

Las clases en esta ciudad universitaria no empezaban sino hasta después de un mes. Creo que era el único a esa hora de la noche pensando sobre el futuro en apenas la primera semana en Puerto Rico. Tenía que enfocarme en lo bueno, en lo que había logrado hasta ese momento. Ya estaba caminando hacia el primer paso en mis objetivos: estudiar la carrera que me gustaba. Pensé en mi hermana que estudiaba en Canada ¡Sí, mi hermana, claro! La voy a llamar. Encontré otro teléfono. En este caso, pedí una llamada *collect* a la operadora de la compañía de teléfono pues ya no tenía monedas. Mi hermana aceptó el cargo de la llamada y fue tan reconfortante escuchar su voz familiar y recibir sus palabras de aliento. Ella sabía muy bien lo que yo estaba sintiendo y cómo estaba en este momento. Ella había pasado por eso mismo hace no mucho cuando también decidió emigrar a estudiar. La soledad era la peor parte de este proceso, que podríamos compararlo a un destierro, pero en este caso es voluntario. Pero no estábamos solos, nos teníamos el uno al otro y, aunque no nos veíamos, y estábamos a muchos kilómetros de distancia, sentimos ese amor de comunidad, de familia que nos unía. Me dijo que siguiera con mis preparativos y que me instalara pronto, que cuando ya tuviera un teléfono al que pudiera llamarme, nos comunicáramos otra vez. Mientras tanto, que no me olvidara que teníamos el ejemplo de la lucha de nuestros abuelos por sacar adelante a sus hijos y el temple de nuestros padres por buscar una generación mejor. Que en nuestro corazón anidábamos el ardiente deseo por lograr los objetivos planteados. Ella tenía razón: debía seguir, debía luchar contra mis miedos. Lograr lo que tanto deseaba no iba a ser fácil. ¡Tenía que sacar lo mejor de mí!

* * *

Y por fin paz

Nadie podía creer lo que se había logrado. Por fin la paz, los grupos insurrectos del norte habían sido controlados y nuevamente el orden se imponía. Nos ha tomado ocho años de luchas, guerras y pérdidas que pudieron haberse evitado si tan solo estos pueblos del norte hubieran seguido con las formas de nuestra cultura y los designios de nuestro gobernante. Él es bueno, es nuestro jefe número trece y la verdad es que todos lo quieren. Mi deber como cronista del Tahuantinsuyo es contar estas historias a las generaciones venideras y que ellos las cuenten a las siguientes, pero mientras tanto hoy todos celebramos. Hoy festejamos la paz y podemos decir que el imperio se pacificó desde el gran mar. Desde las tribus de los Pastos, de los Cayapas y los Tolita hasta las tierras en el sur, donde los valles se llenan de arena y desierto y donde se congela la noche. Este hermoso Tahuantinsuyo ha sido puesto a buen recaudo por nuestro Sapa Inca, el líder Huyna-Capac. ¡Que viva el Sapa Inca! ¡Que viva el Imperio!

El inca líder, en toda su sabiduría, ha dispuesto que se separen las familias que apoyaron a los rebeldes en las tribus sublevadas del norte del imperio. Como castigo, se enviarán a las madres desterradas hasta las tierras cerca del mar. A los padres, se les enviará como esclavos a los pueblos de las montañas en el sur, donde la siembra es escasa y donde se fragmentan las piedras para sacar metales. Allá se necesita fuerza bruta. Algunos niños aprenderán las artes de la cerámica, de la orfebrería. Otros llegarán a ser los veloces chasquis, que llevan y traen mensajes e información de todos los confines del imperio. Pero los más sagaces e inteligentes serán alistados y educados como los próximos chamanes del imperio. Como la cultura inca se basa en la comunidad y el apoyo de todos para todos, el peor castigo que puede haber entre nosotros es la soledad. El no saberse como parte de un grupo y estar solo en medio de otra gente. La pena mayor es que te encuentres aislado de tus seres queridos en un entorno diferente al que conoces o de donde naciste. No se trata de quitarte las tierras o las riquezas, sino de imponerte la pobreza, romper el espíritu de amor y compañía y las ganas de vivir. Ese es el peor castigo. A los líderes rebeldes que lograron sobrevivir la guerra y que fueron atrapados se les enterrará vivos hasta el cuello, sentados, amarrados de manos y pies, y se les roseará miel sobre la cabeza, para que los insectos y los animales que pululan por la noche hagan el resto. Esto se hace para que todos observen, escuchen y entiendan lo que los incas son capaces de edificar o destruir.

Por el contrario, a las familias de los líderes que se mantuvieron fieles a Huyna-Capac, se les honrará con más tierras. Se buscará solidificar la unidad del imperio y, seguramente, algún hijo o hija del inca supremo desposará a algún descendiente de los caciques locales para honrar su lealtad. Luego de que el padre de Huayna-Capac conquistó originalmente estos pueblos del norte, el Sapa Inca casó a su hijo con Pacha Duchicela, doncella Shyris que la creen tan hermosa como la luna y que es la princesa de la tribu de los Quitu-Caras, Shyris y Quitumbes. Esa unión sirvió para enlazar a esta gente con los incas y para encontrar caminos de vida juntos y en paz. El mismo Huyna-Capac supo desarrollar estas tierras y seleccionó a Quito como su capital del norte. De hecho, Atahualpa nació aquí, pero desde pequeño tenía que aprender de los sabios del Cuzco y siempre estuvo junto a los más ilustrados del Tahuantinsuyo. Atahualpa ya es un hombre y algunos dicen que ya encontró mujer en uno de sus viajes de descanso, pero de eso no estoy seguro. Yo soy solamente un cronista del imperio y tengo que asegurarme de lo que digo antes de confirmarlo, así que lo voy a averiguar.

—¡Que viva el rey Huyna-Capac! ¡Que viva la paz de los incas!, ¡Que viva el imperio!

El Tahuantisuyo está bien planificado, bien gobernado. Se han construido caminos que conectan todos los pueblos y que facilitan el comercio y la comunicación. A este sistema de carreteras le llamamos Qhapaq-ñan desde el norte hasta el sur. Estas carreteras unen nuestro imperio y nos permite progresar. Por ahí circulan los incas llevando las cosechas, los pescadores llevando sus capturas frescas para el trueque. Por esos caminos, también transitan los chasquis a un ritmo veloz llevando y trayendo las noticias oficiales. Además los caciques van a un paso más lento llevando el gran peso de las impuestos que muchas veces llegaban a dos tercios de la cosecha.

En los principales pueblos incas hay templos dedicados al dios Inti y se construyen con una precisión increíble que no necesitan junta de barro para unir los bloques de rocas que forman las paredes. Los bloques gigantes de piedra se unen tan perfectamente que no hay espacio entre las rocas. Por ahí no pasa ni un cabello, como fe de su perfección. Esas técnicas para encontrar, mover, fundir y pulir esas rocas gigantes que se utilizan en los templos son procesos bien sabidos por nuestros abuelos. Dicen los incas más ancianos que nuestros antepasados, conocían formas especiales de trabajar que los dioses que llegaron del sur, en sus pájaros voladores, les enseñaron. Estos templos fueron creados para observar las estrellas y para esperar el regreso de Wiracocha, el dios que creó el mundo y que un día se fue por el mar. La profecía dice que un día regresará.

¡Que viva el Wiracocha!, ¡Que viva el Imperio! ¡Que vivan los dioses que nos dan de su sabiduría!

Hoy recibimos acá en Quito una noticia terrible desde las regiones cerca del mar. Hay muchos incas muriendo por una enfermedad que desconocemos. Son unos granitos en la piel. Primero salen unas pocas pelotillas rojas y luego se esparcen por todo el cuerpo y se hacen más grandes. Los ojos de los incas enfermos se llenan de sangre y esos granitos rojos pican muchísimo. Luego se vuelven amarillos antes de secarse y desaparecer. Para sanarse, cualquier inca tiene que aguantarse las ganas de rascarse por varias lunas, pues, si no, se esparce más y puede morir por desangrado o debilidad. La gente no dura mucho, pero, si no se rasca y aguanta con agüitas de hierbas por varios días, sobreviven. Aquí, en el norte del imperio, ya se han visto un par de esos casos y son gente que ha llegado de los pueblos cercanos al mar. Lo peor de todo es que nuestro inca Huayna-Capac ha mostrado en su pecho las primeras pelotitas rojas y le están picando mucho; estamos muy preocupados. Los mejores chamanes lo están atendiendo y tenemos confianza en nuestro dios Inti en que se recuperará.

"¿Qué pasará si nuestro Sapa Inca falta?", pensé. Sobre los hijos de Huayna-Capac, como cronista del imperio, puedo decir que Huáscar siempre se ha quedado en la capital del sur del imperio. En cambio,

Atahualpa ha aprendido junto a su padre en las guerras del norte. Desde niño afiló su cuchillo, y corrió junto a los generales. Su padre le explicó que, cuando uno gana la guerra, no destruye por completo al enemigo. Castiga a los rebeldes, sí, porque el pueblo tiene que aprender quién manda. Sabiamente, hay que salvar al cacique enemigo y a su familia y los clanes que apoyaron al Sapa Inca para que el pueblo vea y aprenda que es mejor apoyar a los incas y juntos aprender de las culturas, para hacer un imperio mejor. Huayna-Capac le enseñó desde niño que siempre el más violento acaba con la guerra. El fin es aparente y dura poco. Tarde o temprano, el odio hará resurgir la venganza. En la guerra no hay vencedores o vencidos; esa es una guerra perpetua. La verdadera guerra es la guerra del orgullo, de controlar el ego de ambas partes y del saber escuchar a los ancianos de los vencidos, que quieren lo mejor para nuestra Pachamama.

El Sapa Inca le enseñó que, si quieres paz, pero paz duradera, entonces, la paz se logrará con la guerra, con la guerra de ideas, de conversaciones, de entendimientos, y hasta de reconsideraciones y acuerdos nuevos. El que logra controlar esos perros interiores en los dos bandos logra la paz. Esa guerra solo se gana al escuchar a los ancianos de los pueblos vencidos para comprender sus rituales, sus formas de pensar y los valores que hay en su cultura y en las tradiciones de esa gente. Ellos conocen los peligros y desafíos que la gente común enfrenta en esos pueblos, y que el inca deberá afrontar también.

Atahualpa no solamente aprendían con cada conversación con Huayna-Capac. Del Sapa Inca aprendió que el imperio y el gobierno son solamente herramientas. Nada pasa si no hay líderes que hagan la diferencia y usen esas herramientas para el bien de su gente. No solamente de sus familias, sino de los que están lejos del Cuzco. Los líderes comprometidos con su pueblo son los que tienen el poder de construir. Ellos son los que logran crear un imperio o quienes lo destruyen.

Yo como cronista del imperio, lo certifico.

* * *

Análogo 3

Conectarte sin módem

No me dominará el miedo

Abro los ojos y estoy inmóvil en una fría y dura camilla en el hospital. Me siento mareada y desorientada. Me desperté porque estaban moviendo mi camilla para hacerme una resonancia magnética. Mi cuerpo no me obedece todavía y mis manos no se activan cuando les ordeno. Se mueven a veces e incluso solas sin yo decirles que lo hagan. Mis brazos intentan moverse, pero su peso es más fuerte que mi voluntad. La enfermera de cuidados intensivos que empuja la camilla está peleando con otra enfermera sobre algo del examen. No las entiendo bien, no porque no comprenda lo que dicen, sino porque no sé de qué se trata la pelea. Ella le recrimina que no le toca hacer esto y que ahora es muy tarde para que ella esté ahí conmigo. La escucho decir que son las tres de la mañana. De mala gana me están preparando para subir mi cuerpo a la tablilla de ingreso de la máquina de resonancia magnética. Entre las dos logran halar la sábana de mi camilla y me ruedan hasta el ingreso del túnel de la máquina. Pero la enfermera sigue molesta porque ella no debe hacer esto. Pero "¿acaso no es trabajo de la enfermera?", pienso. Qué desesperante es no poder hablar ni moverme para detenerla y pedirle que me explique. Ya me ha empujado varias veces y casi me hace caer cuando me traía. Es una sensación tan horrible el no poder hablar, estar dentro de esta máquina y no poder gritarles que me muero de frío. Es un miedo interno el que me sacude cuando pienso que voy a quedarme así toda la vida. Me aterra pensar que mi cuerpo será la cárcel de mi alma y que nunca más podré comunicarme con las demás personas. No, no puedo dejar que el miedo me paralice, tengo que pensar en otra cosa. Inhalo y exhalo. No puedo dejar que el miedo me gane. ¡Tengo que vencerlo! De alguna forma, pero tengo que hacerlo.

Durante el silencio que se da luego del fuerte y repetitivo sonido de esta máquina de resonancia magnética, puedo escuchar el eco de mi respirar entrecortado. Nunca me gustó este examen ni la sensación claustrofóbica que me generaba en los exámenes previos cuando monitoreaban el tumor. Ahora, me siento doblemente atrapada: acostada dentro del oscuro túnel de esta máquina, y también atrapada dentro de mi cuerpo titiritando por el frío y por el miedo. Cuando ingresé al cuarto, la enfermera me tomó la mano izquierda que tiene el brazalete de papel con mi nombre, la fecha de nacimiento y el número de paciente. Ella lo escaneó, leyó mi nombre al técnico de este laboratorio y me dejaron ingresar. Ahora me pongo a pensar en ese nombre que leyó en voz alta y que no lo reconozco como mío. Me suena familiar, pero no lo siento mío. La máquina vuelve a hacer ese ruido intenso, constante y repetitivo que molesta tanto y yo sigo pensando en ese nombre.

Me volví a dormir y el movimiento hacia la camilla nuevamente me despertó. Esta vez, la enfermera maldice que tiene que limpiar toda la huella de orina que dejó mi cuerpo en la máquina de resonancia magnética y en el piso cuando me movieron a la camilla. Pero es que no siento mi cuerpo, no lo puedo controlar. La enfermera dice que la culpa la tiene la otra enfermera del cuarto de cuidados intensivos del otro turno, por no haber vaciado la bolsa del catéter que recoge los líquidos del riñón. No tengo fuerzas ni para sentir vergüenza por lo que acaba de pasar.

¡Qué impotencia! Trato de abrir la boca y no puedo; trato de hacer algún ruido, pero mis cuerdas vocales son incapaces de emitir sonido alguno. Yo sigo intentando moverme, pero la mayoría de mi cuerpo no me hace caso. Solo mis ojos se mueven y, a veces, mis brazos intentan movimientos bruscos, desesperados, como buscando seguir lo que les digo, pero sin mucho éxito. Solo puedo parpadear y la enfermera no se ha dado ni cuenta de eso, pero no debo alarmarme. "A ver, respira", me digo. "Respira otra vez, tranquila. Solo intenta mover tus dedos.", me repito una y otra vez. Tengo que mantener la calma porque sé que si el miedo me domina acabará por drenar mis pocas fuerzas y caeré en el pánico.

Ya me llevan nuevamente a cuidados intensivos y, de camino, la enfermera se detiene a firmar algo. La persona que le entrega los documentos para confirmar mi salida me ve y se da cuenta de que yo la estoy viendo.

—Mira, mueve los ojos, puede vernos. Está despierta. Y veo que puede hacer unos movimientos con la mano derecha —dice. Siento unas ganas inmensas de llorar. Se dieron cuenta de que llevo varias horas consciente y necesito comunicarme.

—Inclúyelo en el reporte de turno y ponle colirio para que se le quite lo rojo y se pueda ver algo de la pupila. Anda, vete pronto para que la puedas evaluarla. Yo voy a llamar al doctor de turno —le dice a la enfermera. Ella, sin perder tiempo, sigue empujando la camilla, pero esta vez junto a mí.

—¿Me escuchas? —me preguntó—. Si puedes hacerlo, parpadea una vez.

Lo hice.

—Excelente —pausó y luego siguió empujando la camilla—. ¿Me puedes entender bien?

Parpadeé. Abrió la puerta del elevador, y empujó la camilla y seleccionó el piso correspondiente.

—¿Hace tiempo que te despertaste?

Parpadeé.

—O sea, que… ¿escuchaste lo que dije en la sala de resonancia magnética?

Parpadeé. Ella estaba preocupada por haber sido descubierta en vez de preocuparse por atenderme.

—¡Discúlpame! Es que hoy ha sido un día fatal para mí —prosiguió —. No es tu culpa. No debiste escuchar esa conversación. No sabía que estabas consciente —se detuvo como tragando saliva—. Por favor, discúlpame —me repitió.

Parpadeé.

Ella sonrió y me dijo — no te preocupes. Vas a estar bien.

Comencé a llorar de frustración porque no podía decir una palabra. Luego de eso, me dejaron en el cuarto de intensivo en observación al lado de la estación de enfermeras. Escuché una conversación entre la enfermera y mi neurocirujano en la que ella le explicaba lo que había pasado. Él le dijo que era normal que estuviese vulnerable y que poco a poco todo se iba a conectar otra vez, que fue una operación difícil y que debía estar unos días más en intensivo. No podía creer que estuviese viva. Había entrado a la sala de operaciones pensando que tal vez iba a morir, pero aquí estoy.

* * *

La matrícula y el VoBo (El Bobo versus Visto Bueno)

El día estuvo caliente, el rubio de arriba mordía. Además del calor intenso, se sentía la humedad del Caribe. Las mareas de estudiantes de todas las facultades de la Universidad de Puerto Rico se reunían en el coliseo del recinto para su matrícula del siguiente periodo que estaba por iniciar. Algunos estudiantes buscaban confirmar sus clases para continuar sus estudios y otros las que les permitirían completarlas y graduarse. Otros como yo, perdidos, no sabíamos ni por dónde comenzar. Afortunadamente, mi primera matrícula en la universidad fue sencilla, no hice nada. Todo lo realizó mi consejera estudiantil. El proceso era muy complicado para un estudiante extranjero nuevo. Era menos arriesgado que ella lo realizara conmigo y me explicara los pasos para completar la matrícula, a que yo le dijera lo que hice mal para luego corregirlo. La consejera me pidió que solamente la acompañara para validar mi información y ver que el seguro médico estuviera pago. Así fue, en esa mañana ella imprimió mi itinerario académico tentativo en las impresoras *Dot Matrix,* que tenían todas las oficinas de la universidad y comenzó la aventura.

—Aquí tienes —me dijo—. Ahora, vamos a la confirmación de la información en el coliseo. ¿Trajiste tus tenis deportivos y tu botella de agua? ¿Tienes el dinero para pagar las cuotas obligatorias y el seguro médico?

— Sí —le dije a todo. No entendía todavía la cantidad de pasos que se debían realizar en este proceso. Cada paso estaba identificado con estaciones o mesas para completar etapas de la matrícula. Era algo así como un plan de búsqueda del tesoro escondido en el campus de la universidad. Si había algún cambio o corrección en la información de tu programa, pues te enviaban con un papel que tenía un "VoBo" estampado. Lo del "VoBo" lo explicaré más adelante.

El corazón de todo el proceso de matrícula era en el coliseo de la universidad. El lugar era como una feria de pueblo con muchas mesas conectadas por un mar de cables de red electrónicos azules que unían los terminales de computadoras, las impresoras y los teléfonos de cada mesa. Era como una columna vertebral de un gigante dormido en el que todos trabajaban en su espalda. Esos cables estaban agarrados por cintas plásticas, para evitar que la gente asignada en las mesas se tropezara. No daba abasto la cantidad de ventiladores que trataban de palear el vapor del calor que emitían los cuerpos en las filas de espera.

Al llegar al coliseo debías dirigirte a la fila de tu facultad y luego buscar la primera letra del apellido y, finalmente, por tu número de estudiante. Todos hacían la fila ordenadamente, menos nosotros. Mi consejera me llevaba detrás de los empleados en las estaciones de las diferentes mesas entre los cables de los terminales de las computadoras para acelerar el proceso. Esperábamos a las espaldas de la persona que atendía en cada mesa y, tan pronto acababa de atender a un estudiante, mi consejera le pedía que aprobara mi programa de clases. Luego, confirmábamos mis electivas en otra mesa y, después, el registro en la lista del Decanato de estudiantes en otra mesa. El proceso continuaba con los pagos del seguro y el pago de las cuotas mínimas. Para los que se graduaban, faltaban los pasos de obtener el libro con las fotos de todos los que graduaban ese año, los detalles para marchar en la graduación y conseguir la capa y el birrete, etcétera. Un proceso principalmente manual y laborioso sin ninguna comunicación entre departamentos. Todo lo hicimos sin hacer fila entre la mirada de evidente molestia de los que sí la hacían. Me sentía un poco mal porque nuestro proceso solamente fue de una hora, cuando normalmente eso tomaba, como mínimo, cuatro.

Para un estudiante regular, si todo salía bien y terminabas de una pasada por todas las estaciones, perfecto, pero si alguna clase se llenaba o si había algún error en el sistema o tu nombre tenía una letra mal, entonces tenías que ir a las estaciones de cambios y corrección para que volvieran a confirmarte, a registrarte y finalmente pagar. Ese papel con la corrección que cada estación te daba, tenía un sello de "Visto Bueno" que se abreviaba como "VoBo". Al pasar los años supe que todos los estudiantes hacían chistes sobre las letras: que si "teníamos el VoBo" o es que "te hacías el bobo" o que "nos tenían de bobos" con todo esto. Fue una experiencia única y yo me preguntaba si habría alguna forma de simplificar este proceso.

Al terminar la matrícula, salías bañado en sudor, con los pies adoloridos por todas las horas de fila, muerto de hambre y de sed. Tu paliativo eran las bolsitas de multi-productos de auspiciadores y promociones que se repartían al final del proceso. Luego de aquella hora, ya era oficialmente, un estudiante graduado en la Universidad de Puerto Rico, del año académico 1995-1996.

* * *

Los chasquis

Atahualpa, ya todo un joven, se terminó de criar en Quito junto a la familia de su madre, la princesa Shyri Pacha Duchicela. Ella me lo dijo directamente en alguna conversación que tuvimos mientras repasaba las historias de las familias y las panacas. Yo, como cronista del imperio, tengo el privilegio de acceder a información del liderazgo inca.

Pacha Duchicela sabía bien que Atahualpa estaba segundo en posibilidades de ser emperador, pero si él desarrollaba destrezas en el arte de la paz y resolvía los problemas no solo guerreando, sino hablando y negociando con los pueblos, él sería un sólido candidato al trono cuando llegara el momento.

Atahualpa tenía un amigo que lo conocía desde la infancia y que siempre se buscaban para jugar y explorar los campos. Su nombre era Lusán y era hijo de uno de los generales quitumbes que apoyaban a Huayna-Capac. Los amigos se buscaban y jugaban en los momentos de descanso y recuperación. Atahualpa y Lusán pescaban en el río, corrían por los bosques y cazaban guantas, que son como conejos medianos bien rápidos.

Lusán estaba aprendiendo las artes de ser un chasqui. Él quiere recorrer el imperio por los caminos del Qhapaq-ñan y la mejor forma de hacerlo es si se convierte en uno de los muchos mensajeros que llevan y traen noticias de pueblos lejanos. Los chasquis solo pueden servir entre los 18 y 25 años y deben ser no solamente rápidos, sino rapidísimos, y tener un sentido de orientación increíble. Los chasquis viajan de día y de noche, llueva, truene o relampaguee.

Por todo el Tahuntinsuyo, a lo largo de los caminos del Qhapaq-ñan hay pequeñas casas llamadas chasqui huasi para que los mensajeros puedan descansar. También hay tambos o residencias un poco más amplias que sirven como casas estatales para las autoridades incas en su tránsito. Junto a los caminos, también puedes encontrar las colcas o pequeños depósitos de comida de esa comunidad que también sirven como suministros para los chasquis y para pagar impuestos. Los granjeros saben cuidar sus cosechas y las almacenan bajo la tierra antes de llevarlas a las colcas. ¡Que viva los caminos del Qhapaq-ñan y que viva el Tahuantinsuyo!

Una de las habilidades que Lusán ya estaba desarrollando era la de levantarse temprano, antes de que el sol saliera y ubicar las estrellas para saber por dónde dirigirse. Leer los astros era una de esas habilidades que los chasquis dominaban y que les permitían llegar a su destino sin importar en qué parte del imperio se encontraban. En esas bellas y frías noches estrelladas, la Cruz del Sur siempre les marcaba el camino. Lusán siempre compartía con Atahualpa lo que sabía y él, a su vez, le enseñaba las artes de la guerra que aprendía de su padre y que nunca dejaba de mejorar con los buenos consejos que recibía de muchos sabios. Los generales eran siempre muy generosos con Atahualpa y corregían sus defectos al enfrentarse en batalla. Claro, al principio, siempre lo cuidaban y solo permitían que los enemigos más débiles pasaran para enfrentar al príncipe. Conforme Atahualpa fue creciendo y solidificando su musculatura y velocidad, los generales fueron cuidando menos las espaldas del hijo del Sapa Inca. Atahualpa se lució como guerrero al final de la última batalla en las orillas de una laguna al norte de Quito y en la que los últimos caranquis, otavalos y cayambes sublevados fueron sometidos. Fue tanta la mortandad que las aguas de la laguna se volvieron rojas con tantos cuerpos flotantes. Los lugareños le cambiaron el nombre, por lo que luego se llamó Yaguarcocha, que significa "Lago de Sangre".

—¡Que viva el imperio! ¡Que vivan los chasquis! ¡Que viva Atahualpa!

Casualidades del agua

En un día de descanso luego de la última batalla, Lusán le propuso a Atahualpa que fueran a ver una cascada que traía agua desde más allá de las nubes. Era agua que constantemente salía del cielo y caía de día y de noche sin parar. Eso sí, estaba localizada más allá de los límites del Tahuantinsuyo. Tendrían que evitar a los Quiyasingas, que era un pueblo bárbaro falto de piedad y muy conocido por su gusto por la carne humana. Eran indómitos y los incas nunca quisimos enfrentarlos. Eso me contaron los otros cronistas del imperio antes que yo.

Por esos días Huyna-Capac le había informado a Atahualpa que estaba buscando a una doncella entre los otavalos, los carchis o las panacas del norte del imperio para que fuese la futura princesa en jefe, para que sea su mujer Tóc-to, o la mujer que lo iniciaría sexualmente. Ya era tiempo de que Atahualpa ejerciera su deber de príncipe y recibiera a una mujer que lo convirtiera en un hombre de familia para oficializar la descendencia de la nobleza inca y local. El Sapa Inca podía tener muchas concubinas luego de ser iniciado por la doncella seleccionada y podía tener otros hijos, pero solo su mujer Tóc-to era la que mantendría el linaje y la que aprendería el lenguaje de Pukina, que era la lengua de la élite incaica, el lenguaje de la nobleza.

El resto de los incas hablaba el idioma oficial, el quechua y ahora las panacas del norte tendrían acceso a ese legado, a esos conocimientos ancestrales y a esa sabiduría nueva y a un nuevo lenguaje. Esta doncella del norte es muy importante, es quien va a salvaguardar los intereses de su tribu y la que va a abogar por su gente en lo íntimo de la relación de familia de los nobles. Ella tendrá mucho poder sobre el inca y esa concepción de esta nueva pareja sellará el pacto con las tribus del norte para asegurar que lo acordado como resultado de la pacificación del

Tahuantinsuyo se cumpla con sangre en el tiempo. Las formas de vivir de aquí en adelante van a materializarse en la cara de un futuro noble que representa la sangre de las dos tribus. Eso lo he visto muchas veces como cronista del Tahuantinsuyo.

—¡Que vivan los acuerdos logrados!, ¡Que viva la paz!, ¡Que viva el futuro hijo de Atahualpa! —lo dije fuerte y en voz alta para que todos me escucharan.

Está decidido: Atahualpa y Lusán van a partir a su viaje. Será una aventura muy interesante en la que Atahualpa podrá aplicar sus nuevos conocimientos de chasqui y, seguramente, será una de las últimas aventuras de los entrañables amigos, ya que Huayna-Capac regresará a la capital del sur, al Cuzco, para volver a ponerse al día de los negocios del imperio. Y seguramente se llevará con él a toda la familia real y, con ellos, seguramente a su hijo ya comprometido.

Sin perder tiempo, los dos amigos se prepararon para salir. Seleccionaron las hojas de coca que cada uno iba a llevar y Lusán le pidió a Atahualpa que se despojara de todos sus collares y aretes, plumas e insignias reales, que solo le traerían peso para el largo camino que les esperaba. Solo necesitaban una sonrisa y el corazón dispuesto a la aventura. Ambos salieron al amanecer del próximo día.

El Tahuantinsuyo les proveía de los caminos, y las estancias para descansar. Las hojas de coca les daban la energía que necesitaban para avanzar. Masticar una bolita de varias hojas de coca en uno de los cachetes era suficiente para una buena caminata de unas cuatro o cinco horas. Comida no les faltaría cerca de los caminos del Qhapaq-ñan, pero si se alejaban, entonces buscarían un río, y recogerían los frutos abundantes que la naturaleza ofrecía. Comían de las flores y las raíces que solo los incas sabían que eran buenas para comer. Al cabo de un rato de descanso, los dos amigos comenzaban a masticar otro grupo de hojas de coca para seguir su camino. Otras cuatro o cinco horas más de recorrido corriendo y ya estarían más cerca de su objetivo. En este viaje no tenían tiempo para cazar y cocinar. Tenían que avanzar.

Lusán aprovechó este viaje para enseñar en detalle las técnicas de los chasquis. El movimiento de las caderas, lo importante de mover las manos para ayudarse y la posición de las plantas de los pies era crucial.

Nada de apoyar todo el pie en el piso. Tenían que usar la punta del pie y hacer un arco imperceptible para empujar el cuerpo más rápido. Los chasquis casi volaban al correr, eran atléticos y alcanzaban unas distancias impresionantes con un ligero equipaje. Llevaban su bolsa de hojas de coca, que la llamaban chuspas. En el hombro, llevaban una manta para colocar los regalos que muchas veces eran una incomodidad para ellos. Para cuidarse del viento y el frío, llevaban un unku, que era una camisa de algodón, y sus sandalias. Para este viaje al norte, dejaron el pututu que era una concha que soplaban a los pocos kilómetros del fin del trayecto para anunciar su llegada a los lugareños. Pero esta vez sí se llevaron su porra, que era un palo con una punta de piedra para defenderse. La velocidad que lograban era tan buena que era difícil alcanzarlos y, como siempre, utilizaban los caminos del Qapac-ñan, pues los peligros eran mínimos. El imperio es un sitio seguro.

Los chasquis viajan sin equipaje pesado y lo único que llevan son mensajes que tienen que aprenderse de memoria para poder repetirlos tal como se los dijeron al momento de salir. Desarrollaron una memoria privilegiada y Lusán es uno de los estudiantes aprovechados. Para registrar sus llegadas y salidas en el chasqui huasi o casa de los chasquis, hay un juego de cuerdas que se llama quipu. El quipu es una cuerda primaria de la que se amarran otras muchas cuerdas secundarias más pequeñas de distintos tamaños y colores en las que se les hacen nudos de muchos tipos. Entre el tamaño de los nudos, las posiciones de estos en las cuerdas y los colores, se marcan las distancias, las cantidades y el recorrido. Si el mensaje que lleva el chasqui contiene muchas cantidades o alguna numeración complicada, entonces el chasqui lleva un pequeño quipu para pasar los números al siguiente chasqui junto con el mensaje memorizado para que no haya equivocación.

El chasqui normal básico es llamado chasqui hátun. El chasqui élite, era el chasqui Huamán, o también llamado chasqui halcón, que son los más rápidos y capaces. Estos se distinguían con una pluma de halcón en la cabeza. Y este es el sueño de Lusán: convertirse en un chasqui Huamán, un chasqui de élite. Lo sé por qué me lo dijo en alguna conversación que tuvimos antes. Nosotros, los cronistas del Tahuantinsuyo, tenemos que saberlo todo y contarlo a las siguientes generaciones.

Otros detalles que Lusán estaba compartiendo con Atahualpa era sobre el lenguaje de la naturaleza al viajar. Los chamanes le habían compartido los detalles de las plantas, del terreno, de los colores y de los olores. Los diferentes sonidos de los ríos y de las montañas y, lo más importante, el lenguaje de los pájaros. Sí, así es, los chasquis leen a los pájaros solos y en bandadas, a todos los tipos de pájaros. Estas aves siempre son su compañía y en ellos encuentran los detalles de lo que está pasando a su alrededor. Es muy importante escuchar su lenguaje, su tono y melodía. Por ejemplo, prestar atención a los sonidos cuando pelean y otras que emiten cuando están alegres. Las cadencias del lenguaje de los pájaros cuando se aparean son dulces y diferentes a los gritos y chirridos de cuando hay un depredador cerca. Los pájaros les dicen si hay un animal muerto, si están huyéndole a la lluvia o si hay peligros cerca que deben evitar. Ese lenguaje puede salvar la vida de cualquier chasqui. Con el tiempo, el chasqui no solo aprende a escuchar y entender a los pájaros, sino que, con cautela y habilidad, hasta pueden comunicarse con ellos. Lusán entonó algunos chirridos para Atahualpa y le mostró cómo las aves de alrededor le contestan y se "comunican" con él. Atahualpa no podía creerlo y durante todo el viaje siguió averiguando, aprendiendo y practicando sobre el lenguaje de las aves.

Ya habían recorrido varias lunas fuera de los límites del Tahuantinsuyo y estaban a punto de llegar. Los nuevos valles del norte eran verdes, ricos en frutos y verduras. Había tantos ríos y abundancia de animales que ellos no lo podían creerlo. Desde muy lejos, se escuchaba el estruendo del agua al caer en el lago; sobre las copas de los árboles se veía el vapor del agua al rebotar contra la superficie del lago. Era todo un espectáculo. Un lago inmenso recibía las aguas erráticas que caían del cielo. Las nubes tapaban la visibilidad para identificar de dónde provenían esas aguas, pero el viento las movía de tal forma que nunca caían en el mismo lugar. Detrás del agua había, una pared de piedra imponente que se levantaba vertical detrás de la cascada, pero, al igual que el agua, las nubes tapaban el final de esta pared de piedra. Ese paisaje diferente enmudeció a los dos amigos, que no habían visto algo así tan impresionante. Llegaron a la orilla del lago pasado el mediodía de ese largo recorrido y no veían el momento de descansar. Atahualpa y Lusán solo atinaron a sentarse a la orilla y mojarse los pies cansados y sucios de tanto fango y tierra acumulada. Los dos amigos estaban con hambre porque el efecto de las hojas de coca que les había mantenido con energía durante las últimas horas ya estaba disminuyendo.

Lusán le dijo:

—Voy a buscar algo de comer. Ya regreso. Atahualpa se zambulló en el agua para refrescarse. Nadó hacia unas rocas, a unos metros más adentro del lago y, al llegar al tope de una de las rocas, se topó con unas mujeres que se bañaban. Atahualpa nunca había visto a unas mujeres tan bellas. Se fijó especialmente en una que tenía una cabellera negra que le llegaba a la cintura. Sus caderas eran especiales, curvilíneas en todas sus esquinas. No era como las bellas mujeres del Tahuantinsuyo, que tenían un contorno corporal diferente. Sus orejas, nariz y mentón tenían unas curvas bellísimas, que desconocía. Su figura, sus piernas, su cabello, su sonrisa… Toda ella era preciosa, de pies a cabeza. No había nada regular en esta extraña mujer. Solo bastó una sonrisa de esa joven para que sus ojos oscuros profundos hechizaran al príncipe en la primera mirada que intercambiaron. Él se quedó inmóvil al ver esas mejillas circulares que parecían ciruelas a cada lado de su cara cuando ella sonreía. Iban tan bien con sus dientes blancos y sus labios rosas que entre todos dibujaban un ser de las estrellas o de los dioses. "Seguramente así son las diosas de acá", pensó. Nuestro príncipe se quedó en el mismo sitio, como plantado. Sin saber reaccionar. Paralizado. ¿Será por el hambre, o por lo cansado que estaba? Simplemente no supo qué hacer. Ella lo vio como esperando que mirara a otro lado sin intentar esconder su desnudez, pero él no se volteó. En ese momento de desconcierto, el príncipe, luego de un par de segundos, sintió un rubor en sus mejillas y pensó mirar hacia atrás o mover la cara y volver a donde estaba antes, pero decidió que no. "Yo soy el príncipe y ellas tienen que arrodillarse y reverenciarme. ¡No me voy a mover!", dijo para sí. La mujer se dirigió nuevamente al visitante y le preguntó si estaba cómodo en esa roca allá arriba y él contesto que sí. Mientras ella movía con sus manos su larga cabellera mojada hacia el frente para cubrir un poco sus senos. Ella le sugirió tranquilamente que si regresaba a la orilla de donde vino, al otro lado de la roca, y le permitía vestirse, ella lo invitaría a comer. Era obvio, Atahualpa tenía una cara de hambre increíble y se notaba en su semblante que había forzado el cuerpo al límite de sus fuerzas. Él no supo más que obedecer a esa mirada hechizante que lo doblegó a volver por donde vino para esperar a Lusán.

Lusán ya estaba en la orilla con unas piñas grandes, unas ramas llenas de guaraná y unos bananos maduros que había recolectado.

—¿Qué te pasa, Atahualpa? ¿Estás bien? Te veo como azorado —dijo Lusán. Atahualpa, señalando con su brazo extendido y mirando hacia la roca, dijo:

—Sí, sí, estoy bien. He visto un ser especial. Ella es preciosa, es… es…

Lusán no vio a nadie y solo atinó a ofrecerle una piña. Al rato Yuisa llegó y se presentó y dijo:

—Soy Yuisa y ella es mi amiga, Guarina. ¿Quieren comer? Hemos cocinado entre varios amigos y tenemos comida de sobra que deseamos compartir.

—Ambos venimos del sur buscando la cascada que trae agua del cielo, más allá de las nubes —dijo Atahualpa rápidamente antes de que Lusán abriera la boca y les dijera que era el príncipe del Tahuantinsuyo. Luego, vio fijamente a los ojos a Lusán y le asintió con su cabeza. Lusán no supo más que seguir la indirecta, afirmar con su cabeza y acoplarse al discurso de Atahualpa.

—Así es. Solo queremos ver esto y nos regresamos pronto —dijo Lusán.

Esa noche no hubo venias ni deferencias y nadie se arrodilló ante Atahualpa. Lusán ya estaba advertido. Ese día todos se conocieron tal como eran, y Lusán solo disfrutaba de ese momento maravilloso al ver a su amigo compartiendo como cualquier persona regular.

Al cabo de 15 lunas, Atahualpa se había rendido a los encantos de Yuisa y estaba perdidamente enamorado. Había sido él sin títulos, no el príncipe que sabemos. En esos lares, nadie lo conocía y Lusán había sido muy prudente. Nada fue ficticio. Yuisa había sido solo ella y su manera de ser y su seguridad había arropado a nuestro príncipe de una forma y una intensidad que él nunca había visto y sentido antes. Ninguno de los dos dijo nada de su pasado. Todo fue real, todo fue compartido con un beso hasta lo profundo del alma.

Lamentablemente ya tenían que regresar. Atahualpa sacó fuerzas de donde no tenía y le informó a Yuisa que, a pesar de que la había pasado como nunca antes en su vida, tenía que regresar con su familia. Le informó que su padre estaba obligado a realizar un viaje muy largo y tenía que acompañarlo. Fue muy duro para él decirlo, ya que podría significar perder a Yuisa. No le había pedido que regresara con él, pues no quería entrar en detalles del viaje con su padre ni de su posición real en el imperio. Él se había enamorado de esta mujer única, en tan corto tiempo, y ella le había correspondido su amor.

—Llévame contigo. Quiero conocer tu mundo y que sea mi mundo. Mi vida aquí ya cumplió lo que tenía que cumplir —le dijo Yuisa, sin pensarlo.

Atahualpa sonrió. No podía creerlo. Por fin podía escoger a la mujer que él quisiera y, a la vez, ser elegido por una mujer sin compromisos. Nada de intereses políticos para apaciguar a las tribus y hacer de un matrimonio una pieza de negociación para la paz. Ese día Atahualpa fue libre. Fue un hombre más que encontró a una mujer que se interesó en él por su buen humor, por las historias y miradas que compartían o por el olor que en la intimidad los arropaba. Esta relación no era por sus títulos y su abolengo, sino por esas miradas, la conversación y el compromiso que fue naciendo entre ellos.

Atahualpa le tomó las manos, le dio dos flores rojas que crecían por la orilla del camino, la miró a los ojos y le dijo:

—Iniciamos hoy nuestro camino. Tú me vas a conocer y yo te voy a conocer y nada de lo que hay alrededor de nosotros va a cambiar mi amor por ti. Todas mis emociones y mi estómago tiemblan solo por tenerte junto a mí. Te amo —lo dijo pausadamente con una voz suave y melodiosa.

Yuisa dejó caer una lágrima espontánea. Le soltó las manos, se secó la gota salada que bajaba por su mejilla. Sonrió. Se arregló el cabello para alcanzar detrás de su cuello y se desamarró por primera vez el collar que llevaba desde adolescente. Ella le contestó: —Toma este collar de coral rosado que me dio mi madre. Que este collar te acompañe desde hoy como símbolo de mi amor y compromiso por ti. Este collar es mi alma, viene de la profundidad del mar que baña las costas de mi tierra. No hay nada más sagrado que mi familia y mi gente.

Me llamo Yuisa y hoy quiero que mi nombre suene junto al tuyo —sonrió levemente mientras lo veía directamente a su alma a través de sus ojos mientras le entregaba el collar a dos manos.

—Hoy voy a compartir todo lo que hay en Yuisa y tú conocerás a la mujer que te ama. El tiempo va a ser corto para compartir nuestras vidas. No importa lo que nos rodee o lo que tengamos que enfrentar, las estrellas nos han unido aquí y yo sigo mi destino por decisión propia. Me tendrás a tu lado, a pesar de todo… Siempre.

Una lágrima salada inca se unía a una lágrima taína en un dulce beso eterno. Sus almas aprobaron este encuentro que el universo había confabulado para ellos y todo se consagró con unas flores y un coral rosado de mar.

Al día siguiente, Yuisa se preparó. Guarina decidió acompañarla y cuidarla como siempre, ya que solo ella sabía todo lo que ellas dos habían pasado y sufrido con sangre y muerte antes de finalmente afincarse junto al lago hacía muchas lunas. Yuisa no le dijo nada a Atahualpa sobre su pasado; bueno, él no había preguntado tampoco, pero en algún momento le diría todo, todos los detalles de su huida y lo que habían pasado hasta ese momento. Guarina prometió a la madre de Yuisa antes de alejarse de su tribu que la acompañaría para asegurarse que estaría bien. Ese compromiso lo selló con sangre.

Lusán se despertó temprano como un buen chasqui. Esta vez, un poco más temprano que de costumbre. La Cruz del Sur seguía siempre ahí para guiarlo. Consultó las estrellas, identificó su ubicación en esas tierras lejanas y planificó su camino.

—¿Estás listo, Atahualpa? Dime que de seguro usarás parte del camino para explicarle a Yuisa de tu realidad y de los problemas que ella tendrá que enfrentar, sobre todo, cuando llegues a Quito, ¿verdad? —le dijo Lusán con ojos de preocupación.

—Tranquilo, Lusán. Ella entenderá —le dijo Atahualpa. En estos días, ella me ha sorprendido con sus historias y sus habilidades. Nunca había conocido una mujer tan completa. Puedo sentir que ella también tiene conflictos y situaciones que contarme. Veo en ella un conocimiento muy elevado como para ser alguien que no es de la nobleza de alguna panaca. Yo no le he escondido nada. Ella ha visto mi alma tal como soy. El resto son solo collares, títulos y ceremonias. Ella me ha ayudado a hablar más conmigo, con el Atahualpa con el que no interactuaba mucho. Ahora conozco más de mí que el Atahualpa que llegó hace un par de lunas. El universo nos ha unido y seguro es por algo. Nuestras almas sabrán manejar cualquier cosa —lo abrazó y prosiguió: —Vamos, amigo, salgamos ya que estoy loco por contarle la historia a mi madre. Estoy seguro de que ella se alegrará.

Guarina, Lusán, Yuisa y Atahualpa, juntos, emprendieron el regreso por el mismo camino que los llevó a la cascada que trae agua desde el cielo y más allá de las nubes, pero esta vez los acompañaban dos flores y la Estrella del Sur con un tono rojizo que brillaba más fuerte que nunca.

La comunicación es el secreto

Atahualpa y Yuisa compartieron muchos detalles de sus vidas en ese viaje de regreso. Ella supo manejar sus emociones al enterarse del estatus de Atahualpa y él supo entender que ella huía de su tribu por razones que todavía no sabía, pero que lo que hasta ahora conocía era suficiente para amarla. No quería presionarla para que le contara todo lo que sucedió en su pasado y estaba seguro de que, cuando llegara el momento adecuado, Yuisa iba a compartírselo. Durante estas lunas de camino habían sido transparentes. Abrieron un canal de comunicación totalmente directo, que querían mantener a pesar de todo. Solo el corazón hablaba sin intereses, sin complejos, desnudos, vulnerables, como solo ellos querían ser; el uno para el otro.

Yuisa deseaba mantener su historia taína, su linaje y el nombre que le había dado su tribu. No quería perder la identidad de su pueblo taíno ni de su tierra Borikén. Ella era sincera con él y eso bastaba. Por su parte, a ella no le molestó la idea de que su hombre fuera a tener otras concubinas, pues no se consideraba una; ella estaría allí por su decisión. Atahualpa la persuadió de irse con él, no por medio de regalos. No le dio de lo que le sobraba, sino que le dio de lo que no tenía cuando el destino los reunió. Sus bases eran sólidas por el amor que tenía al hombre que la enamoró y que el universo le entregó. A él y a ella no les importaba lo que fueran a decir los ancianos o los generales. Ellos estaban convencidos de que su encuentro no era coincidencia. Él amaba a esta mujer que acababa de conocer y con ella formaría una nueva familia y si era necesario una nueva tribu.

* * *

Escucha tu cuerpo

Me desperté… No sé dónde estoy, si en la unidad de cuidados intensivos o en la sala de cirugía. No sé si estoy dormida o mareada; solo sé que no puedo abrir mis ojos y tengo la sensación de que estoy flotando en una piscina en el medio de la noche nublada. Es un nublado de sentimientos y de visión. No me siento bien, no escucho bien. Sé que hay algún tipo de ruido a lo lejos, pero no logro distinguir quién lo hace o qué es lo que hacen. Mi olfato también está atrofiado. Cuando ingresé en esta sala de operación, todo apestaba a alcohol. Ese olor ya se fue o por lo menos, no lo siento más, pero creo que respiro. Bueno, no estoy segura.

De lo que sí estoy segura, y lo siento muy bien, es que me duele mi cabeza de una forma que no había sentido antes. Apenas puedo moverme. Si lo hago, siento que mi cabeza va a estallar. Es como si me hubiesen halado del pelo y arrastrado por todo el estacionamiento de este hospital. No atino a sentir mis brazos para poder tocar mi cabeza. Tampoco siento los dedos de mis pies para saber si hay frío o calor. Normalmente mis pies son los que dictan la temperatura de mi cuerpo, balanceándolo, afincándolo a la temperatura que debe ser normal y más si están poco cubiertos. Es extraño, pero me funciona.

El frío que sentí al entrar a la sala de operación ya no lo siento y la verdad no logro identificar ni el latir de mi corazón, ni la respiración de mis pulmones. ¿Será que…? No, no, no. Tranquila, respira. Si estoy conversando conmigo, es que hay un cerebro que está procesando las cosas, y aunque todavía no sienta mi cuerpo, mis pensamientos ya están presentes. Estoy pensando; eso es un buen indicio o, por lo menos, significa que no estoy muerta. Puede ser que la anestesia ya esté perdiendo su efecto y eso significa que la operación ya acabó.

Antes de la operación le había pedido a Dios que, si me tenía que morir, lo aceptaba. Así que, cuando descubrí que todavía vivía, me dije: "Sigo aquí. Entonces tengo que luchar. ¡Aférrate a la vida!".

¡Ah! ¿Qué pasó? ¿Me quedé dormida? ¿Qué fue ese sonido? ¿Cuánto tiempo me dormí…? Escucho voces a la distancia, pero no entiendo lo que dicen; solo noto que están ajetreadas. Otra vez me dormí. Esos sonidos los escucho más cerca, aunque amortiguados. Como si alguien hablara detrás de las paredes, pero no se entiende lo que dice. Están moviendo cosas y escucho el choque de los metales. Apenas escucho un nombre a lo lejos, pero no sé de quién es. ¿Será el mío? Pero no recuerdo mi nombre. En este momento no recuerdo nada. Solo siento dolor de cabeza.

Me están moviendo, eso sí lo sentí. ¿No se supone que, si la operación ya terminó, me despierte con mi familia junto a la cama con sonrisas y alegría viendo ramos de flores? Esos sonidos no son de felicidad y ahora hasta escucho gente que grita algo que no distingo, pero se nota que están recriminándose algo.

¡No aguanto el dolor de cabeza! ¡Qué desesperación! No puedo moverme y no siento las manos para tocarme la cabeza. No puedo abrir mis ojos. Necesito ver lo que pasa a mi alrededor y pedir algo para este dolor de cabeza que me está matando.

Análogo 4

Decisiones sin www

Es de color amor

Estaba decido a caminar todas las cuadras necesarias hasta el apartamento de Amaia para ver la final de la Copa de Campeones de fútbol de Europa. Barcelona, mi equipo preferido de fútbol estaba como favorito para ganar la final. El juego solamente lo pasaban por un canal de televisión por cable y en el apartamento de ella había ese canal.

Era domingo y las compañeras de apartamento se habían ido a sus respectivos pueblos. Yo no tenía automóvil, así que debía caminar; no había otra opción. Podía decidir entre caminar o ir en guagua pública (como le llaman al bus en Puerto Rico), pero no era seguro que llegara pronto. Me incliné por lo seguro.

En un abrir y cerrar de ojos ya estaba timbrando en el portón negro de metal del edificio de veinte pisos para que me dejara entrar. Sonó el seguro eléctrico de la puerta y pasé. Ya eran casi las once de la mañana y el juego iniciaba en una hora, pero quería ver la entrada de los equipos a la cancha, los gritos, los análisis y toda la fiesta del fútbol. En el vestíbulo del edificio había un letrero que decía: *Por favor, use las escaleras, elevador en reparación*, así que tuve que, con paciencia, subir dieciséis pisos para llegar. Llegué sudando y casi sin aliento. Golpeé la puerta y ella me recibió con un aura increíble. Se veía bellísima.

—Pasa majo, ponte cómodo. Ahí está el mando de la TV, así que busca tu juego tranquilamente. ¿Quieres agua? —me dijo mientras se dirigía a la cocina.

—Estoy limpiando el apartamento y cocinando a la vez. Así que, disculpa, pero voy a estar ocupada. ¿Te molesta? —prosiguió junto a una sonrisa, de esas sonrisas pícaras que no veía siempre.

—No, no te preocupes. Yo me concentro en mi juego —le dije nervioso, sin dejar de mirarla mientras me daba la espalda al dirigirse a la cocina. Yo me quedé parado en la entrada sin aliento. Una, porque estaba recobrando el aire por la subida de las escaleras, pero la otra era por verla así, tan ella, con su pelo alborotado por el viento que cruzaba desde el balcón hasta la puerta abierta que yo sostenía. Estaba sudada, sin maquillaje con su ropa de limpieza, que le quedaba tan bien: una t-shirt de Nirvana y un pantalón corto licra color violeta que me obnubiló. "Qué cuerpo tan bello, qué curvas". Respiré, me ubiqué nuevamente y obligué a mis piernas a caminar hacia el sofá de la sala frente al televisor. Recordé a lo que había venido. Puse el canal e inmediatamente salieron los equipos, jugaron, no sé ni quién ganó. Seguro Leo Messi sacó su magia y ganaron. De hecho, no recuerdo haber visto ese juego. Ella pasaba, barría, limpiaba aquí y allá y yo me mordía los labios. El juego se acabó y ella me pidió que la ayudara a servir la comida. Ese día la pasamos de maravilla. Rompí mi creencia que el fútbol era lo más importante en la vida. Me di cuenta de que hay otras cosas más importantes. La flecha de cupido me había pegado y supo darme directo en el corazón. No tanto por esa increíble licra violeta, sino por esa compañía, la comida, la conversación y lo bien que siempre la pasábamos juntos.

Fiesta en casa de Ana

Luego de ese sábado, retomé mi rutina semanal y en mi objetivo de ser el mejor en mi área de estudios. Volví a centrarme en aprender lo que más podía en cada clase y no limitarme a lo que el profesor dijera. Leía todas las lecturas y participaba en todas las charlas magistrales que se organizaban en la universidad. Por eso, era tan importante revisar el casillero localizado en mi facultad. Debía estar pendiente a los anuncios en el tablón de edictos del Decanato de Estudios Graduados y de los proyectos nuevos del Decanato de Estudiantes. Había tantos eventos con profesionales invitados de todo el mundo. Encontrabas orquestas de Escandinavia, *ballets* de Asia, discursos de eruditos de Europa, Américalatina y de Estados Unidos. Estudiar en la Universidad de Puerto Rico era un manjar para la mente y el espíritu.

Esos casilleros, que recibían toda la comunicación escrita para los estudiantes graduados, eran hechos de madera en su mayoría. No eran nada chicos, para poder albergar muchas promociones. También eran lo suficientemente grandes como para que en ellos cupiera un par de zapatos holgadamente. Claro, no había puerta en los casilleros como los del correo postal, pero tenían un membrete con tu apellido y tu nombre en el borde superior de su recuadro, de tal forma que cualquier miembro de la comunidad universitaria tenía la libertad de promocionar lo que deseaba. Nadie inspeccionaba qué dejaba la gente. La universidad es el templo del conocimiento y la libertad de expresión, así que llenaban los casilleros de todo tipo de invitaciones, desde el concierto de *rock* latino, al que eventualmente fui con Amaia, o la vigilia religiosa en contra de la guerra, o esas inolvidables cartas de admiradoras o admiradores anónimos que muchas veces recibía. Yo solo esperaba con ansias notitas de mis nuevas amigas: Helena, Karla, pero en especial de Amaia.

En el campus también existían los otros tipos de "tablones de edictos" para comunicar eventos masivos que, casi siempre, eran unas columnas redondas de cemento para que cualquier persona pegara el póster anunciaba su evento social. De esta forma, si estabas aburrido, ibas al tablón de edictos de tu facultad para informarte de las próximas fiestas o conciertos. El tablón que más me gustaba visitar era el que estaba en el Decanato de Estudiantes, pues ahí era donde estaban las actividades grandes y fastuosas. Yo coordinaba con mis amigos para revisar ese tablón casi semanalmente. Cualquiera que se enterara de un nuevo evento, rápido pasaba la voz en el vestíbulo de la residencia de estudiantes o la cafetería para recoger los boletos gratuitos que se acababan en un par de horas.

Ya había pasado aproximadamente un mes y no sabía nada de Amaia, de Karla, ni de una nueva amiga que me presentaron, que se llamaba Sofía. Es muy buena gente y tienes unos ojos oscuros muy profundos. Parece una persona, centrada y bastante educada. No sé, pero me quedé con ganas de seguir hablando con ella. Hablamos de todo, pero ella se despidió al marcar la hora pues, estaba apurada, ya que iba tarde a encontrarse con su novio. Sí, estaba comprometida para casarse. Apenas hablé con ella durante la hora del almuerzo el otro día, pero me encantó.

"Voy a pasar por las distintas facultades para ver si las encuentro", pensé. Quisiera encontrarme con Sofía para volver a ver sus bellos ojos. La primera vez que los observé, su color —una mezcla singular de café y violeta— me recordó el tono profundo del capulí, la pequeña fruta andina.

Iba caminando por los pasillos de la facultad de Amaia y me encontré con Ana, que es una compañera de trabajo de ellas, a la que ya había saludado antes. Ana me dijo que organizó una fiesta para el fin de semana en su casa y que si deseaba ir.

—Seguro, ¿dónde vives?

—Pues es por la montaña, es en el barrio… No, no. Va a ser muy difícil para ti. Le voy a decir a una de las chicas para que te lleven. No te preocupes. Tengo que irme, hablamos luego. Llámame el viernes a la extensión de mi trabajo, luego del almuerzo, y coordinamos con Amaia o con Sofía. Chao —y se fue corriendo.

Karla, Sofía y otros dos amigos me recogieron donde vivía y salimos a la fiesta de Ana.

—Ey, Sofía, ¿dónde está Maximiliano? Quería conocer al novio afortunado —le dije desde el asiento de atrás del carro.

—Ocupado con negocios familiares. Ellos tienen unas reuniones de negocios con unas gentes muy a menudo y, pues, se pierde muchas cosas como esta fiesta —me dijo resignada.

Llegamos a una casa linda en la montaña. Allí nos encontramos con Amaia y con Helena. Las sillas estaban en el patio con una vista privilegiada hacia el campo. Los árboles de mango, ya maduros, esparcidos por todo el patio grande también bailaban con la brisa y a lo lejos, luego del campo, se veían las luces de la ciudad. A un lado de la entrada de los carros, junto a la pared de la casa, había una mesita con entremeses de quesos, jamones, salchichas, galletas. Había globos, música de salsa y merengue a cargo de un grupo nuevo que se llama "Límite 21", que no paraba de sonar por esos cuatro parlantes bien posicionados en el techo de la casa.

Sofía llevó unos sándwiches de mezcla (una combinación de Cheez Whiz, jamonilla y pimiento morrón). Luego aprendí que era el sándwich "oficial" de las fiestas en Puerto Rico. Amaia y Helena trajeron un vino tinto y unos jamones ibéricos que estaban exquisitos. Yo llevé una cajita de galletas saladas y las otras amigas, unas cajas de cervezas. Era normal que cada uno llevara lo que le gustaba beber y comer para compartir, y así todos probaban un poco de todo. Como dicen en Puerto Rico, esa es la picadera.

La gente sigue llegando. Amaia, Karla y Helena siguen bailando con todos sin parar. Ellas sí que se están disfrutando la fiesta y yo converso con Sofía y la familia de Ana. Desde que llegamos encontramos unas sillas en la parte posterior del patio en que hace más brisa, pero hay menos bulla y música. Allí nos quedamos estacionados disfrutando del coloquio. Desde esa esquina, podemos ver a todos, y a la vez, ver la vista de las luces de la ciudad a lo lejos.

Amaia parece que encontró a un buen bailador, pues no deja pasar ninguna canción sin practicar los nuevos pasos que su nueva pareja de baile está enseñándole. Ojalá luego las practique conmigo, no porque me guste el baile, sino porque estoy sintiendo algo más por ella. Como siempre, Helena esperando la oportunidad para colgarse del cuello del galán.

Yo no quiero sudar y quiero saber un poco más de las costumbres de la montaña, de Sofía y su historia.

—¿Quién cumple años? —pregunté.

—Nadie, es que Ana quería compartir con nosotros e hizo esta fiesta para estar juntos el fin de semana —me contestó Karla.

Conversamos, hicimos chistes, comimos… Sin darnos cuenta, era ya media noche y ese junte había recién comenzado. La gente seguía llegando y ya el patio se quedaba pequeño para la actividad. Más adelante, en esa fiesta, bailé con todas, pero en especial con Sofía. Ese día, conocí a unas treinta personas y también descubrí un destello particular en aquellos ojos color capulí, que preferí no interpretar. Creo que me estaba confundiendo o tal vez era yo el del problema. Sofía me enviaba una vibra especial, diferente, y eso alteraba mi compás. Amaia y yo tenemos una relación abierta, si se puede llamar así, de amigos con privilegios, pero Sofía sí tiene una relación seria y la verdad no quiero meterme donde no me llaman. Aunque siento que entre los dos hay una química especial. "No sé, ¿Me lo estaré imaginando?"

* * *

La guerra civil

A todos en Quito no les quedó otra alternativa que aceptar la decisión de Atahualpa al juntarse con Yuisa. Lo pude constatar como cronista del imperio luego de hablar con varios líderes de algunas panacas del norte. Ya Atahualpa lo había decidido. Los incas creemos que las decisiones las tomamos con nuestras tripas, con nuestras entrañas y, luego, las aceptamos con el shungo, es decir, con el corazón, para finalmente racionalizarlas con la cabeza. Pero todas nuestras decisiones instintivas vienen de nuestros intestinos. Por eso, es tan importante alimentarse bien. La Pachamama, nuestra Madre Tierra, nos provee de todo lo bueno que nuestro cuerpo necesita.

En el universo, cada inca decide dónde se ubica para poder "ser". A través del amar, es que logramos "ser". El "tener" pasa a un segundo plano. Al tú "ser", das, ayudas, te conectas, compartes. No es tan importante el "tener" cosas y tierras porque lo importante es la familia, la panaca, y la familia grande, que es la comunidad y el imperio. Todos los incas nos ayudamos como equipo, como cuando hacemos una minga. Un ejemplo de una minga es, durante todo un día, hacer un nuevo canal de regadío de agua para un nuevo sector de un pueblo o construir una nueva casa para una pareja recién casada. Todos ayudan ese día y terminan la minga con una comida y en un festejo comunal.

—¡Que vivan las mingas!, ¡Que vivan las comunas!, ¡Que viva la familia grande!

¡Huayna-Capac ha muerto! Todos estamos de luto. El pueblo está muy triste, en especial, Tomebamba, que es su pueblo natal. ¡Nadie puede creerlo! Tanto que luchó por la paz y, cuando la logró, la muerte lo alcanzó sentado en su casa. Qué misteriosos son los designios del universo. Nuestro dios Inti nos da la vida y solo él la quita en el momento que crea conveniente. Tenemos que observar las señales y entender, que, tal vez, el Tahuantinsuyo necesita este cambio. Pero la vida tiene que continuar y el imperio debe elegir a un sucesor. En este momento, los restos del Sapa Inca están siendo momificados para llevarlos a la capital del sur, al Cuzco, donde se le rendirán los honores dignos de un inca grande como lo fue él.

Ya no había vuelta atrás. Ahora el imperio estaba dividido entre las tribus que apoyaban a Atahualpa en el norte alrededor de Quito y las que apoyaban a su hermano del sur, cerca de el Cuzco. No había duda: ahora el imperio se decidirá entre los dos últimos hermanos en el campo de batalla.

El último chasqui en llegar trajo noticias de que Huáscar marchaba hacia Quito y pronto tendrá que enfrentarlo. Lo que yo te puedo contar como cronista del imperio es que fueron muchas las batallas entre los dos hermanos. Luego de muchas, muchas lunas el ejército del norte había ganado. Tienen cautivo a Huáscar en las afueras del Cuzco y por fin Atahualpa sería el nuevo Sapa Inca de todo el imperio. Rumiñahui envió a Quito la manta real, la pechera, los aretes, las joyas y la Mascaipacha, una corona tejida con hilos gruesos en lana y con incrustaciones de hilos de oro y plumas del pájaro corequenque de los Andes que solamente el Sapa Inca utilizaba. Los generales se tranquilizaron porque ahora el imperio tendría un futuro prometedor. Su madre no lo podía creer. Su sueño se estaba haciendo realidad, y Yuisa estaba aliviada, porque lo podría tener junto a ella para siempre. Ahora solo quería abrazarlo y olerlo nuevamente. Pero cuánto tendría que esperar para tenerlo en sus brazos nuevamente?

* * *

Nos conocíamos sin redes, pero siendo sociales

"¡Por fin otro viernes por la tarde!", me dije. Ahora podía descansar de tantos trabajos de mitad de semestre y dormir hasta el lunes o, tal vez, leer un libro o tomarme una cervecita. No sé, estaba ya fundido y no lo había decidido todavía. Por lo pronto, quería bañarme y ponerme chancletas.

Salí a caminar por el recinto universitario y, justo cuando pasaba junto al museo al ingreso del campus, me encontré con Sofía. Llevaba varios libros grandes en las manos y, a la vez, trataba de alcanzar algo en su cartera.

—Hola Sofía, ¿me dejas ayudarte?

—¡Gracias! Están pesadísimos. Son para mi hermano que estudia en Humacao al este de la isla y tengo que llevárselos. Luego me voy a mi casa en el sur —me explicó. —¿Quieres acompañarme? Creo que me puedes ayudar con el mapa. No voy mucho por esa zona y la carretera es solitaria. No me gustaría ir sola. ¿Te animas? —me dijo con una mirada de súplica.

—Claro, además, así conozco un poco más de Puerto Rico —le contesté. ¿Cómo iba a negarle mi ayuda si me lo pedía de esa forma tan dulce?

—¿Viene Maximiliano? —acoté, como para cubrirme las espaldas en caso de que apareciera el novio sin avisar.

—No, otra vez está ocupado con sus negocios. Supongo que disfruta mucho lo que hace y no lo culpo. Son negocios de familia y tengo que acostumbrarme

—me explicó con una voz medio molesta.

—Perfecto, nos vemos aquí mañana a las 10:00 para aprovechar el día y almorzar con mi hermano, ¿te parece?

—Hecho. Nos vemos mañana.

Y mañana fue. Estuve listo, bañado y con mi maleta para quedarme en casa de un amigo al final del viaje. Comenzamos la odisea de pasear por la isla con un mapa de papel, siguiendo números, avenidas, expresos, salidas y calles. Sí, sin navegador de GPS en el auto ni con la ayuda de los celulares.

Sofía había llamado a su hermano unos segundos antes desde alguno de los muchos teléfonos públicos de la universidad. En Puerto Rico le echabas una moneda de 10 centavos y podías hablar con cualquier persona siempre y cuando estuvieras en la misma ciudad. Si llamabas a otra ciudad, la tarifa era un poco mayor.

Le confirmó que salíamos enseguida y que llegaríamos como al mediodía. Le dijo que estuviese pendiente a la hora del almuerzo. Además, le dijo que le pusiera más agua a la sopa, que llevaba a un amigo de copiloto. Esa sería mi tarea durante todo el viaje: guiar a Sofía al hospedaje de su hermano. Pero, primero, debíamos planificar el viaje. Extendimos el mapa en el bonete del carro y apuntamos a San Juan.

—¿Lista?, pues marchémonos que para mañana es tarde —le dije.

Mientras ella manejaba, yo iba siguiendo nuestro rumbo en el mapa con la mano. Cada 10 minutos validaba que tomáramos la avenida tal y el puente otro. Revisaba los ríos, que se suponía que pasáramos. Si calculaba la velocidad de manejo y la distancia recorrida, podía predecir el tiempo que nos íbamos a demorar en llegar.

El día estaba un poco nublado. Había un poco de humedad en el ambiente, y parecía que iba a llover. A mitad de camino, confirmé que íbamos según el mapa, ninguna novedad. Si se piensa, el mapa es sumamente seguro porque no se construyen carreteras de un día para el otro y tampoco se mueven las calles de un lugar al otro. Todas las ciudades son bastante constantes y tal vez cada 10 años pueden ocurrir cambios significativos que afecten tu mapa, pero no lo vuelven inservible, así que la mayoría de los mapas impresos funcionan. Los aeropuertos, los hospitales, los museos, todo sigue por ahí.

Si hay algo que debes mantener mientras monitoreas tu viaje en un mapa impreso es el enfoque y la concentración. Sofía y yo nos entretuvimos en nuestra conversación y nos pasamos la salida que debíamos tomar; terminamos en una playa de la costa este. Una de las ventajas de vivir en una isla es que no importa si te pierdes, siempre vas a llegar al mar, así que corriges tu rumbo y llegas a tu destino. Y así fue, encontramos el sitio, le entregamos los libros a su hermano, almorzamos y compartimos un rato. Antes de emprender el viaje camino a Ponce, dimos una vuelta por el centro de Humacao.

Ese regreso lo hicimos por el sur de la isla que yo no conocía. El día había mejorado. Estaba bello, soleado, no tan caliente, perfecto. Puerto Rico era tan bello y productivo. Podíamos ver los sembradíos, las fincas, el ganado, la montaña y, a los lejos, la playa. Ese día la pasamos de maravilla, conversamos de cada tema imaginable: hablamos de filosofía, de historia, del norte, y del sur. De música, en fin, de todo. Ese día fue mágico. Sofía era genial; sentía que podía conversar con ella para siempre. El problema era que ella se iba a casar y hasta ahora no habíamos tocado ese tema, pero yo tenía que enfrentarlo, pues estaba algo confundido. Ella me atraía mucho y estoy seguro de que yo también.

—Pero dime, Sofía, ¿cómo van los preparativos para la boda. Karla me dijo que pronto te casarás. ¿No es así? —le pregunté sin dejar de ver hacia el frente luego de un silencio.

—Sí, así es. Me caso en un par de meses en la isla de Palominos en Fajardo. Algo solo entre nosotros, la familia y gente cercana. La boda es un domingo, pero hay actividades previas desde el viernes por la noche. No sé. Es una tradición de la familia de mi novio. Tú sabes, excentricidades de algunas familias —me dijo como si no supiera todos los detalles.

—Y, tú ¿lo amas? —le pregunté directamente. No quería perder tiempo. Quería asegurarme de que su decisión era firme y, así, no me confundía más. Ella se molestó con mi pregunta.

—Claro que lo quiero mucho. Ha sido una relación muy larga y casarse es el próximo paso. ¿Por qué me preguntas eso? —me dijo mientras retiraba su mirada de la carretera.

—No sé. Tengo la sensación de que no estás 100% convencida de eso. Tú conoces tus sentimientos y los de él, y saben lo que quieren hacer, pero como amigo te recomiendo que escarbes bien en tu alma —le dije mirándola, mientras ella guiaba y su pelo se movía fuertemente por el viento que ingresaba por la ventana. Ella no reaccionó. Solo atinó a darme las gracias sin quitar la vista de la carretera.

Llegamos a la Ciudad Señorial, que es como le llaman a Ponce o, por lo menos, así era que los ponceños hacían alarde de su ciudad y la promocionaban. Se notaba el orgullo de los residentes por su bella ciudad.

El domingo por la mañana, Sofía me recogió en el departamento de mi amigo y emprendimos el regreso a San Juan. Fue un fin de semana totalmente diferente al que había pensado; totalmente reconfortante. Fue como recargar las baterías nuevamente y, si bien estaba cansado por el viaje, la pasé bien. Si no hubiera salido a caminar al campus de la universidad y no me hubiera encontrado con Sofía, todo hubiera sido diferente. Al decidir acompañarla, aprendí, con mi mapa de la isla, de su hermano, de nuevas cosas. No me quedé estacionado en mi cuarto, inactivo. Decidí caminar y aprender. No solamente aprendí con mis ojos, leyendo algo, también lo hice holísticamente, con todo mi cuerpo; al moverme, coordinar el lugar con el mapa, usar las manos, ver las señales que pasaban al cruzar con el carro, al hacer el cálculo mental de velocidad, distancia y ubicación. La ausencia de la tecnología satelital le permitió a mi mente mantener y desarrollar, en un país nuevo, sus coordenadas de ubicación espacial y estelar. Mi cuerpo interpretaba en ese viaje las señales del clima, del tiempo, del espacio y, en el ámbito social y emocional, las señales que Sofía y su hermano me transmitían. Debía interpretarlas bien, no quería equivocarme o llegar a una conclusión errónea de esas miradas o sonrisas. Me estaba gustando demasiado estar con Sofía, pero no debía continuar con esa idea, pues ella ya no era para mí. Ella ya había tomado una decisión y ¡ya está! Todo en la vida es a base de decisiones, y son esas decisiones las que ejecutamos día a día, las que nos ayudan a crecer o las que nos ponen en riesgo.

Por mi familia

—Ahora va a entrar a cuidados intensivo tu esposo, Esteban Castillo, ¿sí?… ¿Está bien? Quiere verte, ¿de acuerdo? —dijo la enfermera de turno que estaba a cargo de ese piso del hospital.

—Va a ser una visita corta, pero ya vas a tener otras oportunidades, ¿de acuerdo? —me explicó —. Tú solo respira. Tranquila, que no quiero que te suba la presión y que se afecten los puntos de tu herida. ¿Está bien? —me dijo suavemente y luego se alejó hacia la entrada.

Esteban, sí, voy recordando mejor, pero no completamente. Cuando escucho ese nombre, siento paz en mi alma, pero mi memoria no me ayuda.

Las dos puertas de la sala de cuidados intensivos se abrieron de par en par, para que Esteban pudiera ingresar, luego de que la enfermera pasara la tarjeta de identificación del hospital. Esteban ingresó al cuarto en el que me encontraba. Era un cuarto con luz tenue y varios aparatos ruidosos. Tenía muchos cables, sueros y sensores que me monitoreaban y que logran mantener vivos a los recién operados. La estación de la enfermera de turno estaba cerca de mi cama, ubicada en una torre, como espantando a la muerte.

Yo estaba acostada con los brazos extendidos. Aunque apenas los sentía, podía verlos conectados a las máquinas. Mi antebrazo estaba morado por el frío y por tantos pinchazos que me habían hecho; ya no había espacio para poner otro parche entre tantos tubos y catéteres.

Esteban me vio al ingresar. Trató de disimular su cara de espanto, pero no lo suficiente. Cuando nuestras miradas se encontraron, note su desesperación. Siento impotencia de no poder hablar y de no saber exactamente quién es. De momento, me vienen imágenes de ese hombre entregándome una rosa, pero no acabo de entender la razón.

Hasta ese momento no me había visto en un espejo, pero seguramente parecía un monstruo de película de horror. Hoy eso no me importa; solo quiero sentirlo junto a mí aunque no se bien por qué. Mientras se acercaba, sentí una lágrima rodar en la mejilla. Me tomó de la mano, sentí su calor y el amor que trasmitía vida a mi mano muerta. Pude apretarlo levemente, aunque él no lo sintiera. Me preguntó si podía escucharlo y yo parpadeé. Me preguntó si mis manos sentían sus manos y también parpadeé.

—¿Puedes moverte? —preguntó. No pude reaccionar. Sentí otra lágrima brotar de mis ojos. Él me comentó algo de una conversación que tuvimos con el doctor antes de la operación, en la que nos dijo que esto podía pasar y que poco a poco podría recuperarme. Me dio tanta alegría verlo y saber que estaba ahí pendiente de mí. Sé que es mi esposo, porque me lo dijo la enfermera y porque despierta en mi un sentimiento que me anima, pero no logro recordarlo del todo.

Se inclinó y me besó las manos. Fue tanta mi emoción que tuve la fuerza de mover mi otro brazo para acercarme a sus manos. Él tomó ambas manos y volvió a besarlas. Solo quería sentarme, halarlo hacia mí, abrazarlo y decirle que no se vaya, pero nada de mi cuerpo acertaba a obedecerme. Quería decirle que estaba viva aquí adentro y que lo necesitaba. Unos sonidos de la máquina que estaba junto a mí comenzaron a pitar e, inmediatamente, la enfermera vino. Apagó la alarma y alertó a Esteban que los latidos de mi corazón estaba subiendo y que debía descansar. Le pidió que se despidiera y que saliera.

—Por ahora, voy a salir, pero voy a estar al otro lado de la puerta. No me voy a ir y, cuando pueda, nuevamente voy a venir. No te preocupes. Todo va a salir bien, ya lo verás —me dijo con una voz quebrantada y con lágrimas, que no pudo contener. Me soltó las manos y poco a poco caminó hacia atrás sin darme la espalda. La enfermera tomó su lugar junto a la cama e inyectó algo en la bolsa de líquido intravenoso en la cabecera. Lo último que recuerdo es ver las puertas cerrarse y todo se puso nuboso y lejano nuevamente.

Me desperté. Quizás fue un sueño o tal vez no. Fue tan real, pero no sabría decir si pasó o quizás fue fruto de mi imaginación o de tantos medicamentos. Hago un esfuerzo por recordar, pero no puedo, ¡no sé! Solamente me viene un sabor de agua salada de mar en mi boca. También es como si escuchara agua que cae del cielo, como si estuviera lloviendo, pero no constantemente, como si un lago inmenso recibe las aguas erráticas que caen del cielo.

Esta nueva enfermera era muy atenta, siempre me hablaba de muchos temas y mantenía mi atención. Era muy delicada. Yo podía sentir su corazón y su vocación en todo lo que hacía. Nos veíamos fijamente a los ojos y ella buscaba que le contestara parpadeando. Siempre se mantenía pendiente de mis reacciones, como evaluando mi recuperación, y eso me motivaba.

La enfermera me dio la medicina de la hora y trajo algo de jugo y alimento líquido que rechacé. Ella insistió en que debía comer para que mi recuperación fuera más rápida, así que los absorbí lentamente y a regañadientes. Esa comida en mi estómago fue tan reconfortante, que sentí que recuperaba las fuerzas poco a poco. No sé cuánto tiempo me dormí, pero no había sentido nada en mi sistema digestivo por horas y ese alimento me ayudó a dormir serenamente. Ya había sol y era de mañana, pero mis horarios de sueños estaban trastocados. Además, me la pasaba durmiendo todo el tiempo debido a los medicamentos y por lo débil que me sentía.

Me volví a despertar, pero esta vez estaba en un cuarto de la unidad de neurología. La enfermera me estaba lavando la cabeza. Me había ubicado apoyada en mi lado izquierdo en una tina especial portátil para bañar a los pacientes sin sacarlos de su cama. Ella viraba agua tibia sobre mis sienes. Con la otra mano, suavemente, frotaba mi cabello para sacarle toda la sangre dura ya que se había pegado luego de la operación. Según me dijo la enfermera, los doctores decidieron no cortarme todo el cabello a ras para que la recuperación fuera menos dura. Dicen que las pacientes que mantienen su cabello se recuperan más rápido, pues su autoestima les ayuda. Espero que eso me funcione.

Cuando la enfermera me viró de mi lado derecho para limpiar el otro lado, quedé frente a la pared de metal de la tina portátil. "¡Mi madre! Que horrible que me veo", grité para mis adentros pero la voz no salió, solo salió una voz deformada. Solo sentí un rugir desde mi garganta con un sonido incomprensible. Mi cara era del doble del tamaño normal. Mis ojos casi no se veían. Eran unos puntitos negros entre unos cachetes que parecían dos nalgas gigantescas. Mis labios estaban extremadamente hinchados, como que si el doctor que debía ponerme Botox me pusiera cinco veces la cantidad requerida. No pude ver mis orejas, pero mi pelo parecía una brocha llena de pintura seca olvidada luego de un fin de semana tras pintar una casa. Fue impresionante verme.

Sabía que me estaba lavando el resto del cuerpo porque me estaba moviendo, pero no sentía mi piel. Estaba en un punto que ni vergüenza sentía al ver que otra persona me bañaba.

—Ya estás lista. Ahora sí podremos invitar a tu esposo a que te visite nuevamente — me dijo con una voz suave —. Te ves preciosa, ya vas a ver. A él, seguro, le va a encantar esta batita y quien sabe si te pide matrimonio nuevamente —lo dijo con una mirada pícara para motivarme. Me sentó nuevamente en la cama y acomodó todos los cables y los tubos pegados a mí, a los que me aferraba para seguir viva.

Esteban ingresó nuevamente, pero esta vez su mirada fue distinta. Estaba más sereno, más relajado. Parece que el haberme lavado el cabello hizo una gran diferencia. Cuando se acercó, me sonrió con un brillo que no tenía ayer. Halagó el cambio de bata y lo cuidado que estaba mi cabello. Mi corazón volvió a latir más rápido al verlo. Sentí la respiración acelerarse. Era evidente que todo mi cuerpo se alegraba con cada paso que él realizaba para acercarse a donde yo estaba. Solo el amor puede mover nuestras entrañas y ajustarnos, pero a la vez cimbrarnos hasta el centro de nuestros nervios. Era posible que solo él podía generar ese sentimiento, al punto que me parecía, que nos conocíamos de vidas pasadas. Era como si una energía saliera de sus ojos, llegara a mí y me trasmitiera paz y fuerza. Con él, todo desaparecía. Como si no hubiera nadie en el cuarto. Los sonidos, las quejas de los otros pacientes que se escuchaban a los lejos, el llevar y traer de las enfermeras… Todo desapareció. Sus ojos marrones me cautivaban y su sonrisa me llevaba a la primera vez que lo vi en la biblioteca cuando nos conocimos. ¡Sí!, así es, ya recuerdo algo… Ese día que lo vi por primera vez, yo sabía que era él por su sonrisa. No lo puedo explicar, pero en ese primer contacto visual que intercambiamos, él caminaba desde el descanso en las escaleras que van hacia el segundo piso, y yo, estaba parada junto a la pared cerca del mural de la biblioteca. Sus ojos me compartieron esa alegría que lo caracteriza y enseguida supe que me gustaba estar junto a él. No sé, es algo espiritual. Su olor me habla y su aura me acaricia el alma. No sé cómo explicarlo, pero su presencia y su mirada me ayudan a recordar. Es tan reconfortante verlo aquí.

Me tomó la mano nuevamente y volvió a besar mi mano suavemente. Se acercó y me besó la frente. Ese gesto me dio fuerzas y moví mi brazo izquierdo para tomar su mano, pero mi mano no supo encontrar las suyas.

—¡Acabaste de mover tu brazo hasta acá! ¿Puedes moverlo?

Parpadeé.

—Veo que ya hay otras expresiones en tu cara —prosiguió —. Hay un esbozo de sonrisa en tus cachetes y tus ojos me dicen que estás luchando por salir adelante —me dijo emocionado.

Parpadeé. Era lo único que podía hacer ya que mis palabras se negaban a salir de la garganta.

* * *

Unir a la familia

Al siguiente día de la celebración de la victoria en Quito, llegó un chasqui con su pluma de halcón en la cabeza. El efecto de las hojas de coca ya no eran suficientes, pero había llegado a cumplir su encomienda: llevar el mensaje al nuevo Sapa Inca. Este chasqui Huamán era Lusán que traía noticias desde las tribus de los Huancavilcas junto al mar.

Los incas de la costa informaban que unos hombres barbudos habían llegado hace unas lunas en unas grandes casas flotantes a las costas. Estos barbudos eran pálidos; su cara era del color de los muertos. Tenían un pecho plateado que brillaba y una cabeza alargada de una forma rara. Algunos de ellos se movilizaban subidos en unas bestias grandes de cuatro patas como los llamingos, pero cinco veces más grandes que corrían como el viento. Estas bestias tenían unos enormes ojos oscuros como del tamaño de una mandarina. Estas bestias eran tan pesadas como diez incas juntos y el doble de alto que un inca promedio. Incluso, los chasquis se veían lentos si corrían junto a estos animales.

Esos visitantes también trajeron otros animales de cuatro patas, un poco más pequeños, como del tamaño de los venados, pero con cuello corto y cola. Estos animales tienen una boca grande y alargada llena de colmillos, como los jaguares. Los barbudos los tienen siempre amarrados del cuello y todo el tiempo estos animales lanzan un sonido ensordecedor. No paran de hacer ruido, es como si trataran de hablar. No sabemos qué son, pero dan miedo de solo de verlos.

Nadie entendía lo que los hombres hablaban y se decían entre ellos porque se comunicaban con una lengua que nunca había escuchado por estas tierras. Estos barbudos se llevan todas las joyas ceremoniales que brillaban de los chamanes. Los barbudos eran pocos, pero habían matado a varios incas, que trataron de acercarse para recobrar las prendas dedicadas al dios Inti. Estos barbudos tenían en las manos unos palos que vomitaban fuego y humo, y que hacían un estruendo como de rayos en día de tormenta. El inca que era impactado por ese fuego se moría inmediatamente. Nadie podía matar a los hombres pálidos llenos de pelos en la cara y en los brazos y que montaban esas bestias. Necesitaban órdenes del Sapa Inca. No sabían qué hacer y les urgía las indicaciones del nuevo líder del Tahuantinsuyo; necesitaban las indicaciones de Atahualpa.

—¿Acaso, estos visitantes eran mensajeros del dios Wiracocha? —pregunté a los presentes. Nadie contestó.

Hay muchas cosas pasando a la vez. Atahualpa y los ancianos del pueblo no sabían cómo interpretar esta aparición por el mar. Huáscar estaba preso e iba de camino a Cajamarca, en donde se decidiría su futuro. Por tanto, debían tener mucho cuidado con el siguiente movimiento, en especial, Atahualpa como líder supremo.

Todos los generales y los ancianos se reunieron frente a la fogata central en Quito junto a su nuevo Sapa Inca. Primero, pensativos mientras escuchaban a la fogata rezar o a los búhos tratando de opinar. También se escucha, desde la fogata, cómo se libera la humedad de los troncos al llegar a la temperatura máxima que le permite ser más liviana que la madera y, al no poder más, sale disparada provocando todo tipo de sonidos y silbidos. El fuego lo consume todo, pero ya no puede más contra la leve pero constante fuerza del frío de los Andes. Poco a poco, se discutían más puntos de vistas y la discusión se acaloraba como la fogata, pero se enfriaba por la falta de información o por la mano del frío de la montaña.

Mucho se dijo, mucho se especulaba, pero poco se sabía de estos extraños visitantes. De la discusión con los sabios de la tribu alrededor de la fogata, había dos cosas seguras por hacer, bueno, tres. Una, que Atahualpa debía ingresar al Cuzco para su coronación y tomar control del imperio de forma protocolaria, pero también simbólica para el pueblo, porque, en lo práctico, ya estaba tomando decisiones como líder desde Quito.

Segundo, Atahualpa debía tranquilizar a las tribus inquietas del imperio. A los de la costa especialmente, que estaban sufriendo esta visita sorpresiva. La opción menos importante era enfrentar a estos forasteros barbudos. Esa noche no llegaron a un acuerdo y decidieron continuar la conversación al día siguiente.

Atahualpa entró a sus aposentos y contempló a su amada que lo esperaba, como siempre, para hablar. Yuisa no podía creer que Atahualpa era el nuevo inca supremo, pero ella no se consideraba de la nobleza. Él era solamente su hombre y solo quería amarlo cada día y apoyarlo. Lo mejor para él era lo mejor para todo el Tahuantinsuyo.

—Ven, mi vida, recuéstate a mi lado —le dijo con voz tierna mientras lo arropaba con un poncho de lana fina de alpaca. El frío de Quito era más fuerte de lo común, incluso, el volcán que cuidaba la ciudad estaba nevado esta noche, pero el calor de sus cuerpos era más fuerte que el frío de los Andes.

—Escuché la conversación con los ancianos y creo que tienes un deber con tu pueblo para darles una imagen de tranquilidad y seguridad. Creo que tienes que ir al Cuzco y consolidar tu poder y unir a tu pueblo para enfrentar a este nuevo enemigo que llegó del mar —le dijo Yuisa tranquila, pero convencida de lo que decía. Atahualpa se recostó en su regazo para sentir su calor dentro del poncho suave y entre la fogata y la salida del cuarto. La abrazó, la besó. Se cubrió los pies luego de sacarse las alpargatas y se acurrucó junto a ella.

—¿Por qué los llamas enemigos? Yo creo que estos hombres son mensajeros del dios Inti y están cumpliendo la profecía de preparar el camino para la llegada del dios Wiracocha y además quieren felicitarme por mi nuevo ascenso como Sapa Inca —dijo Atahualpa de forma pausada y mirando fijamente la fogata, como hipnotizado al ver que lanzaba chispas y sentir que lo calentaba todo.

—La profecía dice que Wiracocha salió del lago Titicaca y que creó nuestro mundo y que, luego, se fue navegando por el mar en su totora y que volverá.

—continuó algo exaltado por la idea —. Algunos ancianos, varios caciques y yo creemos que estos hombres son los mensajeros de Wiracocha, porque al parecer estos hombres son muy religiosos. Ellos solo buscan una cosa: los collares de adoración al dios Inti. Se llevaron todo lo que brilla como el sol y la única explicación para eso es que son mensajeros de Wiracocha para felicitarme. Seguro estarán preparando una gran ceremonia de celebración —concluyó más exaltado. Yuisa calló por un momento y, cuando vio que Atahualpa ya estaba listo para recibir su opinión, le preguntó:

—¿Te has puesto a pensar que tal vez, ellos son el castigo del dios Inti por haber matado a tanta gente en tantas guerras y por haber castigado a tantas tribus últimamente? —Yuisa se detuvo por un momento para evaluar su reacción. Mientras Atahualpa enmudecía entrecerrando los ojos y frunciendo el ceño todavía hechizado por los colores la fogata. Con cara incrédula, siguió escuchando.

—Tal vez debas primero asegurarte de que el imperio está sólido y organizado antes de enfrentar a estos forasteros, ¿no te parece? —se detuvo por un momento en su alegato. Al no ver respuesta inmediata, continuó —: Si estos visitantes son los mensajeros que dices que son, pues no tendremos problemas con recibir el mensaje de Wiracocha y todo estará bien. Pero, si son tu castigo, por lo menos, estarás preparado para enfrentar su furia con todo el poderío posible y organizadamente, ¿no crees? —Yuisa delicadamente tomó su barbilla y lo miró fijamente. Hubo silencio. Atahualpa no reaccionó al principio, pero al instante reubicó su mirada frente a la de Yuisa, como rompiendo el hechizo de la fogata y reaccionando a la realidad que le planteaba. "Tal vez Yuisa tenía razón, tal vez era mejor reorganizar el ejército y atraer nuevos guerreros de las tribus diezmadas", pensó. Ella era sabia y esta no era la primera vez que Atahualpa buscaba consejo en ella, pues le había demostrado su sagacidad con anterioridad, incluso, él lo había sentido en sus entrañas el día que se conocieron.

—Dime Yuisa, ¿cómo es que sabes tanto de gobierno y de organización? Lo veo en tus ojos, lo siento en tu sangre. Veo tus habilidades cuando cazas conmigo; eres muy buena leyendo la naturaleza, hablas con los pájaros y sabes pelear muy bien. Hasta a mí me has doblegado un par de veces. Cuéntame, ¿cómo sabes todo eso? —terminó Atahualpa buscando una respuesta en los ojos oscuros de su amada y recobrando su postura de liderazgo en la conversación. Era hora de decirle toda la verdad. Él estaba preparado para oírlo. Su alma se encendió y todas las estrellas la iluminaron para este momento.

—Mi padre enfrentaba a los caribes, que era una tribu imposible de tratar, no respetaban a nadie, eran crueles con su gente. Yo vengo del pueblo de los taínos, un pueblo pacífico y trabajador, que está más allá de los mares del norte. Nosotros vivimos en una tierra maravillosa rodeada de agua, que se llama Borikén, donde somos felices y nos llevamos bien con los vecinos de las tierras cercanas. Pero los caribes nos roban, nos atacan y yo, desde muy niña, vi los destrozos que ellos provocaban. Mi padre, el cacique, no encontraba una solución, así que un día, ya más grande, luego de discutirlo con mis hermanas, hermanos y otros jóvenes, le propuse que nos defendiéramos estratégicamente, ya que ellos iban a seguir haciéndolo, y la mejor forma de acabar con todo esto era formar un ejército y preparar los soldados necesarios para defendernos y esperar a la señal de los dioses para lograr la paz. Guarina es una guerrera maravillosa y todo lo que yo sé se lo debo a ella. Con ella reuní a los mejores hombres y mujeres de los pueblos de toda la tierra, incluso navegamos a los pueblos vecinos para buscar a sus mejores guerreros y guerreras y, así, lograr acuerdos para formar esta fuerza de defensa conjunta necesaria. Algunos acordaron apoyarnos y nos reunimos en un pueblo del centro de mi tierra donde les esperaba mi general, Laranés. Los caribes nunca subían a los terrenos altos del centro de mi tierra, solo robaban cerca de la orilla para salir rápidamente. Allí, en las montañas, nos adiestramos, aprendimos técnicas de las otras tribus, de sus mejores guerreras y guerreros, porque en mi tribu las mujeres son tan importantes como los hombres. Incluso, muchas mujeres luchan mejor que cualquier hombre. Nadie es superior; solo el más hábil lidera. Juntos creamos nuestras armas. Nos preparamos bien. Mi general Laranés dividió a los grupos según sus habilidades. Ya en un par de lunas estuvimos listos. Mi padre es un hombre sabio; escuchó mi razón y eso hicimos.

—Un día, nuestro dios Yuquiyú, nuestro dios de la montaña verde y alta, se peleó con el dios Huracán, el dios de los vientos mortales, tormentas que se llevan todo y fuertes lluvias. Huracán nos envió vientos de destrucción, que arrasaron las tierras cercanas y, especialmente, la de los caribes. Yuquiyú nos protegió y entendimos que el momento había llegado. Nosotros aprovechamos ese mensaje del cielo. Laranés nos comandó y, con nuestras canoas, llegamos hasta las costas de los caribes y acabamos con los pocos guerreros que habían sobrevivido. El jefe de los caribes, al verse derrotado, buscó un acuerdo para sellar la paz y le propuso a mi padre que su hijo heredero me desposara lo que mi padre aceptó. Yo traté de hacerle entender a mi padre que eso no era la solución, que yo había vivido poco y que necesitaba aprender más. Él no me escuchó y aceptó la propuesta de ofrecerme para unir a las dos tribus en una sola.

—Yo no quería desposarme con ese atroz príncipe de los caribes, así que, a la mañana siguiente, decidí huir de mi tierra con Guarina y con un grupo de taínos que pensaban como yo. Si has notado, yo siempre estoy con ella, pues mi madre le hizo prometer con sangre que siempre me cuidaría.

Salimos todos hacia el sur en varias canoas perseguidos por algunos soldados de los caribes, que nos estaban vigilando. Navegamos por días y, cuando nos creímos perdidos, llegamos a las costas a salvo. Pero la alegría no nos duró mucho. Los soldados caribes nunca se dieron por vencidos y nos siguieron selva adentro por días, a pesar de que la noche en el mar nos ayudó a despistarlos y ganar algo de distancia entre ellos y nosotros. Yo sabía que esos malvados caribes iban a cazarnos y perseguirnos hasta encontrarnos, así que continuamos sin parar hacia el sur por muchas lunas. Nosotros éramos más, pero ya llevábamos muchas lunas en esta persecución infructuosa. No nos deteníamos ni de día ni de noche, hasta que en un punto decidimos enfrentarlos y pelear. En esa batalla, perdimos a varios compañeros, hijos de nobles taínos. A pesar del sufrimiento, finalmente nos vimos libres. Los que sobrevivimos seguimos caminando mucho más hacia el sur internándonos en las montañas, alejándome de esa maldición que quería seguirme y que yo deseaba alejar de mí. Seguimos entre frio y niebla hasta que, por el cansancio y la debilidad, nos vimos desfallecer en el medio de la selva indomable, pero, por decisión contraria del universo, una tribu de nómadas nos encontró y nos salvó. Ellos nos alimentaron, nos acogieron y nos enseñaron las lenguas de los Andes y sus costumbres. Desde entonces, continuamos de sitio en sitio con ellos por muchos valles y ríos. Luego de muchas lunas caminando, nos encontramos frente a la caída del agua que viene más allá de las nubes en ese valle precioso y decidimos quedarnos ahí.

No es casualidad que yo te haya encontrado; no es casualidad que nos hayamos enamorado sin saber quiénes éramos, pero hay algo cierto, estoy aquí para darte este mensaje. El universo nos unió por esta razón. Todo se está alineando y el universo está de nuestro lado.

Luego de una pausa, Yuisa prosiguió reafirmando su liderazgo en la conversación y subiendo el tono de su voz. Después, le dijo:

—Atahualpa, escúchame bien, porque solo te lo voy a decir una sola vez. Esto es lo que tienes que hacer: consolida tu poder, reúne un ejército que sea más grande que todos esos visitantes. Prepara mil canoas, si fuera necesario, con fuegos tan grandes que quemen esas casas flotantes de los forasteros. Organiza a los soldados para que sean más rápidos que los animales que ellos tienen y que haya tantos soldados que los palos que escupen fuego y trueno no puedan con ellos. Hazme caso, Atahualpa, esta puede ser tu mayor victoria —Yuisa lo abrazó, lo besó y simplemente calló. Atahualpa se quedó pensando y esa noche no dijo nada más. Los dos se acostaron junto a la fogata que, lentamente, se fue apagando con el frío de la noche.

"¿Cómo puedo saber si Yuisa tiene razón? ¿A quién puedo preguntarle sobre las verdaderas intenciones detrás de la llegada de estos forasteros? ¿Cómo conseguir esa información?", eran algunas de las preguntas que se hacía Atahualpa entre el calor del cuerpo de su amada, la débil fogata que iba disipándose y el frío de la montaña que no menguaba.

Lo que Yuisa calló esa noche fue muy importante. Pero no era el momento de decirlo. Creo que esa noche, Atahualpa tenía que procesar mucho. Además, ella no tenía toda la información para confirmar lo que callaba. Aquella madrugada de su huida en las canoas por las costas occidentales de su tierra, Guarina, el grupo de taínos y ella vieron a lo lejos las casas flotantes acercándose a su Borikén querida, bajo el reflejo de la luna llena. En ese momento no entendían nada de lo que estaban viendo, pero ahora Yuisa solo podía imaginarse lo que les habría pasado a sus amados.

* * *

Tus ojos y tu pelo tienen magia

Logré ser aceptado en la residencia de estudiantes de la Universidad, a la que llamaban "La Resi". Fue difícil luego de mucho tiempo viviendo en un sitio estrecho y no muy económico. Fueron días en los que debía elegir entre comer o pagar la renta. Durante ese año me enfoqué en estudiar y sacar las mejores notas posibles para ser considerado como candidato para la residencia de estudiantes.

Cuando uno ingresa al campus universitario, la residencia de estudiantes es lo segundo que ves luego de divisar la bella torre central con el reloj y las campanas en su tope. La residencia de estudiantes era una impresionante torre de 19 pisos con una forma rectangular en la que vivían 32 estudiantes varones en un piso y 32 estudiantes mujeres en otro piso, alternando entre pisos de varones y de mujeres. Las escaleras, los baños, las duchas, una sala comunal, dos teléfonos públicos, la cocina en una esquina del piso y, en la otra esquina el cuarto del jefe de piso que era un estudiante graduado que fungía como el mentor o guía y le llamaban el "proctor". En el primer piso estaba el *lobby*, la oficina del gerente de turno del edificio, que normalmente era un empleado de la universidad, por lo que siempre teníamos a alguien a quien acudir en caso de necesidad. También podías encontrar los casilleros que servían como correo de los estudiantes y unas áreas de recepción para visitas, que era lo primero que veías al ingresar.

No había acondicionador de aire en toda la torre, por lo que, un cuarto que se ubicara luego del tercer piso era un lujo, ya que el viento hacía una gran diferencia y los mosquitos no te molestaban para nada. Como las paredes exteriores eran hechas de ventanas de aluminio de piso a techo, la vista era privilegiada. El primer año que viví ahí, me dieron el tercer piso que daba hacia la parte trasera del edificio. No podía quejarme. El segundo año subí al piso siete que daba hacia el frente del edificio y sí que hubo una gran diferencia en temperatura. La vista hacia la ciudad era refrescante. Podía ver hasta el mar, y me encantaba poder ver a los estudiantes caminar. Creo que los años más divertidos de mi vida los pasé en la torre de estudiantes y con las personas que conocí.

Recuerdo que trataba de no distraerme y cuando alguien me llamaba al teléfono público ubicado en el centro del pasillo, algún compañero iba a mi cuarto a avisarme. Éramos varios en el piso y muchos preferían escuchar al teléfono sonar antes que levantarse. En realidad, si no esperabas alguna llamada no te inmutabas, pero si sabías que alguien te iba a contactar estabas pendiente.

Recuerdo que un sábado Paco, un español que utilizaba el cuarto del medio, justo al frente del teléfono público, me tocó a la puerta de la habitación y me dijo:

—Tío…, que tienes una llamada. Yo voy a cobrar por este servicio de mensajería. Nadie más toma las llamadas. ¡Esto es un abuso, joder!

—Gracias, Paco, eres el mejor —le grité mientras él regresaba a su cuarto.

En caso de que alguien nos buscara en el vestíbulo de la residencia de estudiantes y no nos encontrara cuando nos llamaban a nuestro cuarto por el sistema interno de teléfonos del edificio, la persona podía dejarnos una nota en el casillero y era muy común pasar por los casilleros y verlos llenos de notitas. Recuerdo que llegué un viernes cansado de leer en la biblioteca y me detuve a revisarlos. Encontré una invitación a un servicio religioso, otra nota sobre un viaje el fin de mes a Fajardo a visitar un refugio natural y a un museo. Ese último me interesó y guardé la nota. "La siguiente es propaganda, propaganda, más propaganda. Alguien vende su Camaro del 1981 a un precio increíble. Seguro tiene algo dañado", pensé. Al final de los papelitos, había una nota escrita a mano para invitarme a una comida el sábado en la sala del piso siete. Los estudiantes mexicanos de la residencia iban a cocinar sus platos típicos y debía uno registrarse y pagar para ayudar con la compra de los víveres. Para reservar, debía llamar a la extensión 2704 y comunícame con Mireya. Eso era lo primero que iba a hacer. Tomé la extensión telefónica y la llamé. Eran cinco dólares por persona para la cena e incluía una sopa, un servicio de dos platos fuertes y la ensalada. ¡Ah! también van a ofrecer aguas frescas. Yo quería aportar algo adicional y le dije:

—Anótame por favor. También voy a llevar un postre para compartir.

—Órale —me contestó.

Ya se pueden imaginar lo bien que la pasamos ese sábado hasta el domingo por la madrugada. Cantamos rancheras, contamos chistes, alguien trajo un juego de mesa, que nunca entendí y alguien sirvió mole poblano, que la verdad no me gustó. Ahí aprendí sobre el chile chipotle y me enamoré de ese ingrediente en la comida. El sabor y el pique que me fue entregado desde el cielo ese día es único. Desde entonces, vivo convencido que todo se mejora con un poquito de chile chipotle. Hasta el día de hoy, cocino con ese chile y las carnes de cerdo no tienen parangón. Tengo que agradecer a los españoles por traer a América a los cerdos y a las vacas. Y agradecer a los mexicanos por compartir el chile chipotle. Qué pena que no podía invitar a Sofía a este tipo de actividades pues ella se hospedaban en otro sitio.

—Ey, Esteban, creo que es tu novia en el teléfono. ¡No te demores, hostia!

En ciertas ocasiones, en las que estaba tomando una ducha, al llegar a mi cuarto encontraba una nota de Paco: *Llama a tu novia. Te llamó, pero estabas en la ducha. ¡Apúrate, que te la quitan!* Era incorregible.

Cuando hablaba con Sofia, ella siempre era muy cortés y no siempre aceptaba mis invitaciones. Nunca me mencionaba a su novio como pretexto para no unirse a las diferentes actividades que le mencionaba. Recuerdo que lo hacía mucho al principio cuando la conocí o cuando chateábamos por LINUX. En todo caso, lo importante es que me gustaba cuando ella aceptaba hablar seguido conmigo, pues sin darnos cuenta se nos iba el tiempo hablando de todo. Muchas veces tuvimos que cortar la conversación porque alguien de mi piso necesitaba usar el teléfono público. También era lindo acordar con ella encontrarnos a cierta hora, y desde el piso siete de la Resi, verla llegar, estacionarse, bajar del auto nuevo que estaba pagando con su trabajo. Llegaba y con su larga cabellera al viento y su cadencia al caminar en esos zapatos deportivos blancos, parecía que flotaba. Seguía con su pantalón corto blanco por la vereda frente a la Resi siendo la envidia de todas las nenas "pati-cortas" de por ahí. La cuestión era, que a pesar de que yo la veía llegar desde mi cuarto no bajaba de mi piso hasta que me llamaba a la extensión telefónica del cuarto del circuito cerrado de teléfonos. Yo quería que todos vieran a esa diosa esperarme en el vestíbulo y caminar juntos saliendo de la Resi. No sé, era el único momento que me atrevía a verla de pies a cabeza. Cada vez nos conocíamos más y me daba cuenta de que le llamaban la atención casi las mismas cosas que a mí, los mismos conciertos de música, el teatro, los discursos magistrales de cualquier tema y leer. Además, no le gustaba bailar. Odiaba pasar una noche sudando en un sitio en el que no se podía conversar. Yo prefería el fútbol, la tecnología y comer un buen bife término medio que yo mismo hubiera cocinado y acompañarlo con un buen vinito tinto. Lástima que a ella no le gustaran esas cosas. Ella prefería leer, ir a conciertos de música y disfrutar de una buena conversación con una taza de café y galletas *ciento en boca*. Era una mujer fascinante por dentro y por fuera. El problema que ahora tengo es existencial. La frugalidad de mi "relación" con Amaia hace que las cosas no sean profundas. Ni yo la tomo en serio, ni ella me toma en serio. Por lo tanto nuestra relación no va a ningún lado. Por eso me da miedo comprometerme, pues no quiero que me rompa el corazón.

Sin embargo, la persona que sí me ancla a la realidad con sus comentarios, que profundiza en sus análisis y me llena cuando estamos juntos se va a casar. No puedo con este deseo de terminar todo con Amaia y declararle mi amor a Sofia, pero ¿de qué vale? Ella, seguro, me rechazará y nunca más podré contactarla. La perderé para siempre. Tal vez, así, desde lo lejos, algún día ella cambie de parecer y un rayo de luz de mis ojos le digan lo que siento por ella, pues yo no la quiero lejos de mí.

* * *

Ver mejor en grupo

Ya llevaba un par de años estudiando en la universidad y me encantaba. Ya tenía un grupo bien chévere de amigos en el fútbol; otro grupo que le gustaba los paseos y las aventuras en la naturaleza. Otros que me aceptaban en sus programas de computadora nuevos o con los juegos de video. Ellos no salían de los centros de cómputo de la universidad y no paraban de descubrir nuevas cosas sobre la tecnología que estaba floreciendo. El último grupo al que me remitía era uno de estudiantes del piso donde vivía, que ya éramos como una familia: cocinábamos juntos, compartíamos cosas que le faltaban al otro y nos aconsejábamos en los momentos de ocio, en la salida del piso, o al frente de la entrada del edificio. Muchas veces alguien no se daba cuenta de algo o no veía lo que estaba pasando a su alrededor y nosotros éramos como el optómetra que le hacíamos ver la realidad y, luego del examen de ojos, en una conversación a corazón abierto, que duraba lo que duran un par de cervezas entre amigos, él podía ver claramente.

Incluso yo podía ser cegado por mis emociones. Ya todos mis compañeros conocían a Amaia y, para concepto de ellos, ella era mi novia porque me acompañaba a muchas actividades y celebraba los triunfos en los juegos de fútbol. Igual, yo la apoyaba cuando me lo pedía y le daba clases de computadoras. Mis amigos solían decirse entre ellos:

—Estos dos no se dan cuenta, pero cuando entran por ahí, van caminando como en una nube.

Luego me decían a mí:

—Ella es tu novia emocional.

En cambio, para mis adentros, yo enfrentaba una situación bien rara. Con Amaia estaba cada vez más cerca, pero Sofía, de vez en cuando me envíaba unas señales que me confundían y que me negaba a interpretar.

Cuando estaba cansado o aturdido por tanto estudio bajaba al vestíbulo del edificio en la residencia de estudiantes de la universidad que era el punto de conversación cuando querías socializar, enterarte de las noticias y de los chismes. Te bañabas (la verdad, algunos personajes rara vez lo hacían), te acicalabas y visitabas la entrada del edificio donde siempre había alguien para interactuar a cualquier hora del día o de la noche. Encontrabas a los gallos madrugadores, a los búhos nocturnos pensadores y a los lobos hambrientos de la noche. Encontrabas a los comerciantes, que siempre tenían la solución para todo, o a las nenas buscando ese piropo perdido. A los tranquilos filósofos, que no les caía mal un poquito de humo. Te encontrabas de todo y para todos los gustos. A nadie le molestaba nada del resto y cada uno se decantaba por sus intereses. Pero, lo cierto es que todos bajábamos a vernos, a conectarnos como buenos seres gregarios que somos.

Al finalizar ese diciembre, mi amigo Patrick, que trabajaba para la universidad como empleado de informática, me ofreció un intercambio de ganancias bien interesante. Yo lo ayudaba a sacar las computadoras de sus cajas, organizarlas y prepararlas para la entrega y él me dejaba saber sobre lo último de la tecnología que llegaba a su taller de informática en la universidad.

Un día me dijo que fuera a su laboratorio, que quería mostrarme algo especial. Era una nueva computadora portátil que acababa de llegar ese mismo viernes. Ese día, ni corto ni perezoso, me di una ducha y llegué a las cuatro de la tarde. Ya casi a la salida de los trabajos. Patrick estaba sacando de la caja una maravilla de la tecnología: una *laptop* del tamaño y del peso de una *wafflera* eléctrica. Para finales de los noventa, nunca veías estos aparatos en la calle o en las clases, mucha gente ni los conocía. Yo sí, por una revista que había leído en mi juventud y los muchos artículos sobre nueva tecnología en concepto. Era un lujo poder verla ahora en persona.

Pasé tres horas jugando con ella, conectándola a la red de la universidad y verla "volar" con ese procesador nuevo. Probé LINUX y SPSS, entre otros programas. Patrick me dijo que quería regalarme su vieja *laptop* personal, ya que no la iba a utilizar más. Su trabajo le había dado esta nueva máquina y que de esta forma quería agradecerme por toda la ayuda que yo le había proporcionado. Patrick sabía que yo necesitaba una máquina. Él conocía mi situación económica. Así, no tendría que ir a los centros de computadoras de la facultad o los privados para alquilar una máquina para hacer mis trabajos. Ahora podría conectarme desde mi cuarto e instalar los programas que necesitara y trabajar toda la noche si era necesario. Ahora podía escribir notas en el *chat* a Amaia y saber si ella estaba disponible en cualquier momento, desde mi cuarto sin salir de la Resi. Definitivamente, gracias a ese regalo, esas navidades fueron muy especiales.

Me dio un "like" con un beso

Un día fuimos con Sofía, Karla y un grupo de amigos a un concierto de piano, violín y chelo en el Centro de Estudiantes, que fue todo un éxito. Amaia no quiso ir luego del desacuerdo que tuvimos pues ella prefería ir a un bar con unos nuevos amigos colombianos que yo no conocía bien. Yo le dije al grupo que ella no pudo llegar pues, pues tenía otro compromiso.

El evento fue espectacular, todos nos habíamos vestido con nuestras mejores galas y el salón había sido decorados con flores frescas. Para celebrar, fuimos al apartamento de Sofía. Llevamos unas *pizzas* y unos vinitos. Ella compartía ese sitio con otras amigas y, desde el balcón, la vista hacia el este era impresionante. Podías ver las montañas del centro de la isla e, incluso hasta El Yunque, que es el bosque lluvioso donde los ancestros taínos decían que vivía el dios Yukiyú y que era el que siempre los cuidaba de los vientos huracanados del Caribe.

Hablando de todo un poco y sin pensarlo, ya era medianoche. Las amigas de Sofía compartieron un poco de la pizza, se tomaron una copa de vino cada una, pero pronto se dieron cuenta de que queríamos estar solos, así que se recogieron a sus aposentos. Poco a poco el grupo se fue yendo y yo, al llegar a la puerta, fui detenido por la mano de Sofía sin decirme nada más. No necesité ninguna explicación adicional. Por fin, podíamos estar solos. Desde el balcón sentimos la brisa de la medianoche. Vimos las estrellas titilando, así como las luces de los carros desapareciendo al fin de la avenida. No teníamos que hablar más; la naturaleza nos regalaba esa obra de arte. Era un momento mágico y ella no podía estar más bella. Estaba extremadamente brillante esa noche. No sé qué bebida hechizante me dio o qué perfume utilizó. Solo sé que su magia me salpicó porque, ante mis ojos, no había otra mujer más bella.

Me acerqué, se acercó. Digamos que el frío de diciembre ya no podía negar su presencia o, tal vez, la brisa nocturna del balcón era la mejor excusa para estar un poquito más junto a mí.

Me callé, ella también se silenció. Sentí su piel hablándome. Su cabello rizo me decía que me amaba y estoy seguro de que mi olor y mi piel le decían lo mismo.

La abracé y se acurrucó en mi cuello. No había nada más que hablar. Ella tomó mi cintura y, con una seguridad única me apretó como diciendo "te amo". Yo la apreté y acaricié sus rizos bellos. Quería estar atrapado en sus *buclecitos* y enredarme para siempre en esa cabellera larga. Ellos me hablaban, era como especie de telepatía y yo me dejaba llevar.

Mi pecho estaba latiendo a mil. Sentía esa taquicardia "sui generis" del amor y creo que no era el único. Yo también podía sentir su corazón latir a mil. Ese beso fue eterno, increíble, sentí como si un arcoíris cantara o si un coro inmenso de personas aplaudiera y festejaran a la vez; gente viviente que nos quería ver juntos y otros que, desde lejos o de cerca, nos animaban a dar el paso que hasta ese momento no había pasado, pero que ya crecía dentro de nosotros. El universo nos unió y ese beso cerró el encuentro que debía darse.

Ella me abrazó, pero retiró su cara hacia mi hombro. Lloraba, yo la abracé y no dije nada. Quería hacerle siete preguntas y recibir solo una respuesta: el sí.

—Me voy a casar, ¡esto no puede ser! —me dijo en susurros sin moverse—. No me hagas esto, por favor. No hagas más difícil este paso que tengo que dar —dijo agarrándose la cabeza—. Antes de conocerte tenía todo tan claro, pero ahora estoy confundida. Primero te veo con Amaia y luego estás aquí conmigo tan cariñoso, como que si no existiese nadie más. Tampoco estoy segura de mis sentimientos. Y tú me confundes más. Creo que mejor lo dejamos aquí —mientras ella me alejaba con sus brazos extendidos hacia mí.

Intenté verla de frente y traté de virarla por sus hombros, pero ella me rechazó. Creo ya ha tomado una decisión y voy a ser quien pierde. Mis peores miedos se han hecho realidad. Me quedo callado. Ella está de espaldas y yo solo atino a decir:

—No te preocupes, todo saldrá bien. El universo sabe lo que es mejor para ti y yo voy a respetar eso —me callé, ella no reaccionó—. Pero, por favor, Sofía, asegúrate de que amas más a Maximiliano, porque, tal vez, yo siga mi camino y ya no esté más adelante —se lo murmuré y, con mi mano, le viré la cara desde su mejilla para admirar sus ojos oscuros maravillosos. Ella me miró fijamente y con voz firme me dijo:

—No lo compliques más. Lo que acaba de pasar fue un error. Por favor, vete.

La boda

Y por fin llegó el 14 de diciembre del 2000. Ese viernes estaba ya Sofía en el hotel El Conquistador, en Fajardo, preparándose para la actividad misteriosa de la familia de su novio. Mientras se arreglaba, hablaba por teléfono con Karla, para contarle todo lo que había pasado en los últimos días.

La tarde no podía ser más bella, el cielo azul alegraba el campo de *golf* con ese contraste del verde y el azul. Las piscinas del complejo estaban llenas de turistas. El *ferry* del hotel que llevaba los huéspedes hasta la isla Palominos, salía lleno y regresaba casi vacío. En esa bella isla privada, hay un bar, lo básico para comer y refrescarse, y todo lo necesario para no hacer nada y disfrutar. Tienes que "sufrir" en ese paraíso con un cristalino mar en el que puedes ver los dedos de tus pies dentro del agua. La arena es fina y blanca, y las olas ligeras te adormecen con su leve movimiento. Ningún lugar en la tierra es más adecuado y perfecto para una boda que la isla Palominos en Fajardo.

La boda sería el domingo por la tarde en un renovado paseo tablado junto al pequeño mirador. Sofía tenía que estar lista luego del almuerzo para que en la tarde, se llevara a cabo el matrimonio aprovechando la caída del sol. Karla llegó para ayudarla moralmente mientras la madre le entallaba el vestido que le quedaba más grande de lo esperado, pues había perdido mucho peso en estos últimos días. Luego de la comida de las dos familias y los invitados, el viernes por la noche Sofía se despidió de todos y junto con Maximiliano salieron hacia una de las casitas del hotel junto al campo de *golf* para comenzar la actividad secreta de la familia Casales Sánchez. El resto de la familia no formaba parte de este clan y por lo tanto no fue invitada.

Al ingresar, todos los presentes tenían que dejar sus teléfonos celulares en una canasta que luego fue puesta dentro de la refrigeradora, pues de esta forma se bloqueaba la señal. De todas las personas presentes en la amplia sala del lugar, Sofía solo conocía a los padres de Maximiliano y a una prima lejana que vivía en Londres y con la que había compartido alguna vez. El líder de la reunión explicó a los presentes que este evento era completamente secreto. Nada podía ser compartido so pena de muerte. Esta hermandad debía mantenerse intacta, como lo ha sido por los últimos 500 años. Los novios estaban en el centro de la sala, sentados en unas sillas y tomados de la mano. Maximiliano juró su lealtad a "la Hermandad" y Sofía hizo lo mismo. La verdad, sabía poco, pues las explicaciones de Maximiliano sobre la relación de su familia con este grupo de personas eran escuetas. El evento consistía en que los dos debían comprometerse a seguir los designios de "la Hermandad" tal como lo habían hecho la familia Casales por ya varias generaciones. Con esta boda, se sellaba la unión de Sofía con Maximiliano y ella se comprometía a ser parte de este clan. El primer y único requisito era decir la verdad y que los jueces presentes decidieran su veredicto. Los detalles de sus vidas iban a aflorar luego de beber un suero de la verdad. Ambos cayeron en una inconsciencia aparente luego de sorber tres veces el liquido gris espeso que les ofrecieron en una taza blanca con el logo del hotel donde todos se hospedaban. Al recobrar la conciencia voluntariamente, decidirán rendir sus vidas a "la Hermandad".

Luego de aproximadamente de media hora de interrogatorio a los novios, el líder de la ceremonia prosiguió —Si bien hay cosas que nos preocupan de los dos, hemos decidido continuar—. En ese momento, hubo un corte de energía eléctrica en todo Puerto Rico y todas las luces se apagaron. En cuestión de un par de segundos, la planta de energía eléctrica de emergencia del hotel inició y volvió la luz.

Análogo 5

La mejor opción es ¿no hacer nada?

Aspirina para descubrir

El fin de semana siguiente visité a unos amigos y me quedé a dormir en su hospedaje. El dormitorio que ellos alquilaban estaba ubicado en un cuarto piso y el techo de la habitación era de planchas de metal. No tenía techo falso para disminuir el impacto del sol y el efecto se sentía al regresar por la noche y abrir esa puerta. El sol calentaba implacable durante todo el día hasta llegar a 45 grados centígrados en su pico. Era como entrar en un sauna; un calor seco salía como una oleada que golpeaba mi cara. Debía abrir la ventana y dejarla abierta para que ventilara un buen rato mientras cocinaba algo en el área comunal o mientras esperaba. El techo estaba tan caliente por la noche que le rociaba un poco de agua para apaciguar su furia. Estoy seguro de que, si ponía un huevo en ese techo de metal, se cocinaba. Ese verano era imposible dormirse antes de la media noche.

Ese fin de semana también iba a conocer al primo de Karla, que venía de Lima para pasear por un par de días. De una vez, aprovecharía y conocería al grupo de amigos de su prima. Al parecer, tenía mucho dinero ahorrado para venir por una semana a pasear. El sábado Karla lo iba a llevar al centro comercial y al cine, así que nos invitó.

Ya había pasado una semana de la boda de Sofía y yo me había resignado a esa realidad. Karla no me había dicho nada más y yo no le había preguntado. ¿Para qué? ¿Para estar más triste y fingir que estaba feliz por ella?. No, no podía ser hipócrita. Ahora tenía que enfocar mi vida y seguir adelante. No puedo morirme por una mujer que ya había tomado su decisión.

Llegué tarde al punto de reunión y casi se van sin mí. Ese viernes el calor que emitía el techo de metal de mi cuarto estaba peor que nunca. Dormí mal, tuve pesadillas, y por el temor de no despertarme a tiempo para la cita, dormí intermitentemente por la noche. Tal vez mi cuerpo presentía algo. Por alguna razón, yo me sentía incómodo con esa visita. No sé.

—Hola, me llamo Esteban Castillo. Bienvenido, espero que la pases muy bien y que disfrutes estos días en Puerto Rico —le dije. Tanto él como yo nos ubicamos en puntos estratégicos, para ver qué intenciones tenía el otro. Mientras caminábamos, trataba de descifrar qué quería ese chico. Pude darme cuenta que él siempre terminaba al lado de Amaia buscando su atención. De hecho, en varias ocasiones se metió en la conversación que ella y yo llevábamos. Yo no quería reaccionar, al fin y al cabo, este es un país libre y la que debía elegir era ella. Un momento, pero ¿elegir qué?, ¿acaso yo estaba concursando para algo? ¿Por qué me molestaba la presencia de este visitante junto a Amaia? Total, él era un profesional que ya trabajaba y yo no pretendía tener nada con ella. Era mi amiga con privilegios y nada más.

"Me voy a relajar, vamos al cine tranquilos y que pase lo que tenga que pasar. Me voy a centrar en la película", me dije a mí mismo. Ya se imaginarán, ni me pregunten sobre la trama o quién era el malo de la historia. A mí me dolía el cuello de tanto virarme para verificar qué hacían esos dos porque él se las ingenió y dejó que todos pasaran primero. Dio una vuelta como contando las filas y todo, para sentarse junto a Amaia. Salimos a comer y yo ya no quería estar allí. Por un lado, quería caminar junto a ella, pero por el otro lado, este visitante se infiltraba a cada momento y ni siquiera pedía permiso, y no quería dejarlo solo con ella. Mejor era que me enfocara en la comida que estábamos compartiendo todos y de los comentarios de la película. Amaia estaba callada, se reía de vez en cuando, pero algo andaba raro en ella. En un momento me acerqué y le pregunté qué le pasaba.

—Tengo dolor de cabeza —me dijo en voz baja— ¿Tienes una aspirina?,

—No, no la tengo, pero te la consigo. Ya vuelvo.

Salí del área de comidas en el centro comercial para encontrar una farmacia o un supermercado que me pudiera comprar una aspirina. Pero ¿por qué quería hacer eso? ¿Por qué me estaba esforzando tanto? ¿Por qué estaba celoso de ese visitante que en apenas un par de horas me puso en jaque? Creo que ese evento me ayudó a entender mis sentimientos. Me di cuenta de que podía interpretar bastante bien las emociones de Amaia.

Creo que ya me había resignado. Estaba molesto con la impotencia de haber perdido a la mujer que me gustaba y a la que nunca le confesé mi amor. ¿Y si lo hubiese hecho, ella hubiese cambiado de parecer? Creo que mi mente me decía que ella nunca iba a cambiar a un pobre estudiante, con un futuro incierto, por un acaudalado heredero que decía amarla. Ella, seguramente, prefería la seguridad económica a una riesgosa relación que solo le aseguraba amor. Yo le estaba echando la culpa al calor, al mal dormir, a todo, menos a mi inacción o a la cobardía que no me dejó expresarle a Sofia mi sentir. Ahora tendré que vivir con eso para siempre y tal vez acomodarme a esta aceptable relación con Amaia. Era cuestión de darle tiempo al tiempo y dejar que el fuego de ese sentimiento se apagara. Creo que lo mejor es no hacer nada.

* * *

Los escalones

De mover los brazos bruscamente en la cama del hospital, lograba ya acercar la mano hacia donde yo quería dirigirlas. Cada vez sorprendía más a Esteban con mis progresos en movilidad, en cosas simples. Ya hasta podía alinear y hablar un par de palabras lentamente. Podía pensar en lo que quería decir, pero, cuando trataba de decir algo complicado o hacer dos cosas a la vez, mi cuerpo no me obedecía. Me costaba obligarlo a que moviera la mano y a que resbalara la pierna en la cama o a que girara la cadera, todo a la vez. Algo tan simple como agarrar el lápiz y que se moviera coordinadamente para hacer un dibujo me costaba trabajo. ¡Me sentía tan inútil!

Las enfermeras me hacían repetir sonidos gradualmente; a veces solo salían de mi boca ruidos ininteligibles. Otras veces, coordinaba mejor. Por las madrugadas que no podía dormir, sobaba mis brazos y les hablaba con mis pensamientos. Les decía que pronto iban a entenderme; que sintieran mi calor y mi energía. Que ya mismo íbamos a coordinarnos nuevamente. Igual sucedería con los pies, con las pantorrillas, con los labios y cada parte de mi cuerpo. Yo les hablaba y ellos me oían. Intentaba convencerlos de que antes ellos sabían hacer todo y que no se habían olvidado, que era cuestión de práctica. Si supieran mis enfermeras lo que estaba haciendo, pensarían que estaba loca. Sin embargo, era un ejercicio que me traía paz en ese momento de tribulación.

Recuerdo con emoción la primera vez que articulé una palabra. Ocurrió semanas después de la operación. Un día la enfermera vino a darme un medicamento que ya me había tomado. Me desesperé y me asusté tanto pensando que iba a recibir una doble dosis que comencé a moverme hacia mi lado derecho contra la baranda de la cama y la enfermera se dió cuenta que algo me pasaba. Comencé a mover la cabeza de un lado al otro como queriendo decir que no.

Ella me preguntó:

—¿No necesitas este medicamento?

Y yo conteste:

—¡No!

Fue un *no* que me hizo muy feliz. Este fue el principio de la recuperación de mi voz. Finalmente articulaba una palabra. La enfermera se alegró tanto que se le aguaron los ojos y yo también lloré de la emoción.

Seguía también trabajando con mi memoria. Miraba mi ropa y buscaba las historias detrás de las cosas. Veo una mochila y pienso que me la regaló esa amiga que tenía en la escuela superior. Esos zapatos los compré en Roma con un novio que tenía. Aunque lo veo al cerrar los ojos, no me llega su nombre. Recuerdo a mi madre cuando me regaló esa cadenita de coral rosado. Sé que ella la recibió de su tatarabuela. No sé por qué, pero cuando pienso en esa cadena siento como una brisa leve en mi cara. Parece que escucho como lluvia cerca y siento una emoción muy grande dentro de mí. Sigo mirando mis cosas y recuerdo imágenes relacionadas. Por ejemplo, que aquella blusa me la regaló mi tía para mi cumpleaños el año pasado. También recuerdo que mi padre se llama Julio Madrigal, así que yo debo llevar el mismo apellido, Madrigal, pero Madrigal, ¿qué?

El reloj me lo dio Esteban. Se llama Esteban Castillo, eso lo sé. Me lo dio una navidad en la que estábamos con nuestros hijos. ¡Ah!, tengo hijos: ¿Cómo se llaman?, ya me voy a acordar… Se llaman Esteban Jr. y Jordi. ¡Ah, mis hijos! ¿Cómo estarán ellos?

Yo me llamo… Castillo… Castillo. No, no soy Castillo. Mi cuerpo, mis entrañas y mi estómago y toda mi energía me dicen otra cosa. Y, ¿cómo me llamo entonces? Vamos, haz un esfuerzo. Nos conocimos en la universidad. Éramos estudiantes en diferentes especialidades. Él estudiaba Ciencia Política y yo estudiaba... ¡No me acuerdo! Ah, ya me acuerdo. Estudiaba traducción. Mi amiga… Sí, Karla, así se llamaba. Ella nos presentó. Casales… ¿por qué viene a mi mente ese apellido? ¡Ya! Ese nombre, Maximiliano Casales. Sí, ese era mi novio. ¿Por qué me quería casar con él? Por fin ya poco a poco voy recordando más detalles de mi vida.

No caminaba todavía, pero ya podía sostener todo mi cuerpo en las piernas. La primera vez que vino el terapeuta físico e intentó que caminara, me sentí como si estuviera en un edificio de veinte pisos. ¡Guau! Me mareé y perdí el balance. Nunca había tenido tanto miedo de algo tan simple como ponerme de pie.

Mejoraba, pero a paso lento. Si sigo este ritmo, me tomará años recuperarme completamente. ¡Dios mío, qué desesperante!

El doctor me dijo que me van a enviarán a un centro de rehabilitación, donde trabajen conmigo todo el día, todos los días, con un programa intensivo de terapia física, ocupacional, del habla y psicológica. Sé que recuperarme tomará tiempo, pero tendré toda la paciencia del mundo para lograr una completa recuperación. Esteban me dice que mis padres, los niños y toda mi familia me apoyan. Quisiera hablar con ellos pero no puedo. Como quisiera hablar con fluidez para poder conversar con ellos aunque sea a través del celular.

Semanas después me transfirieron en una ambulancia al centro de rehabilitación. Ya instalada en el nuevo centro hospitalario, pude ver a mi alrededor. Era un cuarto de dos camas, nadie estaba en la otra y era tan reconfortante recibir a Esteban cada vez y poder conversar lentamente. Su presencia me motivaba así como las cartas que mis hijos me enviaban. Esteban y yo habíamos acordado que no queríamos que ellos me vieran en esta etapa temprana de mi recuperación. Tal vez más adelante los pueda recibir.

Mi programa de rehabilitación era una rutina que comenzaba todos los días a las seis de la mañana con varias terapistas que me enseñaban a tomar un baño sentada, así como técnicas para vestirme sola. Luego de desayunar seguía con la sesión de terapia del habla, que me agotaba muchísimo, seguida por la terapia física. Al final me reunía con la neuropsicóloga, que también me dejaba agotada. Siempre me movían con silla de ruedas, pero, por momentos, me ayudaban a que intentara caminar con las muletas, porque la meta era moverme y ser independiente, algo que logré con el tiempo. Antes de mi operación dar un paso parecía tan fácil, pero es la cosa más aterradora del mundo ahora. No sabes si tu pierna se moverá, no sabes si está lista para aguantar todo el peso de tu cuerpo. Luego tienes que sostenerte para lograr el balance del movimiento de la pierna que está en el aire para volver a sostener todo el peso del cuerpo en tu otra pierna. Pensar que antes corría sin mucho esfuerzo, y ahora la sola idea de caminar me parece inalcanzable. Qué frustración y qué cansancio. Me invadía un sueño profundo, como si acabara un maratón. Necesitaba dormir. Intentaba vivir intensamente cada momento, cada terapia, sin pensar mucho en el futuro. No quería poner mi atención en la lentitud de mi cuerpo o en mis problemas del habla, pues eso sería preocupación para más adelante. Algo muy difícil de lograr para mí, pues estaba acostumbrada a adelantarme demasiado al futuro. Si de algo me ha servido este proceso ha sido para rediseñar mi vida. Ahora nada tenía prisa; ahora iba a mi paso sin ruidos externos que me afectaran tanto.

Me tomó varias semanas dar pasos. Mis músculos estaban colaborando y mi cerebro estaban coordinando mejor. Definitivamente la energía que recibía de mi familia estaba haciendo su efecto.

El reto del terapista físico esta semana nueva era que yo caminara hasta unas pequeñas escaleras, lograr subir los dos escalones y volver a bajarlos con la ayuda de las muletas. Luego, debía caminar por el pasillo siguiendo una línea recta a la vez que iba diciéndole una receta de cocina al terapista. A veces, me daba ganas de decirle que me dejara ir al cuarto, que estaba agotada, pero de inmediato pensaba en mi meta. Necesitaba regresar a la normalidad.

Luego de tanta terapia me sentía tan agotada física y mentalmente que lo único que pedía mi cuerpo era dormir, pero no podía hacerlo de corrido, pues de repente venía una enfermera para tal o cual medicamento o la empleada encargada de traer la cena o la enfermera que venía a ayudar a bañarme. En fin, recibía un sinnúmero de interrupciones que acababan a las diez de la noche. A esa hora finalmente, me dormía, pero no por mucho tiempo. Me despertaba en la madrugada y se me hacía muy difícil conciliar el sueño. Ahora tenía que lidiar con un nuevo problema: ¡El insomnio! Para aprovechar esas horas, me dedicaba a mover los dedos de mis manos, los cuales ya podía levantar bastante bien. Ya sentía también mi pie izquierdo, aunque un poco amortiguado. Luego, comenzaba un viaje mental sobre lo que estaba pasando. Pensaba en mi familia, en el pasado y en los errores que cometí.

Recordé más detalles de mi ex novio, Maximiliano Casales, su familia, y sus misterios. Le agradecí a la vida por darme la oportunidad de vivir, pero también por sacar a los Casales de mi camino. ¿Por qué quería casarme con él? En ese repaso de acontecimientos, agradecía cómo en momentos de peligro Dios me había liberado de tantos momentos difíciles; entre ellos la boda con Maximiliano y ser parte de esa hermandad secreta que nunca tuve claro de qué se trataba. Lo que sí me queda claro ahora es que me iba a casar con él más por la costumbre que por el amor. Llevábamos tantos años juntos que vi el matrimonio como el paso obvio.

Esa noche vinieron tantos pensamientos a mi mente que por momentos dudé si estaba soñando. Vino a mi mente mi despedida con Esteban en el balcón de mi apartamento, mis padres. Recordé que una noche, durante el fin de semana de mi boda con Maximiliano, hubo una reunión con un grupo de gente amiga de la familia de mi ex, que se hacían llamar *la Hermandad,* en un sitio que no recuerdo muy bien. Me dieron de tomar un líquido espeso gris. Luego, recuerdo haber respondido muchas preguntas ante la expresión de asombro de mis suegros especialmente cuando confesé que no amaba a Maximiliano, sino a Esteban. Mi boca solo sacaba la verdad y mi conciencia no tenía filtro alguno. Después, me preguntaron por mis creencias políticas y trataron de saber qué tan comprometida estaba, para luego concluir que yo no era la pareja idónea para Maximiliano. Ellos dijeron lo que yo ya sabía, pero no me había atrevido a aceptar.

Recuerdo las preguntas y la liturgia:

—Sofía Madrigal, vas a decir toda la verdad y nada más que la verdad para que estos testigos confirmen que eres una candidata digna de la confianza de todos. Hoy, todos vamos a certificar que te unes a la Hermandad o, por el contrario, quedas descartada.

Claramente recuerdo que le dije:

—He visto mi vida pasar frente a mí. He visto las acciones y los valores que me han llevado a ser lo que soy. Hoy rechazo esta unión y desisto de mi deseo de unirme a este hombre y, por supuesto, a esta organización que quién sabe lo que pretenden hacer. Yo amo a mi familia y a mis antepasados. No amo a Maximiliano, sino a Esteban. ¡Gracias, por nada! Sé quién soy, me llamo Sofía Madrigal.

Luego pensé en Esteban, en la familia que habíamos formado y recuperaba mis fuerzas. Volví a hablar con mi cuerpo, a darle ánimo para seguir adelante. Si sobreviví a la operación, debía luchar para volver a la normalidad.

Esa noche les hablé seriamente a mis piernas, a mi sistema nervioso y a mi cerebro: "Ya sé quien soy y cómo me llamo y ¡ustedes se van a recordar cómo caminar! ¡Mañana voy a subir esos dos escalones!, ¿me oyeron? ¡Ustedes pueden!

Todo mi cuerpo me escuchó y sintió el calor de mi fuerza de voluntad, mi determinación de recuperarme, y tenía que cooperar. No se trataba de que debían aprender a caminar nuevamente. Ya lo hacían antes. Era cuestión de llevarlos a la acción de reanimar esas memorias neuronales y sacar esas impresiones de lo más profundo de mi sistema nervioso. Quería manejar el miedo en vez de dejarme dominar por los pensamientos de previos fracasos.

* * *

"De un pájaro las dos alas"

Ese día no podía dormir y tuve que llamar por la mañana a la amiga de Sofía, Karla.

—Saludos, ¿cómo estas? ¿Cómo te va con Christian?

—comencé mi conversación con algo suave para llegar al tema que me interesaba.

—Ya no estamos juntos. Su madre vino a Puerto Rico a visitarlo y casi se muere cuando supo que yo estaba con él. No me aprobó, pues no era tan… "gallarda", por ponerlo de alguna forma —se detuvo bajando la voz.

—No te preocupes, ellos no te merecen.

—Lo peor de todo es que el bobolón del Christian se quedó callado y no defendió nuestra relación. ¡Hijo de su madre! —refutó molesta.

—Nada, las cosas se dan para bien. Tú vas a encontrar a alguien que sea justo para ti, ya verás —insistí —. Y dime, ¿cómo va Sofía? ¿Ya regresó de su luna de miel? —pregunté suavemente, con voz melancólica. Hubo un silencio.

—¿Me escuchaste, Karla?

Otro silencio.

—No debo decirte esto, pero te aprecio y, a pesar de que sé que estás cerca de Amaia, esos jilipollas, ¡no te merecen! —me dijo molesta —. Sofía no se llegó a casar.

—¿Qué? ¿Cómo? ¿Y qué pasó? ¿Dónde está ella? Tengo que verla —le dije casi implorando.

—Cálmate, ella no quiere ver a nadie y la verdad no es buena idea que la veas.

—No, nada de eso. Tengo que verla, tengo que sacarme esta espina de mi alma y saber si ella en verdad me ama. Por favor, dime dónde puedo encontrarla.

—No, no puedo. Me rogó que no te dijera.

—¿Haló…? ¿Haló? ¿Karla?

—Por favor, no cuelgues esta vez. Karla, te lo imploro, por lo más sagrado. Necesito saber si ella me ama. Yo la amo y no podría vivir si ella está por ahí sufriendo por lo que le pasó, sin que yo la pueda consolarla y sin saber si ella se daría la oportunidad de amarme. Karla, por favor.

Esa misma noche volé, a República Dominicana y llegué al hotel donde ella estaba recluyéndose. Un amigo me albergó en su casa y me llevó hasta las puertas de la hospedería. Simulamos que deseábamos bebernos unos tragos o comer algo en el restaurante y, en menos de un momento, ya estaba golpeando la puerta de su cabaña. Sofía abrió y sus ojos lo dijeron todo. Su sorpresa fue monumental, así como monumental fue mi impresión, luego de que ella estampara la puerta en mi cara al verme.

—¡Vete de aquí! ¿No deberías estar con Amaia? —me dijo detrás de la puerta.

—Lo de Amaia ya no va más. Déjame explicártelo. Por favor, Sofía, necesito hablarte. Déjame pasar. No puedo estar tranquilo si no hablamos —le rogué—. Karla me dijo dónde estabas y no dudé en venir. No me voy hasta que hablemos. Si llamas a seguridad, voy a volver. Por favor, no hagas esto más difícil —le grité desde la puerta acompañado por los grillos y los sapos que por ahí me entendían.

—Está bien, entra, tal vez sea un buen momento para hablar. Tenemos que aclarar muchas cosas —y pude ver sus ojos. La abracé, ella acarició mi espalda como aprobando mi cercanía.

—Karla me dijo que no te casaste, ¿qué pasó? —le solté mientras ella respiraba profundo.

—Su familia no me aprobaba desde el principio y yo siempre hice lo posible por que nuestra relación funcionara. Pero Maximiliano estaba más comprometido con la Hermandad que conmigo —y se detuvo para no llorar—. Además, hice unas confesiones que no les gustaron mucho, pero eso te cuento en otro momento. Ellos fueron francos conmigo y me pidieron que dejara a su hijo y la verdad yo me sentí más tranquila con la decisión. Me dijeron que él tenía un futuro prometedor y que yo solamente le haría la vida más difícil al saber que de mi parte no había un compromiso total. —Sofía se acercó a la mesa de la sala que daba hacia el balcón con vista al mar y tomó un pañuelo de papel para sonarse la nariz y recoger las lágrimas que no podía detener. Yo la seguí. Cada vez se escuchaba más fuerte el sonido de las olas que golpeaban las rocas y los postes que sostenían la cabaña.

Le tomé las manos. Seguí su silencio para darle la oportunidad a que ella sacara todo los pensamientos conflictivos atrapados en su alma.

—Su madre aparentaba ser muy buena siempre, y esa noche sacó su verdadero yo. Los entendí. Como mi familia no es de alcurnia yo no calzo en ese plan… —se secó las lágrimas y prosiguió—: Mi querida Sofía Madrigal, eres maravillosa, pero creo que mereces que otro hombre te ame tal como eres y que te haga feliz—, me dijo su madre, con una altivez que no había descifrado hasta ese momento. Les dije

—Gracias por nada—, y me fui.

Ellos cancelaron todo. Mi familia me llevó al aeropuerto y tomé el avión hasta acá; quería estar sola. Solo he hablado con Karla y con mi madre.

Suavemente, la abracé y le dije al oido:

—Sabes que te amo y nuestro encuentro no ha sido casualidad. Yo estoy aquí para apoyarte. Si quieres, hoy mismo me voy, pero quiero que sepas que puedes contar conmigo siempre —me abrazó, me besó y me pidió que me quedara con ella esa noche.

—Una pregunta, ¿a qué te referías cuando dijiste que confesaste cosas que no les gustaron mucho?

—Eso no importa ahora —y nos besamos apasionadamente.

* * *

Cajamarca

Ya estaba decidido. Todos los chasquis que estaban a disposición salieron desde Quito con sus quipus para llevar sus mensajes a todos los rincones del Tahuantinsuyo. Necesitaban avisar a los caciques y a los sabios que se alistaran y que fueran al encuentro de Atahualpa que saldrá para el Cuzco mañana mismo. Lo he confirmado como cronista del imperio. La gran comitiva y el ejército primero se detendrá en Cajamarca y se encontrará con su hermano preso para decidir su suerte. De ahí, partirán al Cuzco donde, junto con todos los sabios, generales y caciques del imperio, decidirán la suerte de estos barbudos mensajeros de Wiracocha. Atahualpa le pidió a Yuisa que se quedara en Quito, ya que el viaje al Cuzco era muy largo y peligroso. Ella lo comprendió y aceptó.

En el último campamento antes de llegar a Cajamarca, Atahualpa le pidió a Lusán una misión muy importante. Esta vez se lo pidió como su amigo, no como a un mensajero normal que hace lo que se le dice que haga. Esta vez, necesitaba que tomara decisiones y que sacara lo mejor de su casta de chasqui del imperio.

—Lusán, amigo, necesito que vayas en secreto donde están los barbudos y cuentes sus números, sus animales y todos los palos de fuego que tengan. Necesito saber qué capacidades de guerra poseen y si adoran a nuestro dios Inti para poder tomar una decisión importante. Llévate otros dos chasquis más, para asegurarme que conseguimos toda esa información. Así, en caso de que esos barbudos se hayan dividido en varios grupos, ustedes puedan contarlos a todos, pero asegúrate de que no te vean. Esta vez te voy a enviar con dos quipus en blanco, sin nudos, ¿me entiendes? Quiero saberlo todo —luego lo abrazó y lo despachó.

Lusán partió sin demora con otros dos chasquis que se llamaban Guelo-Apu y Kalitá. De camino a su misión decidió la estrategia para lograr no solamente la información que le había solicitado su Sapa Inca, sino más detalles y más contenido que le pudiera servir a su líder y amigo.

—Guelo-Apu, tú te vas a disfrazar de un miembro de la tribu de la región y te comportarás como si estuvieses interesado en hacer trueque con barbudos en las afueras de donde duermen los soldados. Cuenta sus números y aprende algo de ellos. A Kalitá, le dijo:

—Tú vas al campamento donde están guardados los animales y las armas de los forasteros. Acércate lo suficiente para saber sobre la arena negra y esas piedras que le dan de comer para que esos palos escupan fuego. Cuenta todo lo que tengan para la batalla. Te voy a dar el quipu más grande en blanco para que traigas toda la información. Súbete a los árboles y cuídate de los animales que parecen jaguares y que los tienen amarrados por el cuello. —Lusán prosiguió diciendo:

—Mientras tanto yo voy a esconderme cerca de donde están los jefes de ellos para ver cómo adoran a Wiracocha y saludan al dios Inti por la mañana cuando regresa nuestro dios sol.

Acordaron que necesitarían dos días para recopilar toda la información posible y ubicaron el punto de reunión. La primera noche fue exitosa. Toda la información que solicitó Atahualpa ya la tenían, pero no habían visto ninguna adoración al sol o a la Pachamama. Luego del siguiente día de observación, Kalitá llegó al punto de reunión por la tarde, pero Guelo-Apu no llegó. Seguramente le pasó algo inesperado, ¿Lo habrán descubierto?, ¿Lo tendrían capturado? Necesitaba averiguarlo y, sin pensarlo dos veces, se dirigieron hacia el campamento de los soldados. En efecto, tenían preso a Guelo-Apu, amarrado a un árbol cerca del centro del campamento junto a la fogata. Ya la luna llena estaba en todo su esplendor y esta noche todo está más iluminado.

"No hay nada que podamos hacer. Solo nos queda esperar", pensó Lusán, resignado a las afueras del campamento, ya que los animales bulliciosos que parecían jaguares los olfateaban si se acercaban lo suficiente. Al cabo de un rato, Kalitá le dijo que tenía una idea y se dirigió al poblado más cercano. Antes de dejar partir a Kalitá, Lusán le pidió su quipu con toda la información.

La noche seguía fría y ahora más fría por la inacción, la espera y la incertidumbre. "Ya pronto va a salir el sol y Kalitá no aparece", se preocupaba Lusán. Los barbudos seguían haciendo mofa de Guelo-Apu y lo golpeaban como desahogando sus ganas de pasar la noche con alguna diversión. Desde donde se encontraban, Lusán podía ver todo el campamento de las tropas, la fogata en el centro y los soldados guardianes que no paraban de caminar por los linderos con esos animales bulliciosos amarrados desde el cuello. De repente, a lo lejos, se veían unas antorchas venir por el camino. Eran Francisco Pizarro, el fraile Valverde y todos los otros barbudos que no eran soldados. Detrás de ellos, unos incas cargaban en hombros a alguien importante.

"Pero ¿a quién cargarán?", se preguntó Lusán, pues no había ningún noble por estas vecindades. Sin embargo, tenía la vestimenta de la nobleza, las joyas y los aretes grandes con las plumas que lo identificaban como jefe de la tribu cercana. Entraron al campamento y, luego de unas conversaciones con Felipillo, el intérprete, aflojaron a Guelo-Apu y le dieron tres cosas, que no puedo identificar desde aquí. Los incas súbditos volvieron a cargar al noble y salieron todos los incas de regreso por el camino. ¡Increíble!, pero ¿qué milagro era este? ¿Quién era ese noble que hacía posible la liberación de Guelo-Apu? Lentamente Lusán siguió a la distancia, a la comitiva inca, que ya se alejaba considerablemente. Al rato los interceptó. Y cuál fue su sorpresa cuando comprobó que el noble inca era nada más y nada menos que Kalitá. Tenía puestas todos las joyas y vestimentas del cacique que hace poco habían matado los barbudos. Kalitá se jugó la vida en frío y se atrevió a enfrentarse a los barbudos por su compañero chasqui y por la misión. No necesitó la fuerza, sino la inteligencia para convencerlos de que era un embajador de Atahualpa con un mensaje para invitarlos a que se encontraran en Cajamarca. ¡Qué increíble movida! Solo a un inca con visión y agallas se le podría ocurrir semejante cosa. Se abrazaron, lo felicitaron y los tres chasquis agradecieron a los incas de la región por prestarles los artefactos sagrados de su líder y les explicaron que tenían que volver a llevar su reporte al Sapa Inca.

De camino a Cajamarca, Lusán le preguntó a Guelo-Apu que cómo pasó todo y si estaba bien.

—Sí, estoy bien —dijo tranquilo. Esos animales bulliciosos que los tienen amarrados por el cuello me olfatearon y me encontraron. Los visitantes los llaman *perros*. Luego, los barbudos me rodearon. Yo no entendía lo que me decían y ellos tampoco. Me empujaron de un lado para el otro en todo el campamento. Me tiraron cosas como cuando uno está de cacería, pero no querían dañarme, solo se reían. Durante todo ese proceso, pude ver a algunos soldados acostados enfermos, incluso, uno estaba muerto. Cuando ellos se dieron cuenta de que yo estaba husmeando por ahí, me ataron al árbol y fue ahí donde pasé la mayoría del tiempo hasta que llegó Kalitá con el intérprete Felipillo, que ayudó en el proceso.

Lusán le preguntó a Guelo-Apu: —¿Qué fueron esas tres cosas que te dieron?

—Son regalos para el Sapa Inca. Hay una vasija pequeña de paredes muy finas, hecha de una piedra transparente y que sirve para tomar líquidos —le dijo sorprendido.

—Felipillo dijo que fue hecha en uno de los pueblos de los barbudos llamado Venecia. También le envían a Atahualpa dos túnicas de un algodón muy fino que nunca había visto antes y ellos dicen que las hacen en la India. No entiendo nada —dijo Guelo-Apu exhausto con ganas de dormir.

Ya tenían la información para su líder y mucho más. En cuestión de unas lunas entregaron los regalos que le enviaba Francisco Pizarro a Atahualpa, así como su reporte. Lusán le comunicó a su amigo Atahualpa que vieron barbudos enfermos e, incluso, uno había muerto. Esas eran excelentes noticias. También le informó que no adoraban a Wiracocha o al dios Inti por las mañanas.

Guelo-Apu sugirió a Atahualpa que:

—Todos los barbudos deben morir cuando vengan por el camino de la montaña, pues no tienen para dónde correr y sus caballos tienen poco espacio para maniobrar. Sugiero salvar solamente a tres barbudos: al herrero que maneja los metales de una forma nunca antes vista y con unas herramientas maravillosas. También salvemos al domador de caballos, porque solo él sabe lo que piensan esas bestias y cómo manejarlas. Y, por último, sugiero salvar al barbero, porque los barbudos hacen fila a las afueras de su aposento para recibir de su magia, que los vuelve más jóvenes otra vez. Al resto, puedes matarlos. Sobre los animales, mantén con vida a los que les llaman caballos, pues comen hierba, mientras que los animales que están amarrados por el cuello y que les llaman perros puedes matarlos porque ellos comen carne de incas.

Atahualpa tenía que saber las intenciones verdaderas de estos visitantes. Ya había confirmado que no eran los mensajeros de Wiracocha. ¡Ya sabía que podían morir!, pero ¿por qué venir a pelear con un ejército de 106 hombres contra 30 000 incas que Atahualpa tenía apostados alrededor de Cajamarca, listos para aplastarlos en cuestión de horas?

"No los entiendo. Hay algo más aquí que no se está diciendo y que puede ser muy importante si no le pongo la atención adecuada", pensó Atahualpa.

Ya en Cajamarca y, luego de conversarlo con sus tres generales de confianza, (Rumiñahui, Calcuchimac y Quizquiz), Atahualpa decidido encontrarse con los forasteros sin ejército, sin seguridad y con música y alegría para demostrarles sus intenciones. Por supuesto, los generales no apoyaban esta decisión por las posibles consecuencias que el plan podía traer ante semejante riesgo.

Atahualpa dejó instrucciones a Calcuchimac de proseguir al Cuzco. A Quizquiz lo envió al sur para buscar a los sacerdotes sabios que leen los astros y que se comunican con los socios de la Estrella del Sur. A Rumiñahui le ordenó que llevara al resto de su familia real a Quito, donde estarían más seguros. Tan pronto Atahualpa consiguiera la información necesaria, les enviaría los *chasquis* para poder actuar según el plan que habían desarrollado para enfrentar a estos visitantes y defender al imperio.

En cuestión de un par de lunas más, los barbudos llegaron a Cajamarca. Luego de unas cortas conversaciones con el barbudo religioso, se decidió todo. No hubo inca que pudiera detenerlos en su intento por atrapar al Sapa Inca. Nadie sabía que estos barbudos tenían unos palos de fuego más grandes que podían destruir a muchos incas a la vez. Ese día, sus bestias gigantes hicieron un estruendo superior al de costumbre. En sus patas tenían unas bolas plateadas que brillaban y que hacían un ruido desconocido y aterrador. Esas bestias corrían, empujaban, pisaban a todos y hasta algunos incas dicen que los vieron volar. La confusión fue tan grande que nadie pudo hacer nada y capturaron al Sapa Inca. ¡Capturaron a Atahualpa! Se calculó que esa tarde murieron alrededor de dos mil incas y ningún barbudo. Atahualpa fue apresado en el mismo centro de Cajamarca y nadie sabía nada de su estado de salud, nada de si estaba vivo o muerto. Esto lo confirmo como cronista del imperio.

Acto II

Al siguiente día de mi captura en Cajamarca, me desperté incómodo por haber dormido poco en ese piso de piedra. Para cubrirme del frío, solo llevaba un poncho que alguien me dio. Estaba indignado por la muerte de tantos de mis incas músicos, danzantes y sirvientes que me acompañaban, pero impotente porque no tenía la fuerza, ni estaba en la posición de exigir nada en este momento. Yo soy Atahualpa, el Sapa Inca de este imperio inca pero no valía la pena llenarme de ira, por lo que, más bien, me enfoqué en el plan que tenía. Ahora pude vivir en carne propia el poder de esos palos que escupen fuego y del estruendo que generan luego de que los barbudos les dan de comer del polvo negro y las piedras que los hace vomitar muerte y humo desde sus panzas. Nada se comparaba con toda esa mortandad producida por ese humo asesino.

Ahora los soldados barbudos están arrastrando los cuerpos de los incas muertos hacia la quebrada que queda no muy lejos de aquí. Amarran muchos cuerpos juntos y los halan con las bestias gigantes que los obedecen ciegamente. Estos visitantes tienen algún tipo de magia sobre estos animales.

No puedo dejarme llevar por las emociones de mi estómago y tengo que enfocarme en conocer a estos visitantes para encontrar sus verdaderas intenciones. El no saber su lengua es un problema y el comunicarnos no ha sido fácil hasta ahora. Me dieron una comida horrible y saladísima hoy a media mañana. No creo que podré comer bien y lo peor es que no tienen chicha, que es nuestra deliciosa bebida fermentada a base del maíz. Luego de la comida, para celebrar solo toman agua y otro líquido que le llaman *vino* y eso no me gusta.

Siempre me llamó la atención el sombrero de Pizarro desde que lo vi por primera vez. Y en especial, las plumas grandes que llevaba. En el Tahuantisuyo no se podía encontrar unas plumas tan grandes y bellas. Quizás las plumas del majestuoso cóndor eran las que más se le parecían, pero son diferentes: son más largas y lineales y siempre negras. Sin embargo, las plumas del sombrero de Pizarro eran torneadas, amplias, curvas, bellas, simplemente bellas.

El segundo día no dudé en acercarme a Francisco Pizarro y entre señas y gestos indiqué que me gustaría tocar esas plumas de su sombrero. Pizarro aceptó, aunque con curiosidad por el pedido que le hacía. Estaba tratando de descifrarme, de descubrir a Atahualpa, al emperador del Tahuantisuyo. Yo debía tener cuidado en esta situación de encierro y cautiverio en la que me hallo; debía mantener un buen balance entre ser el Sapa Inca, que merece respeto especial, pero a la vez, mostrar mi deferencia hacia Pizarro como el jefe de este grupo de hombres, que aprecian poco nuestra vida. Todavía no he visto a nadie y no he podido hacerles saber que estoy bien.

Ya era mi tercer día sin comer y solo tomaba agua. Quería hacerles saber que su comida no me gustaba y, lo más importante, que quería a mis cocineros y servicios habituales, pues soy el emperador de estas tierras y de los animales y las plantas que en ellas habitan. Estos visitantes le echan sal a toda la comida que cocinan y siempre toman líquidos con cada cucharada que se llevan a la boca; pero yo, prefiero seguir las costumbres de mi cultura inca y evitar los líquidos mientras como. Me gusta disfrutar los sabores reales del ajo, de la cebolla, de las carnes y de todos los productos de nuestra madre tierra, de nuestra Pachamama. De vez en cuando, lamo mi piedrita de sal, ya que prefiero comer como nuestros ancestros lo hacían. Es mejor utilizar la sal para conservar las carnes y los productos. En cuanto a los líquidos, mejor tomo mucha chicha.

Hoy me levanté temprano para agradecer a nuestro dios Inti por todo lo que hasta hoy está pasando. Acaricio el collar de coral rosado en mi pecho y mi corazón está feliz pensando en Yuisa y en su mirada que me infunde paz.

Fue al cuarto día que Pizarro le ordenó a Martinillo, el otro intérprete, que enviara mensajeros a mi gente para que trajeran a varios de mis esclavos y productos para cocinar algo para mí.

En el quinto día fue que accedí a conversar con Felipillo, porque ya tenía mis servicios básicos y ya había comido.

Estos visitantes tienen unas reacciones raras que las voy a averiguar. Lo primero que quiero hacer es caminar hasta donde están los que trabajaban con esos palitos de punta fina metálica que usan esa tinta negra espesa. Tienen unos símbolos grandes y pequeños que utilizan para comunicarse. Estos signos danzan en líneas invisibles sobre esos pétalos grandes y se intercalan con unos bellos dibujos, que me imagino que cuentan historias. Ellos dicen que se llaman *libros, letras* y *escritura.*

Es una idea fascinante. Es como los dibujos que nosotros hacemos en los templos, pero más pequeños y separados. Los utilizan intercalándolos para armar ideas y contar historias. Si solo nosotros pudiéramos tener algo así para compartir tanto conocimiento que nos han dado los dioses. Ahora debo enfocarme y aprender de esos libros y de esas plumas. Me he dado cuenta de que no todos los barbudos pueden leer esas figuras y solo unos pocos pueden usar esos libros. Principalmente, los religiosos y los escribanos del rey son los que pueden leerlos e interpretarlos. Pizarro me autorizó a que me acercara e interactuara con los escribanos que me veían como algo novedoso. En ciertos momentos se reían y me señalaban como si yo hiciera algo indebido o gracioso. La verdad no entiendo y no me importa. Lo que deseo es descubrir ese secreto de la escritura y de su lengua. Ya puedo asociar algunas palabras como *agua.* Me la repitieron tanto cuando llegué que ya me la aprendí. También aprendí *comida*, porque ellos siempre toman agua con la comida. Me parece que esto no será tan complicado, pero mientras tanto dependo de Felipillo o de Martinillo para las interpretaciones todo el tiempo.

Me quité una tiara de oro que sostenía mi cabello y se la di al escribano. Él, sorprendido y temeroso, no sabía si aceptar el regalo o rechazarlo, así que miró a Pizarro buscando su aprobación. Antes de que

Pizarro reaccionara, yo le dije a Felipillo que le dijera a Pizarro que este era mi pago al escribano para que me enseñara a dibujar. Pizarro lanzó una carcajada y sonrió mientras aprobaba con el movimiento de su cabeza.

—Adelante escribano, que tenemos mucho tiempo por delante, enséñale a dibujar a Atahualpa, que yo me voy a dormir, pues hoy amanecí cansado de no hacer nada.

Poco a poco, ellos han visto que mi intención no es agresiva y que por el contrario quiero conocerlos. Le dije a Felipillo que les iba a llenar un cuarto de piezas de oro y otro de piezas de plata para que me soltaran, y que le iba a ordenar a mi gente que las traigan de todas las esquinas de mi imperio. Pude ver los ojos y el asombro que generó mi propuesta tan pronto Felipillo hizo la interpretación.

—¿Estás seguro? —me preguntó Pizarro.

—Hasta donde llegue mi mano extendida hacia el cielo —le contesté. Levanté mi mano junto a la pared y le dije:

—¡Márcala! Usa ese palito con el que dibujas letras en las hojas.

Pizarro accedió. Le trajeron la pluma llena de tinta negra y él mismo dibujó una línea hasta donde marcaba mi brazo extendido hacia el cielo.

—Nos está tomando el pelo —dijo el fray con ira en su voz. Inmediatamente Atahualpa se quitó su pechera de oro, los aretes, las pulseras de sus brazos y los tiró en la esquina del cuarto.

—Felipillo, diles que los incas cumplen su palabra y yo doy el ejemplo. Este cuarto se llenará de oro en muchas lunas, pero ¡se llenará! Todos gritaron y se abrazaron, no lo podían creer. El fray no se alegró. Por el contrario, se retiró del cuarto, ofendido.

Al siguiente día en la mañana, llegaron los productos para que los barbudos pudieran cocinar. Espero que más adelante lleguen los cocineros. Por la tarde, llegaron las dos primeras mantas llenas de joyas doradas que dos incas traían a cuestas. La algarabía era unánime. Volvían a saltar y abrazarse. Así fueron pasando los días en que la comida llegaba por la mañana y las joyas por la tarde. Mientras las joyas lleguen, no hay problema. Ellos están felices y yo también.

Nada podía ser más fácil, nada de guerras o peleas. Nada de largas caminatas, hambre ni luchas o muertes por encontrar un tesoro. No hay que esforzarse y molestarse con los mosquitos o los murciélagos por la noche. El oro y la plata estaban llegando solos y también llegaba comida. Estos barbudos no tenían nada que perder, solo dejar entrar el oro y esperar. Así de sencilla es mi táctica. Darles lo que más desean fácilmente y así yo puedo conseguir lo que quiero sin inconveniente. Pasaban los días y ya no me veían como amenaza, ahora era su aliado. Era así de simple, era "la mejor opción de los barbudos". Mi plan estaba funcionando. Ya me estaba ganando su confianza y ellos estaban bajando la guardia. Esa actitud los traicionaba sin que se dieran cuenta. Estoy utilizando lo inverso de la ley de la siembra y la cosecha. Mientras más esperan, más oro llega.

Con esta maniobra, logro que reduzcan sus esfuerzos para alcanzar sus objetivos. Centrando su atención en el producto de afuera mientras se enfocan en su codicia. De esta forma, permanece calmados a mi merced. Pizarro y su grupo ignoran el riesgo detrás de la satisfacción que les produce no hacer nada.

Ya los dos cuartos de mi rescate están al cinco por ciento de su capacidad. A este ritmo se llenarán muy pronto y yo necesito más tiempo para aprender su idioma. No puedo ni debo depender de Felipillo, ya que pierdo tiempo en las interpretaciones y mientras más rápido pueda interactuar con todos mejor. De alguna manera tengo que comunicarme con Lusán allá afuera. Veré qué puedo a hacer.

* * *

Éramos estudiantes... solo con las PCs de la Universidad

Con la llegada de esa *laptop* que me regalo Patrick, mi vida cambió. La prendía y me daba tiempo para bañarme. En ese tiempo, ella arrancaba y seguía su protocolo de revisar todos los componentes del *hardware* conectados, y subía un programa que un amigo había diseñado en DOS y que enlistaba los demás programas que tenía instalado en el disco duro de la máquina y que yo lo denomine: "la mejor opción de Esteban". Esa frase era también el título en la mitad de la pantalla inicial.

La opción # 1 del menú era para todos los programas relacionados con un procesador de palabras. Yo tenía "WordStar" (que no era de Microsoft, sino de MicroPro International y que ya descansa en paz).

La opción # 2 era para un procesador de números parecido a MS Excel; yo tenía Lotus 1-2-3 (desarrollado por Lotus Software, que luego la compró IBM).

La opción # 3 era para los graficadores; yo tenía "Harvard Graphics" de SPC (Este programa lo discontinuaron en el 2017 por pocas ventas).

La 4 era para LINUX.

Definitivamente esta laptop era: "la mejor opción de Esteban". Mi plan estaba funcionando. Me facilitaba la vida. Cuando terminaba de bañarme, ya seleccionaba una opción y un programa y, ¡listo! podía trabajar. Ahora no tenía que preocuparme de todo lo que debía sacrificarme para lograr mis notas. Ahora la tecnología me facilitaba todo.

Ya no hacía trabajos a mano y podía imprimir las veces que quisiera. Solamente los grababa en unos *floppy disks* y ¡listo!   Mientras todos comían, yo imprimía todo lo que había hecho en mi *laptop* en una impresora del centro de estudiantes, siempre y cuando hubiese impresoras disponibles. Ese semestre, con mi computadora nueva, saqué la pelota del diamante con un "home-run" y con bases llenas. Con esta tecnología, me sobraba tiempo libre. Ahora podía utilizar mi tiempo en actividades más beneficiosas para mi vida, darle un poco de equilibrio y socializar más con los otros estudiantes de mi piso.

* * *

Análogo 6

"1", "0" = Comunicación

Tatuaje

Esa noche en República Dominicana no pasó nada entre nosotros. Sofía y yo estábamos muy cansados. Éramos conscientes de que lo que necesitábamos era estar solamente juntos, sentir nuestro apoyo, afincar nuestros sentimientos. Estábamos exhaustos emocionalmente por el estallido de tantos sentimientos a la vez. Las ventanas abiertas dejaban entrar un poco de la brisa fresca del mar. Simplemente nos acostamos en la cama sin la ropa pesada y nos abrazamos. El amor no siempre necesita de intimidad para ser íntimo. Nos reclinamos juntos en las mullidas almohadas. Ella me apretó alrededor de mi pecho como no queriendo soltarme, yo crucé mi brazo debajo de su cabeza y le besé la frente. Acomodé su cabello hacia atrás y acaricié su espalda. El agua del mar chocaba con las rocas y los postes que sostenían la cabaña y ese ruido nos adormecía. Ella cruzó su pierna derecha sobre mis piernas. Sus senos se acomodaron a un lado de mi pecho con tal perfección que yo no quería romper ese hechizo, por lo que trataba de no moverme. El reflejo de la luna llena de esa noche hacía brillar las sábanas de nuestra cama con un color diferente, con un tono amarillo especial. Ella me dijo:

—Gracias por estar aquí. Era lo que necesitaba. Hasta mañana —me sonrió, se dio la vuelta del otro lado de la cama y los dos caímos completamente dormidos.

Al otro día por la mañana, ella seguía en los brazos de Morfeo pero el resplandor del sol en las cortinas me comenzó a molestar. Me levanté y tomé una toalla de camino a la puerta principal con la que cubrí mis intimidades. Colgué el letrero de "No molestar" afuera de la puerta de entrada para que nos dejaran rumiar nuestros pensamientos en la cama y disfrutar un poco más de nuestro despertar. Volví al cuarto y ella seguía dormida como un ángel en una nube. Me detuve sin hacer mucho ruido. El choque de las aguas saladas con las columnas de la cabaña nos arrullaba sin darnos cuenta. Las sábanas y las almohadas blancas, la leve brisa que llegaba del mar, hacían de ese instante un momento mágico. Era el escenario perfecto para ver a este ángel dormir plácidamente. Era tan bella que me quedaba sin palabras. Ella tenía un corte diferente a las mujeres que conocía, sus formas eran más redondeadas, nada regular en esta mujer. Su figura, sus piernas, su cabello, su sonrisa, toda ella era preciosa de pies a cabeza. Me fijé, especialmente, en su cabellera castaña ligeramente ondulada que le llegaba a la cintura. Sus caderas eran especialmente suaves, apenas cubiertas por las sábanas, dejaban ver lo curvilíneas que era ella en todas sus esquinas. Su orejas, su nariz y su mentón tenían unas curvas bellísimas que desconocía o que no le había puesto tanta atención antes. No sé cuánto tiempo estuve admirándola. Solo bastó una sonrisa al sentir que la estaba observando para que esos ojos oscuros profundos de capulí me trajeran de vuelta a la cama. Ella me arrastró a donde estaba originalmente y caí de espaldas en la cama. No dudó en abrazarme nuevamente como antes de quedarnos dormidos, pero esta vez me besó lentamente los labios. Yo no reaccioné como queriendo ver hasta dónde esto iba a llegar. Su pierna se cruzó totalmente sobre mi cadera y mi corazón no paraba de latir percibiendo esa hambre que su mirada desplegaba. No podía más que rendirme a su belleza y al calor de su cuerpo que me atraían y que me conquistaban. Nos desprendimos de las últimas prendas de vestir y nuestro cortejo se inició. Su humedad se acercó a mi desesperación que iba haciéndese cada vez más fuerte. Su pelo caía sobre mi cara mientras ella ponía sus manos en mi pecho y buscaba el punto perfecto. No dudé en acariciar sus caderas y su geografía lentamente, con timidez al principio, y con avidez más adelante. Sus cachetes se pusieron rojos, sus clavículas se pintaron de anaranjado mientras ella cerraba los ojos y vi su cara brillar con las primeras gotas de sudor ante el reflejo del sol de la mañana. Su cadera no paraba de bailar con la mía y su dulce olor se mezcló con mi olor. Finalmente llegamos a las estrellas. Los dos nos perdimos en un corto circuito conectado por un idioma que no habíamos descubierto ni experimentado antes. Solo vi sus ojos de felicidad y las gotas de sudor que de nuestros cuerpos afloraban, llevaban la sal de nuestra satisfacción y de nuestro compromiso. El tiempo se detuvo. Nada podía separarnos. En ese momento ella se olvidó de todo y yo era la herramienta para ayudarla en su cometido. Nuestros pies estaban tensos, mis músculos se relajaban lentamente y nuestra respiración bajaba las revoluciones mientras nos acomodábamos nuevamente el uno junto al otro como antes de quedarnos dormidos. Esta vez, el sueño fue mucho más profundo. El constante sonido del mar acariciando las rocas y las columnas que sostenían la cabaña nos envolvió llevándonos a un descanso donde el tiempo ya no importaba.

Luego de despertarnos, ella tenía una sonrisa especial. Le vi una luz diferente en los ojos que para mí fue muestra de que su felicidad le ganó a la amargura. Supongo que yo emitía la misma emoción, porque me sentía así, liberado, completo. Ahora sí estaba junto a mí.

Cerraba los ojos y nos veíamos como cubiertos por un lazo de terciopelo, tal vez de color rojo y con olor a palo santo. No sé, son mis impresiones de este momento raro y único.

Luego de un baño con agua fría en la ducha al aire libre con piso de piedras de río, pero con paredes de bambú, nos vestimos para recibir la comida que ya habíamos ordenado por teléfono.

—Te voy a contar algo que tengo que sacarme del pecho —me dijo desde el otro lado de la mesita del balcón donde nos ubicamos.

—La gente de la Hermandad que siguen los Casales son sumamente raros. Todos tienen unos relojes especiales muy caros. Creo son de marca Vacheron que marcan su localización. También reciben mensajes encriptados desde una compañía de servicio de telefonía que solo les da servicio a ellos —se detuvo para tomar un poco de agua, pues el amor nos había dejado con mucha sed.

—¿Qué hacen ellos?, ¿A qué se dedican?

—Pues no sé exactamente, solo sé que a mi ex-novio no le gustaba hablar mucho de eso y, a pesar de que yo le preguntaba sobre unas reuniones secretas en su casa, él siempre me cambiaba de tema. Lo que sí conozco es que mucho del dinero de su familia lo destinan a esa hermandad. Y mira que la familia de mi ex-novio tiene mucho dinero, ¡eh! —me dijo moviendo la mano como para enfatizarlo.

—Y tus padres, ¿sabían de esto?

—No, tenía prohibido contarles. Mi ex-suegra era la que me instruía. La discreción fue la condición principal para poder estar de novia con Maximiliano, pues al principio lo amaba ciegamente.

—Qué raro, ¿no te parece? ¿Por qué tanto secreto? A menos que estén haciendo algo un poco turbio, ¿verdad?

—Ese viernes que llegamos al hotel en Fajardo para la boda, muchos de ellos estaban en la piscina y pude percatarme de que algunos de ellos tenían un tatuaje similar por distintas partes del cuerpo, pero todos compartían un número, al parecer, el de su clan—me dijo.

—Y, ¿te acuerdas del número?

— Sí, el 3981 —dijo ella. Los dos nos quedamos pensativos.

Alguien golpeó la puerta y nuestro desayuno apareció.

* * *

Prometeo

Pero ¿cómo realmente conocí a Sofía?, me refiero a la primera vez que la vi. Pues eso fue como para el final de los noventa en la universidad. Me detuve luego de bajar la mitad de las escaleras en ese amplio descanso de la biblioteca en el campus central frente al gran mural de la entrada principal. Ese era un punto estratégico desde donde podía ver mejor a todo el que salía de la biblioteca para almorzar y al que se detenían para encontrarse con conocidos y amigos. Unos días antes habían repartido unas hojas sueltas con la nueva oferta de almuerzo de la temporada para los estudiantes. De seguro el restaurante estaría lleno.

Me puse a leer un periódico que había encontrado y, como había llegado cinco minutos antes, podía utilizar ese tiempo para adivinar quién era la persona que tanto se parecía a mí y que debía conocer. ¿Sería esa muchacha que ingresó por una de las seis puertas de cristal que tenía ese vestíbulo? o ¿una de esas chicas de ese otro grupo allá, al final del mural? Al parecer varias personas habían acordado encontrarse en ese mismo punto, ya que veía varios grupos aquí y allá junto a las escaleras. De repente, veo a esta chica con un *jean* azul y camisa blanca con rayas negras mirándome solapadamente. Nuestras miradas se encontraron por un segundo, pero yo volví a hojear mi periódico como para disimular. Pasé la página y nuevamente volví a verla. Algo tenía ella que me era familiar, pero no sabía qué. Cuando subí la mirada hacia el segundo piso, vi a mi amiga Karla, que bajaba por las escaleras para encontrarme.

—¡Hola! —me dijo —. Qué bueno que estás aquí. Hoy por fin voy a presentarte a Sofía. Estoy segura de que se van a llevar muy bien —me dijo entusiasmada. Luego de darle un beso en la mejilla, escuché las campanadas de la torre de la universidad que anunciaban el mediodía, mientras bajábamos las últimas escaleras para encontrarnos con su grupo de amigos. En la última campanada del reloj de la torre que marcaban las doce, escuchaba a mi amiga decir:

—Y, por fin, aquí te presento a Sofía. Sofía, él es Esteban. Nos saludamos, nos vimos como si nada, hablamos algo con todo el grupo (que no recuerdo) y seguimos caminando al sitio acordado para almorzar. Ese día, el grupo era de nueve personas y, luego de unas preguntas generales con el resto de los presentes, seguí caminando con Karla y con Sofía.

Al llegar al restaurante de comida rápida no sabía qué pedir. Le dije a Sofía que ordenara primero y luego seleccionaba yo lo mío. Había tanta gente en el mismo sitio. El grupo que nos acompañaba ya se había sentado a una mesa grande, solo faltábamos nosotros, pero ya no había más sitio donde sentarnos, así que nos fuimos a otra mesa pequeña cerca de una ventana.

Hablamos de todo: de la música que nos gustaba, como Soda Stereo, Hombres G y Ricardo Arjona, entre otros. También repasamos los últimos pintorescos líderes de la política. Me sorprendieron sus conocimientos de la historia de Sudamérica. Ella sabía de varios presidentes del pasado. Fue una conversación tan refrescante, que yo podía seguir hablando con ella toda la tarde, pero ya era hora de volver. Una hora pasó tan rápido. No sabía por qué en ese momento sentía esa hermosa alegría al conocer a una persona por primera vez. Tenía la sensación de que ya conocía a Sofía desde antes, pero, de antes, antes. De mucho antes, de otra vida, tal vez. En mi interior sentí como si estuviera continuando una conversación inconclusa, como un reencuentro ancestral. No sé, no podía explicarlo. Solo puedo decir que me bastó una hora de conversación para estar 100% seguro de que quería pasar el resto de mi vida con ella.

Desde ese día, cada vez que buscaba un libro en los terminales de la biblioteca de la universidad, intentaba ver si ella estaba online en LINUX, ese programa tan simple y útil para alcanzar toda la información de los libros de la biblioteca y también chatear. Era sencillo utilizarlo una vez conocías los comandos básicos. Era una pantalla completamente negra con un cursor verde titilando en la esquina izquierda. Con el programa, podías pedir una lista de todos los usuarios activos en ese momento y apretabas la tecla de "Enter". Y luego solicitabas un "Chat" con el usuario "XXXXXX" de la lista de usuarios activos. Esperabas un rato y, luego, en esa pantalla negra aparecía la respuesta de la persona que contactaste. Escribías: "Reply": tal cosa, tal y cual. Era nuestra primera conversación virtual. Así fue como conocí a Sofía a finales de los noventa, muy cerca de la aparición de las computadoras personales, antes de los celulares todopoderosos, y antes de la llegada del internet y de los programas en la nube. La conocí en otros mares y en otros vientos de cambio.

* * *

Elucubración

—¿Cómo está Atahualpa? —preguntó uno de los caciques locales.

—No sabemos si nuestro Sapa Inca está herido o si está vivo. No sabemos nada —replicó Lusán—. Nadie puede acercarse. Tienen atrapado a Atahualpa en el centro de Cajamarca y no sabemos qué hacer.

Uno de los esclavos de los barbudos salió de las estructuras del centro de Cajamarca y nos dijo que Atahualpa estaba vivo y que quería que trajéramos tres cosas: comida para todos y que lleváramos a los cocineros. El tercer pedido fue más complicado. Atahualpa lo había propuesto y lo había autorizado. Los barbudos querían todos los collares de las ceremonias del dios Inti. Que esa ofrenda era la necesaria para que Atahualpa se pudiera reunir con Wiracocha y para que saliera libre.— ¡Qué alivio saber que nuestro Sapa Inca está vivo! —dijo Lusán.

—¡Sí, gracias a Inti! —dijeron todos los líderes que estaban allí esperando.

Únicamente tenían esas noticias y nadie podía acercarse para saber más. Solo ingresaban diariamente por la mañana los incas que llevaban la comida para los que estaban en el castillo de Cajamarca, pero no traían de vuelta ninguna información adicional. No había órdenes para los ejércitos, nada para los generales, ni una palabra para los ancianos. Debíamos esperar. Yo, como cronista del imperio, lo he registrado en mi memoria para luego compartirla.

En cuestión de varias lunas, los primeros collares, pecheras grandes, joyas y aretes ceremoniales de pueblos cercanos fueron llegando. Se les fue permitido ingresar a uno de los cuartos en los que depositaban las joyas que llegaban poco a poco, día a día. Los barbudos organizaban las prendas plateadas en un cuarto y las joyas doradas en otro. Al parecer había alguna diferencia entre ambas.

Otro mensajero salió nuevamente de la fortaleza de Cajamarca y pidió que trajeran varios de los servidores de Atahualpa para que lo atendiesen. Los barbudos estaban felices con los primeros ornamentos religiosos y eso alegraba a Wiracocha. Tenían que apurarse para que la llegada de nuestro dios fuera completa y para que nuestro Sapa Inca nos guiase nuevamente.

Han pasado varias lunas y hoy me informaron que le han permitido salir a Atahualpa al patio central para dar vueltas y ejercitarse por más tiempo, pero, eso sí, siempre acompañado. El Sapa Inca no puede estar solo. En todo caso, ya pudimos ver a nuestro líder caminar por la mañana.

—¡Que viva Atahualpa!, ¡Que viva Wiracocha!

—La paz está cerca y podemos sentirla —insistió uno de los caciques.

Los incas que llevan comida por la mañana nos dicen que el Sapa Inca está bien, que conversa alegremente con los barbudos y que les está enseñando nuestra lengua. Lo han visto aprender un juego en una mesa que los barbudos no guerreros juegan con unas maderas blancas y negras de diferente tamaño en un tablero de cuadritos. Al parecer, nuestro inca juega bien porque ellos se quejan cuando pierden. Parece que Wiracocha está feliz con todas las joyas que están acumulándose y vemos que hasta los barbudos han hecho algunas fiestas para celebrar a Wiracocha, pues han solicitado varias guantas, y muchos cuyes, que son unos roedores grandes domesticados con mucho pelo, para asarlos a la varita. Los incas que llevan la comida todos los días me dicen que nuestro Sapa Inca habla mucho con los intérpretes esclavos y que hasta lo han visto llorar en algún momento. Al parecer, la vida de los barbudos es muy triste. Ya han pasado muchas lunas y creo que los cuartos de joyas están cerca de la mitad. ¿Cuánto más esperan estos barbudos para soltar a nuestro líder?

En una de esas caminatas, Atahualpa salió solamente con los cocineros y se sentó junto a un árbol viendo al cielo y silbando, como buscando pájaros. Lusán se dio cuenta de que le estaba enviando un mensaje. Se acercó sigilosamente al ras del piso y se ubicó a una distancia suficiente para contestarle con otro silbido. Atahualpa alcanzó a escuchar la respuesta e insistió con más silbidos. Era increíble verlo. ¡Lusán y Atahualpa estaban comunicándose!

Cuando Lusán regresó, llamó a uno de los incas cocineros y le amarró un quipu en la cintura. Le dijo que se lo diera a Atahualpa cuando nadie lo viera. A la mañana siguiente, el cocinero salió a recoger los productos para la comida del día y entregó a Lusán el quipu nuevamente, pero esta vez lleno de muchos nudos en muchas posiciones. Fueron varios intercambios durante muchas lunas. Lusán no decía nada a nadie, ni a los caciques de los pueblos cercanos. Esa mañana se quedó boquiabierto al recibir del cocinero el último quipu. Luego tragó y salió corriendo con un claro mensaje para Rumiñahui. Lusán envió a Kalitá a Quito y le dijo:

—Es muy importante. Nadie tiene que saber esto. Solo tú y los otros chasquis que van a recibir el mensaje. ¿Me escuchaste? Envió el mismo mensaje con Guelo-Apu para el general Calcuchimac que estaba en el Cuzco y envió otro para QuizQuiz. Lusán se veía pálido y preocupado al despacharlos. También ordenó a algunos soldados que fueran por los caminos del norte y del sur, y que detuvieran a los incas que traían las joyas de los sacerdotes para que no llegaran todas a la vez. Atahualpa necesitaba que las joyas fueran llegando esporádicamente en una cantidad reducida. Necesitaba más tiempo.

* * *

Ey, ¡te llaman!

Bueno, Sofía y yo decidimos que íbamos a mantenernos en contacto de alguna forma, pero, como siempre estábamos estudiando y trabajando, a veces pasaban días y no nos veíamos. Ya me había decidido por Sofía. Su transparencia, sinceridad y su alma me hablaban como nunca lo había sentido. Sus ojos profundos me mostraban algo especial que mis nervios también asimilaban, como una paz ansiada que tranquilizaba los latidos de mi corazón.

—Te veo a las cinco de la tarde en el vestíbulo para irnos a caminar por el Viejo San Juan, ¿está bien? —me dijo en un tono muy alegre.

—Claro, termino lo que estoy leyendo, me baño y estoy en el vestíbulo a las cinco —le contesté. Tenía como seis horas para hacer eso y muchas otras tareas pendientes. Entre ellas, debía asistir a una reunión de mi piso, que ya estaba por iniciar.

Además, debía enseñar a dos estudiantes internacionales, Lucho y Susi, a cortar un pollo entero en pedazos, cocinarlo y compartir el almuerzo con estos buenos amigos. También tenía que terminar mi informe para una clase, escribirlo en la *laptop* e imprimirlo. Como era un trabajo en grupo, nos reuniríamos en la biblioteca para terminarlo. El informe era para el lunes, así que tenía algo de tiempo para terminarlo.

Ese sábado iba a pasar muy rápido. Escribí en un papel mi itinerario del resto del día para grabarlo en la mente y me di cuenta de que lo mejor era ajustar el compromiso con Lucho y Susi. Algo debía sacrificar y el plan con ellos me tomaría mucho tiempo. Decidí que solo les enseñaría a cortar el pollo y listo. "Que ellos cocinen en sus pisos y en otra ocasión compartimos la comida. Voy a llamarlos para acordar el cambio", me dije. ¡Cuál fue mi sorpresa! Ahora Susi tenía una grabadora para dejar mensajes telefónicos en su extensión del cuarto. ¡Qué buena idea! Le dejé mi mensaje. "Ojalá lo escuche a tiempo", pensé. El siguiente problema era dónde podía imprimir el informe para que mis amigos lo revisaran y pudiéramos discutirlo. "Eso está complicado. Si me voy a caminar, no voy a poder llegar a tiempo al único centro de cómputo abierto el sábado en la universidad. Ellos cierran a las 6:00 p. m.", dudé. Eso me obligaba a buscar un *cyber café*, que eran centros de cómputos privados que te alquilaban el uso de la computadora por horas y te cobraban por cada página que imprimías.

Fui a mi reunión de piso y... todo bien.

Bueno, la clase de cortar el pollo entero había terminado con media hora de retraso. Ellos se llevaron sus bolsitas marinadas con pollo listo para cocinar, y yo terminé preocupado porque no me iba a alcanzar el tiempo. Limpié la cocina, no comí nada, solo un queso, una fruta y mucha agua. Tenía que recuperar el tiempo perdido. Abrí mi *laptop*, en lo que subía todo el sistema y podía usarla, fui al baño, me cepillé los dientes y me preparé. Me concentré en leer y comenzar a escribir mis notas en la computadora y, cuando más inspirado estaba, sonó la alarma que anunciaba que debía bañarme porque Sofía estaba a punto de llegar. ¡No! No tenía ni la mitad de mi reporte terminado. De seguro, no lo iba a completarlo a tiempo para imprimir. Ahora tenía que decidir si ir a la reunión con el grupo o debía sacrificar mi caminata. ¡Todo se estaba complicando! Por un momento pensé: "Creo que no debo irme a caminar al Viejo San Juan con Sofía", pero es que quiero verla. Sí, quiero verla y el fin de semana es el único tiempo que tenemos para vernos y pasarla bien sin el corre y corre de los estudios y trabajos. ¡Ya sé!, no voy a imprimir el informe final hoy. Tendré que trabajar toda la noche para revisarlo e imprimirlo de alguna forma mañana domingo, pero ¿dónde? No sé, ya veré. Ahora lo importante es estar listo para Sofía.

Sin pensarlo dos veces, cerré la *laptop*, salté al clóset y seleccioné mi ropa. En un instante estaba listo y en el vestíbulo. Me recogió y salimos a pasear. Hablamos de todo: de la semana, de mis clases, de lo que pasé con mis compañeros en la clase de cortar pollo y de la nueva maravilla tecnológica que Susi tenía en su cuarto contestando sus llamadas. No parábamos de reírnos y de hablar.

Tal vez esa contestadora telefónica podría ser de ayuda a nuestro dilema de desencuentros y comunicación. Creo que, si ella instalaba una máquina contestadora en su apartamento, yo podría decirle si tenía tiempo libre o si iba tarde a nuestro encuentro, o de algún cambio de planes. Ella podría llamar a su apartamento, ingresar una clave numérica y escuchar los mensajes. Pero había un inconveniente, Sofía compartía el apartamento y sus amigas escucharían los mensajes y seguramente, también iban a usar la máquina contestadora. Ni modo, eran más los beneficios que los daños. Al otro día, fui a conseguirle la contestadora de teléfono. Este semestre, definitivamente pudimos hacer más cosas juntos y compartir más. Pasamos de dejarnos notitas en los casilleros a grabaciones en la contestadora, aunque fuera de un solo lado. Yo, incluso, en ciertos momentos de desesperación, le dejaba notitas en el parabrisas del carro. Parecíamos dos pajaritos con una comunicación básica pero efectiva.

Por cierto, sobre mi trabajo de grupo, tuve que trabajar toda la noche, pero lo hice feliz. Hablar con Sofía siempre era relajante y me daba paz.

Para el informe con el grupo, decidí llevar mi *laptop* y presentarlo en la pantalla de la máquina. Fue interesante ver la cara de mis amigos. Ellos tenían sus reportes escritos y yo les pedí comenzar con la *laptop* en el centro de la mesa. Puse la letra más grande para que pudieran leerlo bien. ¡Fue todo un éxito! ¡La tecnología es mi mejor opción!

Hablando se entiende la gente

Lo de Sofía iba bien, pero ya no podía evitar más a Amaia. Ella me llamaba al piso y Paco ya no quería contestar el teléfono porque decía que Amaia llamaba hasta cuatro veces al día. Yo le había pedido que no me pasara sus llamadas y hasta le había regalado una libretita de cupones de descuento para distintos restaurantes de comida rápida por todo lo que me ayudaba. No podía seguir esperando más: debía enfrentarla y decirle la verdad. No teníamos una relación formal, pero sentía que debía explicarle, que, lo que sea que tuviéramos no estaba funcionando.

Acordamos vernos en el restaurante español que le gustaba a ella. Yo llegué con media hora de antelación para buscar un sitio adecuado y para preparar mi discurso. Encontré una mesa en una esquina tranquila cerca de una ventana por la que podía ver cuando ella llegara. La ventana estaba flanqueada por unas cortinas ya pasadas de moda, pero que combinaban con el mantel de las mesas y los colores del local.

Volví a centrarme en el discurso de cómo terminar esta relación. "¿Hay alguna forma fácil de hacer esto?", pensaba. Tendré que ser directo con las razones, sin vueltas. "¿Y qué razones voy a dar? ¿Se acabó el amor?" pero si nunca hubo mucho que digamos, bueno tal vez algo al principio. ¿Estoy celoso? Pero ¿de quién? La verdad, no sé. Veremos qué me sale en ese momento.

Ella llegó al lugar, se quitó las gafas que le quedaban tan bien y, sin sonreír, se sentó y me dijo con tranquilidad:

—Estoy embarazada. No quiero que te preocupes. Me voy a ser cargo de todo.

No supe qué hacer. Me mareé al instante que ella terminó la oración. Me pegué a la silla y mi respiración se ralentizó. El tiempo se detuvo y yo no supe cómo responder a ese balde de agua fría.

—Pero ¿qué piensas hacer? ¿A qué te refieres que te vas a hacer cargo de todo? ¿Y yo? —le dije también en voz baja.

—Pues nada hostia. ¡Me voy el fin de semana a España y ya está! Tú no tienes nada más que hacer aquí. Ya hiciste todo —lo dijo subiendo la voz mientras sacaba un cigarrillo de su cartera y buscaba el encendedor sin éxito.

—Pero, espérate, ¿no me vas a dejar a mí decidir algo? ¿No se supone que yo también opine en esta situación? —le dije ya un poco más molesto por su actitud.

—Pues, no. ¿Qué puedes hacer? ¿Abandonar tus estudios? ¿Comenzar a trabajar para mantenernos? ¿Joderte la vida para jodernos la vida a nosotros? Pues tú no tienes muchas alternativas, ¿verdad? Me miró mientras soltaba su mano de la mía cuando traté de hacer énfasis en mi alegato.

"Pero ¿esa criatura será mía?", pensé. Amaia no era la más santa de la universidad y un par de veces la vi coqueteando con otro estudiante, sobre todo cuando se daba los tragos. Al parecer le gustábamos varios y yo no había exigido mucho tampoco, porque nuestra relación no era muy tradicional que digamos.

—Mira, la decisión es mía y la verdad no estoy segura de quién es el padre. Las posibilidades de que sea tuyo son muy pocas. Además, ya lo decidí. —me decía mientras le tomaba la mano nuevamente. Ordenó un güisqui en las rocas con una aceituna, mientras encendía su cigarrillo y soltaba mí mano por segunda vez. Yo pedí un mojito con doble bendición, pues ahora la necesitaba más que nunca.

—Pero no puedes dejarme con esa incertidumbre. ¿Y si yo soy el padre?

—No, no creo. Además, ya esto tiene que cambiar. Mi vida, mis adicciones, tengo que comenzar de nuevo allá —lo dijo y volvió a inhalar profundamente su cigarrillo.

—¿Cómo le vas a hacer allá en España? ¿Vas a seguir estudiando tu carrera? —le pregunté.

—Pues nada, ya veré. Mi familia me apoyará y tal vez allá decida —me dijo mientras volvía a aspirar su cigarrillo que ya lo tenía a mitad. No me atrevía a decirle lo que debía hacer debido al tipo de relación que teníamos.

—¿No crees que, si en España te decides por tener a la criatura, lo que estás haciendo ahora va a perjudicarlo? —señalé el humo y el alcohol, mirándola. Ella no dejó de quitarme la vista de encima. Se llevó la colilla ardiente a la boca, aspiró profundamente, y el humo que salía de su boca acarició mi cara y mi alma. Su mirada lo decía todo. Alcanzó su copa para dar un sorbo. Agaché mi cabeza, cerrando mis ojos con la misma impotencia que tiene la luna por alcanzar al sol.

—Esto se va a acabar. Este embarazo no va a continuar y voy a hacer mi vida nueva en Europa. Está decidido —inhaló otra vez su cigarrillo y luego de aguantarlo por un momento, lentamente levantó su mentón y poco a poco sacó el humo soplando lento, pero esta vez hacia el cielo y luego sopló fuerte como queriendo decir "Vete".

—Solamente vine a informarte que me voy y que no tienes que buscarme. Mi vida ahora la sigo sola. Gracias, la pase bien contigo. Adiós —me dijo mientras tomaba el último gran sorbo de su güisqui —.

Ella ya se había ido de allí y su cuerpo la estaba siguiendo.

Me quedé frío, estupefacto. Los latidos de mi corazón bajaron a mis pies y me mareé nuevamente solo de pensar en lo que estaba viviendo. Seguía sentado ahí como un maniquí. Sin moverme, casi sin respirar. Los meseros pasaban como queriendo preguntar, pero no se atrevían. No entendía bien lo que había pasado, fue tan rápido.

No tenía ninguna información de Amaia en España. No sabía nada de ella. No lo esperaba. Seguro yo estaba cosechando lo que había sembrado hasta ese momento. Lo nuestro fue intenso, pero poco profundo mientras duró y ahora eso me seguirá por siempre. Acariciaba mi mojito tratando de buscar un estímulo, algo que reinicie mi sistema nervioso.

—Mesero, tráeme otro mojito, por favor, y carga todo esto también a mi cuenta.

* * *

Conexiones fuertes, amargas pero dulces

Hasta el día de hoy estoy en contacto con algunos de mis amigos de escuela elemental y de escuela superior; ellos son como mis hermanos. Cuando pequeños, allá por los años ochenta, jugábamos fútbol en la calle, leíamos libritos de aventuras en caricaturas como *Kalimán* y nos prestábamos álbumes e intercambiábamos calcomanías con el fin de tener toda la colección de peloteros de béisbol o de jugadores de fútbol.

Cuando éramos adolescentes salió a la venta una revista semanal que se llamaba *Your Computer* y en ella podías encontrar los últimos avances en programación, las tendencias en sistemas de redes, los juegos y los nuevos modelos. La sección de la revista que más me gustaba era la que siempre se ubicaba en las últimas páginas y era la sección que revisaba la tecnología en concepto, lo que se estaba desarrollando para el futuro. Nunca me voy a olvidar una foto de un investigador privado junto a una computadora portátil en un cubículo de teléfono público. Para esa época recién habían llegado los discos duros a las *desktops* conectadas con cables a la electricidad de tu casa y ni pensar en una computadora que se pudiera llevar para todos lados con batería portátil. Mucho menos era posible imaginarse que se podrían conectar con otras computadoras desde un teléfono público utilizando un módem con el auricular del teléfono. ¡Uf! Tantas cosas nuevas e interesantes para el futuro. Ese era el futuro que estaba cocinándose, pero que, para mi presente en los años ochenta, era una locura.

Entre mis amigos y yo, nos llamábamos por teléfono de casa a casa y nos poníamos de acuerdo en el sitio y la hora para encontrarnos.

—Ey, Esteban, vamos a jugar fútbol en el barrio tal, te esperamos a las diez —me decía Santiago—. Y cuando quedábamos en vernos en algún sitio para hacer algo, era normal esperar como diez minutos. Si no llegaba la persona, comenzábamos la actividad. El resto era historia. Ya había un acuerdo de actividad, sitio y hora, y lo seguíamos.

Las amistades del barrio eran bellísimas. Recuerdo momentos en los que mi abuela me llevaba a hacer la compra semanal el domingo por la mañana en el mercado cercano a casa. Ella no solo compraba, sino que saludaba a doña Clarita, a don Manuel y a Juanito, el hijo de don Jacinto, y así se pasaba saludando a casi la mitad del mercado, pues se conocían de siempre. Cuando los agricultores llevaban sus productos a la ciudad tenías que regatear el precio según la cantidad que comprabas. "Compre doce y le doy uno extra", nos decían. Siempre comprar por docenas era más conveniente y, como mi abuela alimentaba a muchas bocas en la casa, pues era una experta regateando. Venían las vendedoras a pelear por el precio y dar las explicaciones de lo bueno que eran sus productos:

—Venga, mi linda, pruebe no más, ¡vea!

Sin más, abría una mandarina y, con las manos llenas del jugo de la fruta al partirla por la mitad, te la daba para probar.

—Recuerdo que me encantaba ese momento, pues durante toda esa mañana probábamos un montón de frutas que nos ahuyentaba el hambre hasta llegar a casa y cocinar. Lo mejor era que las mandarinas eran muy dulces y, ¡con semillas! Sí, las frutas tenían semillas en esa época, no como ahora que existen variedades sin ellas. Tenías que sacar varias semillas del limón, de la uva, de las manzanas y muchas veces había más semillas que limón, y el limón te sacaba esas caras de remordimiento por lo ácido de la fruta. De hecho, el limón que teníamos en mi infancia, ¡sanaba! Mi abuela le ponía limón en el pelo a la empleada que tenía caspa, y ¡santo remedio! En un par de aplicaciones, la caspa desaparecía. Si me cortaba, unas gotas de limón en la herida y listo. Ardía como el diablo, pero sanaba. Si tenías orzuelo o algún problema de lagañas con tus ojos, unas gotitas de limón filtradas por una tela te sanaban instantáneamente. Incluso, el limón lo usaban como gel. Exprimían el jugo de limón, se lo pasaban por el pelo y quedaba durito y brilloso. ¿Cómo sabíamos todo eso? Pues los mayores nos lo decían. A ellos se lo dijeron sus padres y a ellos sus abuelos. La abuelita llamaba a todos los nietos y nos explicaba, no solamente lo que hacía, sino por qué y la lógica detrás de esa sanación y beneficio. La historia verbal de las cosas no se ha perdido y yo seguramente pasaré esa información a mis hijos.

Otro detalle era que para la época, en las casas, siempre estaban preparados para alimentar a cualquier visita que llegara de manera imprevista. En esas épocas, la gente se visitaba los fines de semana y pasaba por las casas de los amigos sin avisar. Muchas veces llegaban a casa de mi abuela gente que en mi vida había visto y que al parecer eran amigos o conocidos. Decían:

—Pasaba por aquí, mi doña Fulanita. Quería ver cómo estaban. Hace tanto tiempo que no la veo y no la había llamado porque se me perdió su numerito de teléfono en mi agenda vieja. Y, díganme, ¿cómo está la familia? Y este niño tan guapo, ¿hijo de quién es?

—Se llama Esteban y es hijo de mi chiquita bella. Y por ahí seguía la conversación, que muchas veces se alargaba por horas. Recuerdo que una amiga de mi abuela una vez comenzó a hablar mientras se tocaba el vientre y hacía caras con los labios y los ojos apuntando hacia la adolescente que estaba sentada en la sala aburrida y que había llegado con ellos. La visita no decía nombres ni verbos. Era todo indirectas, como señales de béisbol, como cuando el cácher y el pícher se decían qué jugada tocaba, según el bateador. Yo no podía entenderlo todo, pero podía traducir alguna que otra cosa. Algo prohibido estaba pasando. ¡De que se hablaban, se hablaban!

Llegaba un momento en que mi abuela calentaba la comida y les servía. Mi abuela siempre tenía comida extra para esos visitantes inesperados y si, no llegaba nadie, la compartía con los vecinos del barrio o servía en el recalentado de la noche.

Claro, nosotros también hacíamos eso. Si estábamos de paseo un domingo con la familia por algún pueblo cercano, solíamos parar a visitar a algún amigo de la escuela de mamá o de papá y nos enterábamos de las últimas noticias.

Esas personas conocidas del mercado y los visitantes que llegaban a casa de mi abuela sin avisar eran amistades profundas y duraderas. Había un compromiso que, sin importar el tiempo o la distancia, se mantenía. Ese aprecio perduraba. Con ese acto de la visita que se preocupaba por uno y la conversación profunda que llenaba el alma, podías sentir su afecto. Yo era niño para entonces, pero la vibra que esas relaciones emitían eran muy conmovedora y contagiosa.

* * *

Acto III

No fue muy difícil que yo hiciera los primeros bocetos de mi infancia representando el tiempo como hijo del emperador en el Cuzco sobre los papeles con la pluma y la tinta que el escribano del rey de España me había proporcionado. Lentamente mejoraba las líneas que trazaba y mi mente coordinaba mejor con mi mano. Ya se iban entendiendo mejor mis dedos con las órdenes de mis ideas según lo que quería compartir en cada dibujo. La coordinación de mis trazos mejoraba rápidamente. Pude plasmar algunos momentos alegres de mi juventud en Quito y alguna intención de reproducir el rostro de mi madre, la princesa Pacha Duchisela.

—¿Dónde es eso? —me preguntó Pizarro. Ese fue el pie de nota que me permitió compartir con él sobre el Tahuantisuyo, sobre nuestra organización y las riquezas que poseemos. Aproveché para contarle de las minas de oro y plata de las montañas del sur. También aproveché para contarle un poco de nuestras capacidades para ver las estrellas desde el templo de Cochasquí y de nuestro conocimiento sobre los astros. No quise abundar sobre ese tema, pues no quería explicar sobre nuestros aliados de las estrellas, en especial nuestros socios de la Cruz del Sur. Pude ver que él se interesó más por todo lo que estaba relacionado con el oro, la plata y la nobleza antes que con los astros.

Yo le pregunté, todavía dependiendo de Felipillo en la interpretación, sobre su vida y él me contó cómo había crecido con privilegios al ser hijo de un soldado con el que aprendió a guerrear. Me sentí muy identificado con esa información y solté una sonrisa. Luego me dijo que apoyó a su rey en las guerras en Italia y Nápoles. Me contó que exploró hasta descubrir el mar del sur con un tal Vasco Núñez de Balboa hace no mucho y que llegó a ser el alcalde de Panamá. Ahora es todo un líder que representa a la reina Isabel II con la iniciativa del descubrimiento acá en el sur de este nuevo mundo. Yo no entendía bien todos los nombres y lugares que me mencionaba, pero en su mirada pude observar a alguien con hambre de gloria. Me daba la impresión de que era un luchador y que haría lo que fuera por progresar. Ese espíritu me gustaba.

Al siguiente día le dije a Felipillo que solicitara a Pizarro que me dejara caminar por el patio y que, si deseaba, me podía enviar acompañado con dos o tres soldados, que no iba a escaparme, porque había un acuerdo entre nosotros y los incas cumplen su palabra, pero que necesitaba sentir la grama en mis pies, y el sol en mi cara y en mi piel. Me hacía falta el viento y el sonido de los pájaros. Pizarro accedió y de ahí en adelante pude salir a caminar por la mañana solamente con tres guardias, al principio. Según fueron pasando los días, logré salir dos veces al día con varios integrantes de ese grupo de visitantes. Al principio iba con el escribano del rey, para entender mejor eso de las letras, la escritura y los libros. Unas veces salía a caminar con el jefe de los caballos; otras con el fray. Hasta con el mismo Pizarro caminé de vez en cuando.

Mi lenguaje castellano iba mejorando tanto como crecía el oro en los cuartos. Mi comprensión de estos visitantes crecía cada día. El escribano, no solamente me enseñó a dibujar sino a escribir mi nombre y distinguir las letras del alfabeto. ¡Qué maravilla es esto de la escritura! Nada más adecuado para mi imperio que poder contar las historias de los antepasados en estos libros y poder enseñarles a los incas sobre nuestro Sol Inti y nuestra luna Quilla. Nada mejor para compartir nuestras tradiciones y unificar más a nuestra forma de vivir. La escritura es un arma muy poderosa y tengo que buscar la forma de hacer llegar esto a mi gente.

El escribano también me contó la idea de los números, pero eso ya lo manejábamos con el quipu. Me enteré que ellos anotan en sus libros las cantidades de oro y plata recogidas y luego le reportan al rey un quinto de todo lo ganado. Con las letras y palabras, pueden hacer comentarios y explicaciones que nosotros no podemos hacer con nuestro registro de nudos y cuerdas.

Me llamó mucho la atención que el escribano llevaba dos registros de los metales acumulados. Uno para el rey y otro registro similar para informar al grupo de sabios, a quienes él llamó "la Hermandad del mundo nuevo y el banco de Venecia". Al parecer son consejeros importantes del rey como lo son mis caciques y los ancianos de las panacas.

Ya pude contactar a Lusán y con los quipu que me envió con los cocineros de la mañana, ya le envié órdenes que trajeran desde el Cuzco a mi media hermana Quispe-Sisa y a los chamanes del templo de Coricancha con todo lo necesario para una ceremonia especial.

Cuando ya sentí mi pulso domesticado para dibujar mejor, me atreví a hacer mis últimos tres dibujos. El primero fue el escudo de armas del rey Carlos V. Me quedó exacto al original y estaba tan orgulloso que se lo mostré a Pizarro. Sorprendido y perplejo, me miró como tratando de descubrir, en mis ojos, el alma que tenía adentro. Yo, mirándolo fijamente también, le dije en mi todavía rústico castellano:

—La familia de tu rey —y señalé el escudo. Luego proseguí mostrándole mi segundo dibujo que era el retrato de Yuisa, y le dije:

— La familia de Atahualpa. Los tomó en sus manos. Apartó el escudo real y se admiró el dibujó de mi amada Yuisa.

—¿Quién es ella? —preguntó Pizarro.

—Esposa, alma, panaca —dije sin tener muchos más recursos en este incipiente lenguaje mío.

—Ella es muy hermosa. ¿Dónde está? —me preguntó dándome una mirada intencionada, inquisidora, profunda. Hubo un silencio entre los dos y, sin quitarnos la mirada de encima le contesté:

—Quito. No dudé. Por un momento, pensé en decirle el Cuzco, pero creo que mis intestinos me llevaron a confiar en este hombre que había matado a tantos incas hasta hoy, pero que yo podía ver bondad en su mirada.

—¿Tu alma, esposa, panaca? —pregunté apuntando a su pecho con mi mano derecha e inmediatamente miré a Felipillo para que completara mis palabras. Felipillo, sin yo decirle nada, muy rápido completó mis intenciones, que buscaba saber sobre su entorno familiar. Y, al sentirse Pizarro cómodo y confiado con mi integridad y mi apertura, me contó sobre su vida personal y sus amores y desamores hasta hoy. Él me confesó que por eso se consagró a trabajar para su reina, Isabel de Portugal, y para su rey, Carlos I de España, y Carlos V, del Sacro Imperio romano germánico. Y que por eso estaba tan orgulloso de este escudo, pues le daba significado y motivos para seguir adelante. Eso fue todo. Pizarro se retiró sin más palabras y se dirigió a sus aposentos pasando su mano derecha por el borde de sus ojos como queriendo esconder una lágrima. El frío de la montaña estaba sintiéndose cada vez más fuerte esa noche y ya los cuartos de oro y plata están sobrepasando el 40% de su capacidad.

Acto IV

Ya han pasado varias lunas desde que inicié este encierro en Cajamarca. Y otras tantas desde que ya puedo dibujar mejor. Incluso, mi castellano ya me permite cierta libertad para compartir con todos los soldados de estos barbudos. Como ellos dicen y miden el tiempo, ya han pasado más de seis meses desde la matanza de esos incas danzantes, músicos y cantantes que me acompañaban al comenzar este encuentro.

Esta madrugada está más fría que de costumbre. Siempre me levanto antes que nuestro dios Inti para saludarle y hablar con los Apus. A los incas nos gusta leer los mensajes que tienen los dioses para nosotros al amanecer, en las sombras de las montañas y en las nubes de cada día. Los pájaros nos traen las noticias del momento y nos llena de alegría recibir los primeros rayos de calor de nuestro dios Inti. Es tan reconfortante sentirlos y sabernos suyos. Algún día ya no lo veremos, pero mientras esté aquí sintiendo su energía en mi aura, lo voy a disfrutar.

Hoy siento que es el día. Los Apus me han hablado, así que hoy me sentaré a negociar con Pizarro. Su espíritu me habla y siento su conexión con la Pachamama. Él me ha enseñado mucho y yo he podido compartir de mi aura con su alma sedienta. Luego de la comida, lo invité a caminar como de costumbre por el patio y le dije a Felipillo que nos dejara solos. Pizarro hizo lo mismo con los guardias y, mientras caminamos, le propuse lo siguiente:

—Pizarro, quiero ofrecerte un acuerdo para que nuestra convivencia se mantenga como hasta ahora. No quiero guerras entre nuestros pueblos y quiero que mi gente siga prosperando. Te ofrezco convertirte en parte de la realeza inca. Deseo que mis riquezas sean compartidas con tu gente y, a cambio, deseo que las letras, la escritura y las artes de tu pueblo sean compartidas con el mío. Deseo que te sientes a mi lado derecho en mi trono en el Cuzco. Me detuve por un momento, quería ver cómo era recibido mi mensaje hasta ese instante. Pizarro se mantuvo parco, no se inmutó, aunque me di cuenta de que sus ojos se dilataron. Se detuvo y me regresó a ver incrédulo.

—Explícate, Atahualpa, ¿cómo piensas lograr eso?

—Te ofrezco la mano de mi media hermana Quispe-Sisa, princesa noble, hija de mi padre Huayna-Capac, a la que estábamos cuidando para que se desposara con algún príncipe de la próxima tribu con la que quisiéramos entablar relaciones de paz. Ese príncipe eres tú, pues queremos entablar relaciones de paz con los reyes españoles.

Pizarro, en silencio, pensando por un rato reaccionó:

—Pero tú no eres el único heredero al trono. Todavía vive tu hermano Huáscar y tengo entendido que toda su familia está en el Cuzco. ¿No es eso cierto? En caso de que yo aceptara tu propuesta, ellos podrían revelarse y hacerme la guerra.

—No te preocupes. Mañana mismo daré la orden para terminar con el abolengo de Huáscar, así como con todas las esposas y esposos de sus familiares. Por eso no te preocupes. Dalo por hecho. Aquí hay un objetivo más grande, que es el buen vivir entre los incas y los españoles. La paz de nuestros hijos y los hijos de nuestros hijos bien lo valen. Comencé nuevamente la caminata y él me siguió.

—Necesito que te comprometas a que tus escribanos y religiosos inculquen a los incas en las letras y en las artes, y nosotros los educaremos a ustedes en los astros y en los conocimientos de la naturaleza. También compartiremos esos metales que tanto ustedes buscan —proseguí. Hice un silencio y pensé por un momento antes de ofrecer los secretos de nuestros compañeros de las estrellas, pero me detuve y no lo hice. Quería evaluar su nivel de interés. Continué con otro comentario mientras él seguía pensativo:

—Nuestras creencias se parecen mucho. Nuestras gentes necesitan seguir una deidad y no estamos tan alejados en eso. Tu dios invisible es como nuestro Inti. Nuestros dioses son como tus santos. Yo te ayudaré a que construyas templos para tu dios y tú nos permitirás adorar a nuestros dioses y pasar las historias de nuestros cronistas del imperio en letras y libros para que nuestro legado permanezca y nuestra cultura perdure. Tú y tu gente seguirán explorando más allá de nuestro Tahuantinsuyo hacia donde nosotros no hemos ido y nuestro ejército los apoyará. En nuestro imperio seremos hermanos, y como dijo tu reina Isabel, seremos familia. Me detuve, me callé, en este punto necesitaba saber si había tocado la fibra de su alma y si esta negociación llegaría a un buen acuerdo. Quería saber en qué pensaba hasta ese instante. No dije nada más y seguí caminando.

—Me gusta tu idea, pero quiero que primero me llegue el oro de los cuartos que me ofreciste como garantía de que vas a cumplir tu palabra. Después podemos pensar en todo eso —me dijo con una voz ya bastante relajada—. De esta forma, ya habré conseguido mi primer objetivo, que es pagar mi deuda con el rey, con la iglesia por su apoyo a esta expedición y con la Hermandad del mundo nuevo que nos financió. Levantó su cabeza y miró hacia la montaña. Luego, respiró profundo.

—Yo tendría que volver a España para presentarle mi informe a mi rey, en el que incluiré esta propuesta. Luego te podré contestar —me dijo como en tono de incertidumbre.

—No te preocupes, Pizarro. Esos cuartos, que están hoy al 40% de su capacidad, yo los duplicaré en tan solo dos lunas. Los llenaré al 80% para que veas lo confiado que estoy con este acuerdo —le dije subiendo mi voz y tomando el liderazgo de la conversación—. No tienes ideas de todas las riquezas que hay en el Tahuantisuyo y todas podrán ser compartidas contigo, sin necesidad de guerras. Yo lo que quiero es cuidar a mi gente y aprender de ustedes. Hay una cosa más, antes de que aceptes. Tu rey tiene que reconocer a nuestro linaje inca y respetarnos como parte de la Pachamama. En tu próximo viaje para ver a tu rey, regresa con esa confirmación real y entonces todas las riquezas del Tahuantisuyo serán compartidas con ustedes. No antes —insistí con autoridad.

Pizarro se quedó pensando por un momento. Se sentó en un tronco a la vera del camino, miró el horizonte otra vez, vio a su lado izquierdo y no vio a nadie. Buscó al otro lado, donde solamente observó a dos soldados conversando a lo lejos. Cerró los ojos como tratando de descifrar algo. Parecía que buscaba en su interior. Habíamos caminado mucho, incluso, nos habíamos desviado del parque central. Los pájaros cantaban como celebrando algo y volaban junto a nosotros. Ellos lo sentían, yo lo sentía. Creo que si tuviera algunas semillas en la mano ellos se posarían para comer. Parecía que se decían cosas entre todas las aves y que me querían hablar, amigables y bulliciosas. El universo estaba confabulándose para hacer que el plan funcionara. Yo solo estaba esperando que de la boca de Pizarro saliera la confirmación.

—Pero para lograr eso, necesito que tú te bautices como cristiano. Esa sería la señal inequívoca para mi reina —insistió y sus ojos lo dijeron todo. Él había aceptado el trato y ahora estaba viendo la forma de ejecutarlo de la mejor manera. Me tomó de los hombros y pude ver el conflicto en sus ojos.

—Tienes que aceptar la fe cristiana y bautizarte —me dijo en voz baja.

Pero, en realidad, para mí no hay conflicto: si tengo que sacrificarme por mi pueblo, voy a hacerlo. Lo importante es que mi pueblo esté a salvo.

—No te preocupes de eso ahora. Eso pasará —le dije comprometiendo mi nombre y mi palabra para lograr este trato.

—¡Trato hecho!, ya tienes mi palabra para luchar por ese reconocimiento que deseas a tu gente y por todo lo conversado" Palabra de caballero.

Yo sonreí aun sabiendo que el acuerdo me constaría más de lo normal. Me abrazó y me dijo:

—Este es un trato que lo sellaremos con sangre. Sacó su cuchillo y se cortó un poco en la palma de la mano. Luego, tomó la mía, hizo sangrar una esquina y me apretó la mano como queriendo quebrarla. De esta forma se juntarían nuestras sangres. Nada más simbólico para el momento. Yo lo abracé y le dije:

—Prepárate, hermano, que en mi campamento están alistando a mi hermana para la boda y la novia viene luego de que te llenemos de oro y plata el 80% los cuartos. Ya los chamanes del Cuzco están listos. Que tu barbero te rejuvenezca con su magia, pues en un par de lunas celebraremos tu matrimonio por el ritual inca aquí en esta plaza de Cajamarca y con nuestras gentes como testigos. Nuestra sangre se unirá y tú serás el marqués Francisco Pizarro, primer noble inca español del Tahuantisuyo.

A la misma hora de siempre, por la tarde, llegaron decenas de incas cargando en sus ponchos joyas, láminas de oro de las paredes de los templos, prendas de sacerdotes, pecheros con símbolos de Inti que yo había ordenado a Lusán que trajera. Cada inca llegaba hasta el cuarto y poco a poco fue llenándose. Ningún español, soldado o no, podía creerlo. Era una escena imposible de aceptar para los que estábamos ahí. Todos saltaban de alegría, se abrazaban y daban palmadas de agradecimiento a cada inca que pasaba por la entrada. Los cuartos estaban ya al 80 % de capacidad y Pizarro tenía los ojos cristalinos al ver todo el reflejo de la luz de las antorchas en las paredes que generaba todo ese oro recogido. Incluso para mí, que toda mi vida había estado rodeado de joyas de todo tipo, era raro ver tanto oro junto. Muchas veces me pregunté la razón para esa obsesión. ¿Por qué tanto gusto por ese metal? La verdad no lo entendía completamente, aunque Pizarro ya me había explicado ese concepto de moneda y canje por trabajo o la idea de qué podían hacer con el oro los dueños de la tierra, los animales y de las posesiones. La verdad no puedo entender cómo pueden comprar vida, salud o felicidad con ese metal o con esas monedas. Pero si ellos las quieren y eso compra mi libertad, pues, ¡que así sea!

—En las próximas lunas, llegará mi socio, Diego de Almagro, y yo prepararé el viaje a España. Hoy tomaré como esposa bajo los ritos incas a Quispe-Sisa y la llevaré conmigo para que conozca a los reyes de España y para que ella represente y sea testigo de nuestro acuerdo.

Pizarro se acercó otra vez emocionado. Me abrazó y mostró una sonrisa que no la había visto antes. Su mirada parecía la de un niño. Yo estaba feliz por mi gente y por lo que vendrá.

Envié mensaje a Lusán para que trajera a los chamanes con el fin de preparar la plaza y purificarla. Francisco había autorizado a un número reducido de visitantes. La comitiva inca era mínima, para evitar que yo huyera. Este Pizarro no entiende que si di mi palabra voy a cumplirla.

Francisco se veía completamente diferente. Se había vestido con su traje de gala, hecho de una tela maravillosa de terciopelo verde, suave y delicada. Tenía un sombrero diferente con unas plumas nuevas que no había visto, y su cara era totalmente diferente sin todo ese pelo que la cubría. Se veía como un adolescente. Tal vez era por la sonrisa que ahora finalmente podía apreciar completamente o por todo el oro y la plata que ahora tenía en sus cuartos. O tal vez, por casarse para unirse a la nobleza inca. Eso no lo sé, solo el corazón de este soldado lo sabrá.

Quispe-Sisa estaba asustada. No comprendía el idioma, por lo que le pedí a Felipillo que se mantuviera todo el tiempo junto a ella para ayudarla con la interpretación. Le pedí a Martillo que se quedara con Pizarro y que ayudara a los chamanes, pues no sabían el lenguaje español. Al único que no vi feliz fue al fray Valverde. De hecho, intercambió fuertes palabras con Pizarro aunque no entendí qué se dijeron exactamente, por la distancia que nos separaba. Por los gestos y los movimientos de manos, comprendí que el fraile no compartía la alegría ni el punto de vista de Pizarro.

Todo el matrimonio se llevó a cabo según el rito inca: la limpieza del aura a los novios, seguido con la colocación de las ofrendas a la Pachamama en el hoyo que los chamanes habían preparado en medio de la plaza. Le siguió la lectura de las hojas de coca en un rito silencioso y solo acompañado por los cantos profundos de los chamanes y los olores del humo del palo santo quemado que se ubicaba entre los novios. La lectura de las hojas de coca solo trajo buenas nuevas y, si bien el chamán dudó por un momento durante la ceremonia, luego de mirarme como para preguntarme algo, continuó con el siguiente canto sagrado. Más adelante, hablaré con él para confirmar esa mirada diferente y preocupada.

La controlada ceremonia de la bebida de la Ayahuasca era necesaria. Por ser una mezcla alucinógena sagrada. Necesitaba algunos soldados e incas cerca para protegerlos de caídas no deseadas. El proceso fue suave con Quispe-Sisa. Pizarro tuvo que ser aguantado por unos soldados que lo ayudaron a mantenerse sentado, pero por poco se cae. Su reacción fue entre llanto de felicidad y gemidos de tristeza. La Ayahuasca nos muestra nuestros adentros y las maravillas que hay para nosotros en esta naturaleza que nos envuelve. Cuando ya Francisco estuvo cuerdo otra vez, el chamán continuó con las bendiciones del dios Inti para la nueva pareja y luego comenzó la comida y la celebración.

Me hubiera gustado traer a mis músicos del Cuzco y a los danzantes de Pujilí del Cotopaxi, pero solo tuvimos los sonidos de rondadores, acompañados de sampoñas y kenas, instrumentos de viento de los Andes. La noche fue corta para toda la alegría que había. Algo que sí me llamó la atención es que no volví a ver al fray Valverde en toda la noche.

Análogo 7

Sin hardware no hay software y sin software no hay red

El contrato del colibrí

Atahualpa salió al patio e intercambió información con Lusán. Toda la conversación es entre ellos dos y los generales. Los quipu con las nuevas noticias estaban en manos de nuestro líder. Seguro que mañana nos contestará.

—Quiero que preparemos un regalo especial para Atahualpa mañana por la mañana —dijo Lusán —. Vamos a llevar los productos para la comida como siempre, pero también llevaremos ropa nueva, frutas y unas nuevas alpargatas recién trenzadas con unos hilos rojos y dorados para nuestro Sapa Inca —nos dijo el chasqui Huamán con ínfulas de líder. Definitivamente, tenía el temple para tal tarea y yo lo obedecía. Yo le ayudé a organizar todo y vi que Lusán incluyó varios quipu con la última información que había recibido de sus generales entre las ropas nuevas para Atahualpa. Yo, como cronista del imperio, necesitaba saber la información correcta para registrarlo para las nuevas generaciones.

Temprano en la mañana, los cocineros vinieron a recoger los productos que llevábamos para cocinarle a nuestro rey. Los guardias que los acompañaban revisaron todo. Ellos notaron que había unos regalos para Atahualpa y no tuvieron inconvenientes.

—Pero dime, Lusán, ¿qué está pasando? ¿Qué fueron esos quipus que enviaron los generales, ¿Por qué tanto secreto? —pregunté intrigado.

—Escucha, cronista, Atahualpa ha descubierto que los barbudos no son enviados de Wiracocha, que ellos vienen de un mundo en el norte, más allá de los océanos que no conocemos. Que ellos adoran a un hombre que ya murió y que tienen un rey que les dio unas instrucciones muy claras que no nos benefician.

—¿Qué instrucciones? Dime —le supliqué.

—Cuando los barbudos llegan a un territorio nuevo como el nuestro, ellos deben presentarnos dos libros: a uno le llaman libro de Dios y el otro es como una manta enrollada. Esos libros son como nuestro quipu, pero con más información y mensajes. Ese libro de Dios es una caja con una cruz que tiene pétalos grandes con unas marcas alineadas que parecen hormigas; son símbolos que no entendemos, pero que contienen unas historias de sus santos. —me explicó.

—Ellos dicen que esa caja con esa cruz es su ley divina y la voz de su dios. El segundo escrito que deben presentarnos lo enrollan como un tronco hueco. Ese es el mandato del rey. A ese escrito le llaman el requerimiento o el contrato —me detallaba, pero la verdad no le entendía mucho—. Esos requerimientos debían ser leídos al llegar los imperios nuevos. Ellos están obligados por su rey a leernos estos requerimientos, que básicamente dicen la justificación de su presencia para apoderarse de todo en esas tierras nuevas y de todo lo que hay en ellas. También explican todo lo que van a hacer y que voluntariamente adoraremos a su dios y que nos postremos a su autoridad.

Yo abrí los ojos de sorpresa. Lusán me miró también con los ojos bien abiertos y me dijo:

—Sí, así es. Que dejemos a nuestro dios Inti y que ahora adoremos a su dios.

Estaba exaltado y con los ojos llorosos. Él prosiguió:

—Espera, Lusán —repliqué, pero nosotros no entendemos su lenguaje y no sabemos de su dios, ni de su ley o de su rey. ¿Cómo vamos a saber para qué es su presencia en estas tierras si no entendemos su idioma? —le dije desesperado.

—A ellos no les importa que no los entiendas. Ese es nuestro problema. Según ellos, es nuestra responsabilidad entender —me explicó entre lágrimas y arrodillado con las manos sobre el suelo. El contrato con el requerimiento era leído y el anuncio estaba hecho. Ese era su compromiso antes de atacar —dijo Lusán.

—¡Qué pena que fuimos tan ingenuos y que no supimos entenderlo desde antes!

Pero, Atahualpa supo identificar el riesgo y lo investigó. Él se arriesgó y los descubrió. Todo fue tan rápido y no tuvimos tiempo de interpretar a los barbudos desde que llegaron; averiguar sus costumbres, sus creencias y saber que contenían sus cajas con letras pequeñas y sus cruces. No pudimos entender lo que estaba pasando ni entender el requerimiento o el contrato como le llaman

—me dijo.

—¿Ya ves? Ese contrato es la justificación para que luego utilicen toda la fuerza necesaria para subyugarnos, y, si es necesario, matarnos —continuó mientras me agarraba por los hombros y me miraba fijamente a los ojos.

—No entiendo nada —le dije.

—No se trata de que entiendas —prosiguió tragando fuertemente —. ¿No lo ves? Nuestro Sapa Inca se ha arriesgado al máximo para evitarnos un sufrimiento mayor. Aceptó que lo capturaran para vivir con ellos bajo un mismo techo por muchas lunas y entender sus intenciones. No solamente se infiltró, sino que los estudió y aprendió su idioma, sus costumbres y supo avisarnos lo que pasaba y lo que va a pasar. Atahualpa sabía que la única forma de saber la verdad de lo que estaba pasando, era estar directamente con ellos y, por eso, era importante aprender el lenguaje de los barbudos mientras les ofrecía los cuartos llenos de oro y plata. Planificó los tiempos al enterarse de su ansiedad por lo que brillaba, y supo comunicarse con los barbudos que no son guerreros. Esos que sostienen la cruz y los que tienen los libros y los contratos. Ellos son los que leen el requerimiento y son los que llegan con un poder del rey, como sus enviados. Son quienes velan por que todo vaya según lo planificado. Esos barbudos no guerreros les dan la autorización a los barbudos guerreros para que hagan su labor —me explicó con algunas lágrimas en los ojos.

—Pero, Lusán, tú dijiste que Atahualpa entendió lo que estaba pasando y lo que va a pasar. ¿Qué te dijo sobre eso? Por favor, cuéntame.

Lusán lo pensó dos veces antes de hablar, pero sintió la necesidad de ser claro. Las entrañas le dijeron que alguien tenía que pasar esta importante información al resto de los incas que se iban a quedar en nuestro Tahuantinsuyo. Alguien de confianza, que tuviera el manto del imperio y que se le honrase por ser la voz de la nobleza. Ese cronista del imperio era yo. Y sería la persona que llevara ese mensaje de boca en boca y que pasaría de generación en generación. Quién sabe lo que pase después. Tal vez se convertiría en una leyenda, en un mito. Quizás sería amado por unos en el norte y odiado por otros al sur. Lusán sabía muy bien que estaba arriesgando el futuro, pero estaba poniendo en práctica todo lo que Atahualpa le había enseñado en sus viajes de caza y de aventura. Estaba utilizando sus herramientas de líder inca. Me miró a los ojos y me dijo:

—Cronista, escúchame bien. Lo que te voy a decir, no tienes que decírselo a nadie, pues de ello depende el futuro del imperio. ¿Está bien? Me miró fijamente.

—Está bien —le contesté.

—Voy a repetirte las palabras que me dijo Atahualpa. Él me dijo claramente y despacio, como ayudándome para que recordara cada detalle:

—Así como vemos al colibrí que va de flor en flor y no vemos sus alas, así la maldad se mueve como una intención sin que podamos verla. Observamos el cuerpo del colibrí, pero no sus alas, aunque todos sabemos que esas alas están allí. De la misma manera, estos barbudos traen en su corazón esa misma intención. Pero no es la intención de los barbudos que cargan los palos de fuego. No. Esos barbudos son los que nosotros vemos. Son los líderes barbudos, los que no disparan y matan; esos llevan las verdaderas intenciones. No vemos la intención, no vemos las alas, solo vemos el colibrí volar y a los barbudos, robar y matar. Estos barbudos líderes responden a un poder más grande que el hambre de oro que tienen los soldados. No conocemos a esos líderes ni los conoceremos, pero hoy es el oro, mañana la tierra y luego la comida y el agua. Lo querrán controlar todo. Hay una sed de control total que no se saciará con estos cuartos llenos de oro y plata. Yo propuse llenar estos cuartos de joyas para ganar tiempo y poder tenerlos juntos en un solo sitio y estudiarlos para comprenderlos. Nuestro deber no es cazar al colibrí, porque es más rápido que nosotros. No debemos tratar de detenerlos, o enfrentarlos. Pero sí podemos llevarnos las flores y quitarles el agua. Eso los detendrá por un tiempo hasta que salgan nuevamente las ramas y el verano traiga las flores nuevamente. El néctar de nuestro pueblo inca debe permanecer seguro y nosotros decidiremos cómo y cuándo lo revelaremos nuevamente. Vamos a esconder nuestras técnicas ancestrales, nuestra sabiduría con nuestros socios del sur. Vamos a ubicar nuestros tesoros entre los más humildes, entre los menos agraciados, en donde ellos no busquen. Vamos a esconderlo donde no brille el metal preciado. Los incas que se queden llevarán ese legado de nuestra sangre y lo pasarán a sus hijos sin saber. Eso sí, en alguna generación en el futuro, nuestros compañeros de las estrellas volverán a renacer nuestro néctar y el inca volverá. Nuestra sangre formará ese futuro, esos líderes que necesitamos y todo se dará según el universo lo dicte y según nuestro dios Inti lo mande. Hoy tú y yo cumplimos parte de la misión. Hoy es una demostración de que nuestro dios Inti lo tiene previsto. ¿Por qué tú crees que Yuisa llegó de los mares del norte a ese lago? ¿Por qué ella tenía que estar ahí, en ese momento para amarme y ayudarme a desarrollar esa fuerza de voluntad y emocional que necesitaba? Esa mujer me ayudó a encontrar mi energía para que yo pudiera hacer esto hoy —.

Lusán se detuvo como en una reverencia espiritual. Los dos callamos por un momento, a manera de respeto luego de escuchar las palabras exactas de nuestro Sapa Inca.

—Pero ¿y nuestro ejército? ¿Y los generales? —repliqué.

—Ya no hay tiempo. Felipillo y Martinillo le contaron a Atahualpa que se están preparando muchas casas flotantes y muchos más barbudos vienen de camino. Dijeron que ellos ya habían arrasado los pueblos de las tierras rodeadas por agua en el mar del norte y que, así como llegaron los últimos 150 guerreros y sus caballos, van a llegar muchos, muchos más, como las estrellas —dijo Lusán.

Lusán me soltó los hombros, miró hacia el suelo otra vez, quizás porque vio el terror en mis ojos y se alejó un par de pasos.

—¿Y qué vamos a hacer ahora? —le pregunté acongojado.

—Atahualpa ya ha dispuesto a sus generales que utilicen la estrategia de tierra arrasada. Ha mandado a que recojan y escondan el resto de las joyas doradas y plateadas de todo el Tahuantinsuyo. Los chamanes van a desaparecer los conocimientos y técnicas de nuestros socios de la Estrella del Sur. También mandó a desaparecer a las doncellas del templo del sol y a quemar y envenenar las fuentes de agua que los barbudos pudieran utilizar. ¡No vamos a dejarles nada!

El dios Inti hará justicia, pero nosotros no nos vamos a dejar aplastar. Vamos a luchar a nuestra manera y vamos a ganar sin ganar.

* * *

Nuestra primera PC (Personal Computer) 486 ¡volaba!

Recuerdo que en la casa de mis padres, allá para los años ochentas, había una enciclopedia británica de 10 o 12 tomos y me encantaba ver los artículos y las fotos de diferentes tópicos en cada libro de la colección. Esos libros eran eternos. De niño, pasaba mucho tiempo viendo los mapas, los países, las historias de conquistas, los reyes, los indios y los eventos memorables. Ya con mi computadora portátil, a fines de los años noventa, pensé que era momento de adquirir una enciclopedia electrónica y recuerdo que compré Encarta por los "módicos" $350 dólares. Ahora suena poco, pero para ese entonces era todo mi sueldo mensual. Tuve que ahorrar varios meses y claro, valía la pena la inversión. Siempre compré mis programas favoritos, no quería que dijeran por ahí que Esteban Castillo estaba pirateando programas.

Para utilizar Encarta o cualquiera de los programas de computadora que compraba, tenía que comenzar la instalación y autorizar con mi contraseña, que es tu firma electrónica, para que el programa pudiera acceder tu computadora y toda la información. Luego, tenías que leer un contrato de, aproximadamente, 50 páginas con unas letras diminutas que parecían hormigas y que nadie leía. Este contrato tenía todos los requerimientos del programa para poder utilizarlo. Así le dabas la autorización a que usaran tu información, según fuera necesario. Tenías que llegar al final del documento y aceptar las cláusulas. Si no aceptabas ese requerimiento, no podías utilizar el programa, así que todos firmábamos sin ninguna oposición. A nosotros no nos importaba entenderlo. Sé que es nuestra responsabilidad comprender antes de firmar esos requerimientos, pero ese lenguaje técnico y legal de todo contrato, está hecho como en otro idioma que nadie entiende.

Disfruté muchísimo de esa enciclopedia virtual el primer mes porque me hacía la vida más fácil. Cuando buscaba algo, el mismo programa me decía que ingresara en el lector de mi computadora uno de los dos discos de instalación que contenían la información, las fotos y la historia que buscabas. Primero te presentaba la información escrita y luego lentamente te presentaba las imágenes pixeladas. Poco a poco iba mejorándola hasta que podías verla completamente bien. Era un proceso de unos cinco minutos por búsqueda.

Recuerdo que una de mis primeras búsquedas descubrí cuál fue el pago más caro de un rescate en la historia de la humanidad. Eso sucedió durante el descubrimiento de América del Sur cuando capturaron a

Atahualpa. Siempre me quedé con la duda de que, si esa recompensa pagada, ayudó de alguna forma en el proceso posterior de desarrollo de los Virreinatos en América, pues Francisco Pizarro ingresó al Cuzco sin ninguna batalla y hasta lo celebraron. La corona española dio pleno reconocimiento a las jerarquías sociales precolombinas y las incorporó a la propia nobleza española. Los descendientes de Huayna-Capac tienen hasta un escudo de armas que el mismo Rey Carlos V refrendó. Recuerdo haber visto una pintura de la Colección Pedro de Osma (en Lima) sobre un matrimonio de nobles españoles y nobles incas. Muchos ejércitos incas pelearon junto a los españoles en batallas posteriores y se construyeron un sinnúmero de iglesias maravillosas. Heredamos la espléndida arquitectura de las Américas a punta de fe y no a fuerza de esclavitud ni por la bayoneta. La inquisición no mató ni persiguió a los creyentes incaicos, al contrario, las panacas nobles incas mantuvieron sus tierras y su estatus. Ese evento de la historia es un misterio para mí y tal vez nunca sepamos lo que en realidad sucedió para que ese pago de ese rescate se diera como se dio.

En los noventa, al igual que los celulares, las computadoras también mejoraban rápidamente y los programas que podías instalar eran muchos: de todos los colores y sabores y, lo mejor de todo, de muchos suplidores. Luego de tres meses de usar Encarta, me enteré de que el programa bajó de precio a $99.00 ¡Sí! La nueva versión de la misma enciclopedia. A finales del año la última versión de la enciclopedia electrónica era gratis si comprabas cierta marca de computadoras. Era realmente frustrante. Pronto me di cuenta de que no valía la pena gastar el dinero en ese tipo de programas en esa época de tantos cambios tecnológicos. Más adelante, compré una nueva computadora y firmé todos los requerimientos sin leerlos.

* * *

Oro a granel

Hace poco había llegado a Cajamarca Diego de Almagro, que era el otro líder de los barbudos. Al parecer, él también quiere mandar y Pizarro no se deja amedrentar. Se nota la tensión en el ambiente y ya no podemos ver a Atahualpa caminar por el patio como lo hacía hasta hace poco. Se ven discusiones entre ellos y, sobre todo, con los otros barbudos de batas blancas recién llegados. Yo como cronista del imperio tengo que poner mucha atención y lo estoy memorizando todo.

En esta fortaleza de Cajamarca se habían llenado dos cuartos de artículos y joyas de plata y un cuarto entero de piezas y joyas de oro para Wiracocha. Los barbudos pidieron mucha leña y al parecer estaban apurados según me dijo Lusán. Luego de varios días de fundición, los barbudos diluyeron todas las joyas en pequeñas formas macizas, para optimizar el espacio que utilizaban. Eran como piedras de río, de las formas que usamos para construir los templos, pero más pequeñas. Las separaron en varios grupos.

Lo que antes eran dos cuartos llenos de joyas incas con emblemas de Inti, del cóndor, de las serpientes sagradas y del puma del páramo, o de los dioses de la montaña y de la naturaleza y de las costumbres de los incas de color plateado, ahora eran unas piedras plateadas que pesaban lo mismo que pesan 146 incas juntos. Lo sé, porque me lo dijo uno de los incas que ayudaron en la fundición.

El otro cuarto de joyas doradas lo habían convertido en piedras de oro que pesan lo que pesan 68 incas juntos. Veo que hicieron esa fundición para poder dividir el metal entre ellos, porque ahora están repartiendo las piedras. Muchas de esas piedras son para los barbudos que llegaron primero; unas pocas para los barbudos que llegaron hacía unas pocas lunas, y solo el peso de 13 personas en piedras doradas para los barbudos que no son guerreros. No entiendo esta situación. Muchos están felices y celebrando, pero otros están tristes. Creo que los que llegaron hace poco esperaban más piedras doradas o plateadas, pero eso a Wiracocha no le importa. Lo importante es el color de nuestro dios sol y la presencia de Atahualpa entre nosotros. Como cronista del imperio, tengo que recordar bien todo esto, porque, de seguro, las siguientes generaciones querrán saber los detalles de la salida de nuestro Sapa Inca y del regreso de Wiracocha.

Al parecer había más discusiones. No entiendo por qué no lo dejan libre. Ya habíamos hecho lo que Atahualpa nos pidió. Me preguntaba ¿Qué estaban esperando? Hoy ha llovido como nunca en Cajamarca. Es una densa tormenta oscura con granizos, rayos y centellas. Todos estamos al resguardo. Ya pasará.

* * *

Y llegó el correo electrónico

A finales de 1990, la universidad tenía un periódico impreso que se publicaba cada mes y que se llamaba *Diálogo*. En él podías encontrar el calendario de actividades, informes de lo más importante de la universidad y artículos de estudiantes y profesores. Me encantaba leerlo. En ocasiones tenía hasta cuatro ejemplares en mi poder: uno, que lo recibía en el casillero de mi trabajo como mentor de estudiantes nuevos; otro, que lo ponían en mi casillero de estudiante graduado en mi facultad; otro, que me daban en la entrada de la Biblioteca, y sin mencionar el último que recibía en mi casillero de la Resi. El primero del mes estábamos ahogados en papeles, por ser un poco exagerado. Lo que nadie se imaginó es que ese exceso iba a cambiar drásticamente al año siguiente.

Ese fin de mes recibí una nota de mi facultad en mi casillero. Era una sola hoja pequeña. Ni siquiera estaba en un sobre. Era como un papel de promoción sin logos de la universidad ni colores llamativos; era una corta nota en la que se nos explicaba a todos los estudiantes que ese mes se había activado los nuevos correos electrónicos y que todos los integrantes de la comunidad universitaria iban a tener uno. Anexado a ese papel comunicativo, estaba un papel más pequeño con mi dirección de correo electrónico: Castillo.Esteban@universidad.edu. Y nada más. No aclararon para qué servía ni cómo se accedía, ni nada. Al final de la nota, se aclaraba que durante ese mes se abrirán sesiones educativas en todos los centros de cómputo de la universidad con adiestramientos para poder usar los nuevos correos electrónicos. ¡Qué desastre de comunicación! Me dejaron en las mismas. Uno sentía que se lo estaban imponiendo a la fuerza. "¡Gracias, por nada!", pensé. Menos mal que para ese entonces no había *spam* o *fake news*, porque definitivamente eso hubiese caído en la categoría de noticias falsas. Qué suerte que no boté mi pequeño papel con la dirección de mi correo electrónico; lo guardé en mi agenda y pude usarlo cuando me inscribí en la nueva sesión educativa.

En ese adiestramiento de una hora en el centro de cómputos de mi facultad, aprendí tanto que fue como dar un salto cualitativo en mi conocimiento de la computación. Nos enseñaron un nuevo programa para controlar las computadoras, que se llamaba *MS Windows*, y que utilizaba un concepto muy simple: abrir ventanas cada vez que quisiera inicia un programa nuevo. ¡Ingenioso! De esa forma no tenía que cerrar el programa que usaba para abrir otro y podía tener otra ventana junto a esa con, tal vez, una calculadora y otra ventana con un juego maravilloso. Solo tenía un problema: ese programa de *MS Windows* necesitaba una computadora con más recursos de memoria y un disco duro con más capacidad. Eso quería decir que mi *laptop* ya estaba otra vez obsoleta. ¡Qué lío!

Con la llegada del correo electrónico, todas las comunicaciones se moverían a ese nuevo sistema operativo para el próximo semestre y eso significaba usar más máquinas y menos afiches, más pantallas y menos papel impresos. También significó la disminución paulatinamente de los papelitos en los buzones de la Resi y las personas hablando en el vestíbulo del edificio a todas horas.

El impacto más obvio fue la desaparición de los casilleros de todas las facultades, los tablones de edictos ya no eran tan necesarios y la reducción en el uso del papel fue evidente. Eventualmente, también desaparecieron las reuniones obligadas con el jefe de piso, que se realizaban por lo menos una vez al mes para repasar el calendario académico y compartir las noticias en el recinto estudiantil. Por supuesto, que esto que estoy contando es un resumen porque el cambio fue paulatino luego de varios meses, pero al momento de la orientación sobre correos electrónicos ni me imaginé el impacto que tendría hasta en el modo de vida. La verdad, en el momento de la orientación yo solamente pensé en mi beneficio y en que podía enviarle notas a Sofía en cualquier momento como un *chat* siempre activo. Era conveniente y rápido. Lo que no pude medir en ese momento, y lo que todavía no puedo sopesar es el impacto en nuestra sociedad.

De grande a pequeño y de lo grupal a lo individual

Pasaron un par de décadas y el universo me había llevado por diferentes rumbos con trabajos y experiencias en la política internacional que nunca me hubiera imaginado cuando dejé mi país, Ecuador. Trabajé de voluntario en muchos proyectos en diferentes continentes, y pude ver, de primera mano, la necesidad que tenían muchas naciones de cambiar las políticas públicas. Con mi educación formal, y título en mano, presenté muchas ideas y proyectos a organizaciones no-gubernamentales, que apoyaron esas iniciativas radicales y que impactaron positivamente a muchas comunidades. Todas esas experiencias me trajeron a donde estoy hoy: a ser el representante de Puerto Rico en esta nueva organización, que es una excelente alternativa a muchas estructuras ineficientes. Sofía me ha acompañado a muchos de estos viajes, gracias a la de flexibilidad de su trabajo como traductora. Sin embargo, otras veces prefiere quedarse en la Isla para dedicarse a su trabajo. Ya llevo varios años representando a Puerto Rico (que se ha convertido en mi hogar) en diferentes foros. No importa el color del gobierno de turno, hemos acordado buscar lo mejor para nuestro pueblo uniendo lazos con el resto del mundo.

Esa es la visión que estoy compartiendo en las diferentes reuniones a propósito de la creación de la naciente Confederación de Naciones que la mayoría de los países han acordado iniciar. Ya llevamos varios años alineando tecnologías y procesos para ser más eficientes. Ahora en Manhattan estamos terminando los últimos toques antes de la gran Asamblea General en Denver, Colorado.

—Creo que la historia se escribe así, ¿no crees? —le dije, mientras probaba un poco de un vino Malbec argentino añejo por más de veinticinco años y recién servido en las copas de Murano italianas.

—¿Qué tú crees, Mijael? ¿Me interesa to opinión —increpé a mi interlocutor europeo en la celebración, luego del congreso en la que todos los representantes de los países miembros habían participado. Era una fiesta privada en la terraza de uno de los restaurantes más caros de Manhattan. Todos celebrábamos los acuerdos multilaterales que beneficiarían, no solamente a todos los países del mundo, sino también al ambiente. Mijael se quedó pensativo antes de responder, y en ese momento en que iba a hablar, Wang Fei-Ming, la delegada de China intervino:

—No sé, Esteban, es difícil para mí verlo como tú. Tal vez, yo tengo una visión más simplista de la vida y confieso que no he pensado en eso —dijo con una mirada algo sorprendida. Su reacción fue diferente a la pasividad de Mijael, el compañero europeo que representaba a Ucrania.

—Mira, Mohamed, ¡ven acá! Tal vez, tú con esa visión ex musulmana de la vida, nos puedas dar algún punto de vista diferente a este argumento que Esteban nos trae desde el Caribe —dijo el ucraniano. Cuando ya Mohamed se instaló en la mesa, Mijael arrastró del brazo al representante de Kenia y a la representante de Australia, a la de Brasil y a los representantes de Holanda, Marruecos y México que conversaban ahí cerca del ventanal grande. Desde esa área, se podía admirar la siempre enigmática ciudad de Nueva York.

—Disculpen todos, pero creo que es importante para nosotros escuchar su opinión sobre este alegato que nos trae nuestro amigo de Puerto Rico —dijo la representante de China. —Que… además, pongan mucha atención: está inaugurando una nueva representación en esta nueva confederación de naciones que tanto nos ha costado iniciar. Algunos aplaudieron.

—¡Así es!, insistió Fei-Ming— Nunca habíamos tenido el gusto de contar con un representante de Puerto Rico sentado en la asamblea general. Puerto Rico era la colonia estadounidense más antigua del mundo hasta hace poco. Todos aplaudieron nuevamente.

—Incluso, ni el foro del pleno de la extinta Naciones Unidas tuvo el gusto de disfrutar de tan distinguida representación —acotó el representante de Inglaterra que también halaba una silla para escucharme. Todos volvieron a aplaudir.

—Bueno, bueno, atención, por favor —dijo Mijael ya con un espíritu motivado por Fei-Ming. —Atendamos al doctor Esteban Castillo, que representa a Puerto Rico, país que ahora goza de todos los beneficios de una nueva nación en la misma igualdad de condiciones que Korea, España, Estados Unidos o Rusia —enfatizó. Todos aplaudieron efusivamente, con la emoción histórica de una reivindicación muy esperada y largamente aplazada.

—Recuerden, ahora ya no estamos trabajando. Relájense, pues nuestra próxima reunión será en la asamblea general de la nueva Confederación de Naciones en Denver para la elección general del primer ministro mundial, así que disfrutemos de este momento, déjenlo terminar y luego opinamos —dijo Mijael a los que se reunieron a la mesa. De hecho, otros más se fueron acercando detrás de las sillas, luego de escuchar los aplausos.

—Si pensamos en el desarrollo tan rápido de la tecnología, podemos ver cómo los usuarios nos hemos adaptado lentamente —comencé diciendo en una voz firme pero no tan fuerte. Continué—: Pero, además, vemos que nuestros acercamientos interpersonales también han cambiado. Es como un ciclo de evolución necesario: cambio, retroalimentación y adaptación. Muchos cambios de cantidad nos llevan a un cambio de calidad.

Tomé un poco de agua. A la vez, iba monitoreando en las miradas la recepción de esas primeras palabras. Proseguí:

—Usemos, por ejemplo, las pantallas donde vemos la información. Al principio de los mil novecientos en Sudamérica, cuando mis abuelos, no, perdón, mejor dicho: cuando los abuelos de mis abuelos, escucharon que había una nueva forma de llevar información sobre los avances de las guerras en Europa a grandes cantidades de personas en las ciudades y que no nos referíamos a la radio, fue algo novedoso. En ese entonces, las ciudades separaban un espacio en los cines para transmitir las fotos de la guerra. A la vez, alguien hablaba contando el avance de la noticia y presentaban una foto y luego otra foto para enfatizar su explicación. Con el tiempo, hasta las grabaciones rudimentarias de cine se fueron uniendo a la presentación. Al final del evento, los participantes hablaban, discutían, apoyaban o criticaban tal o cual posición, pero todo con cortesía. Incluso, hubo gente que se ofrecía para recoger donativos para apoyar al ejército, a la Cruz Roja o a cualquier organización social. Recuerden que estamos hablando de los 1915 o 1918 en Estados Unidos, Francia, Inglaterra y luego, en todo el mundo.

Me detuve por un momento para pasar un poco de agua por mi garganta y para buscar desaprobación o algún tipo de reacción del grupo. Continué —: Con el paso del tiempo, las noticias y la diversión pasaron del cine y de las pantallas grandes a las salas de las casas o a los vestíbulos de los hoteles y a los restaurantes, con esos grandes televisores en blanco y negro. Nunca me voy a olvidar que, cuando era niño, en un restaurante cerca de la playa, le dije a mi padre que viniera, que corriera, que había un televisor a colores. Claro, era principios de los ochenta en Sudamérica y mi padre, incrédulo, me siguió a este restaurante repleto de gente. Todos los nenes estábamos en el piso, sentados, viendo esa nueva televisión con las características de la misma TV de blanco y negro, pero con un plástico transparente de muchos colores sobre la pantalla y que daba la impresión de que tenía color.

Todos los presentes se rieron, mientras aproveché para sorber otro trago de agua. Ya no había espacios entre las sillas y se había formado hasta una tercera fila de espectadores de pie en la parte de atrás del salón. Yo me había movido un poco al centro desde donde me hallaba originalmente y tenía a mi espalda la gran vista de las luces de la ciudad. Continué:

—De las pantallas de cine, nos fuimos reuniendo ante las pantallas de los televisores, que eran más recogidas y privadas. Claro, la radio siempre ha tenido su encanto; cómo olvidar las radionovelas, todo un evento para los años cincuenta y sesenta, pero, ahora, díganme: ¿quién escucha las radionovelas, si es que las producen?, ¿o quién escucha las noticias por radio? La verdad, siempre hay su público para todo, pero centremos esta historia en las pantallas —proseguí—: En esa época, la gente se reunía en las casas, en grupos de cuatro, cinco, seis personas… y todos veían las noticias a las ocho de la noche, la novelas a las nueve y lo que viniera luego. En los años 1980, MTV fue el *boom* de la televisión. Era un canal que transmitía solo videos musicales todo el tiempo y que a los jóvenes de entonces nos fascinaba. Incluyéndome a mí, por supuesto —lo dije señalándome y dando un pasito de baile de los ochenta. Muchos confirmaban con el movimiento de la cabeza y comentaban entre ellos asertivamente y hasta bailaron un poquito como yo—. ¡Eso!…, así. Veo que sabían ese pasito de baile también. ¡Eso es! —recogí mi sonrisa y proseguí—: Luego llegaron las películas en casetes de Beta, VHS y luego discos digitales. Con las cámaras de grabación y los aparatos de reproducción de películas, no solo pudimos generar nuestros propios videos caseros, sino que pudimos compartirlos; era como hacer nuestro propio cine en casa, ¡maravilloso! —todos coincidieron—. Luego nos reuníamos y compartíamos la información utilizando las computadoras. Ya la internet nos facilita las cosas. Simplemente, virábamos la pantalla y compartíamos lo que fuera con nuestro vecino. Las pantallas ahora nos unía de a dos, o máximo, tres personas a la vez. Las discusiones eran en grupos más limitados por el tamaño de la pantalla. No estoy diciendo que el cine desapareció o que la radio es inútil, o que ya no vemos nada en la televisión con la familia, o que ya no hablamos y discutimos en grupo con amigos o vecinos de la cuadra o del trabajo. Nada de eso, por favor, no me mal interpreten. Simplemente, estoy presentando mi interpretación de esta correlación que encuentro entre el tamaño de las pantallas y la cantidad de gente interactuando para que ustedes las discutan y analicen…

Me detuve, mientras apaciguaba los murmullos con las palmas de las manos extendidas hacia abajo, como diciendo—: "Ya, tranquilos, tienen razón. Paren…, paren".

Cuando ya la gente se calló nuevamente, continué:

—Finalmente, llegamos a la forma actual de recibir noticias en las pantallas de los teléfonos celulares, en los relojes que están conectados a los teléfonos que reciben un *feed* del noticiario o ahora en las gafas que siempre nos están presentando todo en una realidad inmersiva y envolvente.

Como ven, la dinámica que se imprime es más individual que las anteriores. Ya las conversaciones, luego de ver una película en el cine, ya no se dan tan a menudo. Apoyar a tu equipo favorito en esa semifinal del mundial de fútbol en la casa de Juan, con todos lo demás compatriotas y adversarios bulliciosos y molestosos del país contrincante, son eventos menos comunes. Ahora, buscamos un espacio más "privado", menos contencioso. Ahora nos gusta ver nuestra película en la cama antes de dormir o escuchar nuestra música en el tren con nuestros auriculares. Somos más "respetuosos" de los derechos de los demás y nos ponemos los audífonos para no "interrumpir" a los otros o para evitar discusiones que incomoden —me detuve.

Muchos asintieron con el movimiento de su cabeza y realicé una pausa estratégica para permitir el refuerzo de la idea. Y entonces continué:

—Durante todas estas décadas, la forma de interactuar entre nosotros ha ido evolucionando junto con la tecnología. Definitivamente nunca olvidaré las discusiones interminables con mis amigos luego de ver el gol de Argentina en el mundial de fútbol de México 1986, que le dio victoria ante Inglaterra guiados por la "Mano de Dios y la cabeza de Maradona". Han pasado décadas de este suceso y todavía hablamos de él.

La gran mayoría de los presentes aplaudieron, muchos asintieron con sus cabezas y varios se quedaron pensando. Nadie replicó o argumentó en contra. Ese fue el final de la ponencia informal. Luego, todos arrancaron a presentarse y a compartir sus ideas similares. Esa noche hice muchos amigos y me di cuenta de que no importa la raza o el continente en el que vivas o el color de tu piel, los humanos tenemos tantas cosas en común, más cosas que nos unen que las que nos separan. Esa noche me posicioné como un referente entre mis pares.

El nuevo primer ministro mundial

—Las protestas en las afueras del parlamento mundial de la nueva Confederación de Naciones son cada vez más numerosas —le dije con mi voz de dormido, pero parece que no le importaba—. ¿Me escuchaste Kate?

—¿Qué dijiste? No te escuché Frank —me contestó.

—Ayer había la mitad de las personas aquí afuera y hoy está nevando desde temprano. Parece que la gente está determinada a detener esta elección del nuevo primer ministro mundial que se va a realizar este viernes que viene acá en Denver, Colorado —continué hablando un poco más marcado y claro. Volteé a ver si Kate reaccionaba, pero ella seguía sentada en el sofá de la *suite* presidencial con la televisión de 75 pulgadas prendida viendo el noticiario de la mañana mientras se preparaba para sus reuniones de trabajo. Se abotonaba la blusa, se ajustaba la falda, se maquillaba y al rato seguía con el teléfono del hotel en la mano mientras hacía todo eso. O no me estaba prestando atención, o no quería contestarme. Yo sé que me está escuchando porque cuando me quiere ignorar toma su teléfono o un libro y finge leer algo.

—Yo creo que la policía del estado de Colorado está confiándose demasiado al pensar que el clima va a disuadir a los manifestantes —le insistí.

—¿Me escuchaste, Kate? Estoy hablándote. ¿Viste las noticias? no te hagas la loca como siempre ¡Te estoy hablando! —le dije alzando mi voz. Esta vez me separé de la ventana, di un par de pasos y la miré fijamente.

—¡Creo que tus miedos infundados siempre te juegan una mala pasada, mi querido Frank! ¿O, es que tu poca fe en nuestra hermandad no te permite ver lo fuerte y sólido que es todo lo que hacemos? —me contestó entre molesta y sorprendida. Se puso en pie mientras hablaba y se detuvo directamente frente a mí, cara a cara. Se quedó un par de segundos mirándome con una intención mucho más fuerte que la mía. Ella prosiguió:

—Querido Frank Weshwood —lo dijo de forma burlona—, nuestra hermandad ha trabajado mucho para lograr estas elecciones y su consiguiente resultado, no por años, sino por décadas, con grupos en todos los congresos del mundo, junto a los muchos líderes que hemos influenciado. Hemos pasado por los gobiernos en todos los continentes. No solo lo hemos hecho por décadas, sino por cientos y cientos de años —lo dijo con una actitud de soberbia. Se retiró hacia donde estaba frente al televisor y siguió hablando, dándome la espalda.

—Querido Frank, hemos puesto líderes, hemos tumbado gobiernos y hemos acabado con presidentes y presidentas que no querían cooperar. Hemos elegido a nuestro gusto primeros ministros y aliados que se han prestado para vender sus patrias. La gente común cree que estos populistas son salvadores de la patria, pero si ellos supieran que han trabajado con nosotros para implementar los modelos necesarios para que podamos estar aquí, hoy, a punto de concretar esta elección mundial sin precedentes. Estamos tan cerca de consolidar nuestro poder en este momento histórico y tan cerca de gobernar a todos en este planeta —insistió. Luego bajó las manos, que las alborotaba, para explicar su punto. Ella se pone roja cuando explica algo que la apasiona. Si bien no era una figura pública, todos sabían que ella es el poder detrás de los gobiernos en Europa y una de las cinco personas más poderosas de "La Hermandad".

—Silencio, Frank, recibí un mensaje en mi intercomunicador. Déjame ver —dijo mientras me callaba al mostrarme su dedo índice sobre sus labios. Al mismo tiempo se tocaba detrás de su oreja con la mano izquierda para detener el dispositivo una vez recibía el mensaje. Al terminar, sacó de su cartera su nueva computadora portátil flexible, la desenrolló sobre la mesa y revisó algo rápidamente que no pude ver.

—Ya está: hemos identificado a todos los protestantes y los que vienen de camino. La policía se hará cargo, no hay nada que temer. Y ya sabes, que lo que no haga la policía del Estado, pues lo terminará nuestro grupo de inteligencia cibernética. Ellos actuarán cuando sea necesario —dijo con una sonrisa burlona y se volvió a sentar frente a la televisión ignorándome otra vez.

Luego del noticiario local, Kate terminó su batida de vegetales, frutas y proteínas, y se despidió. Los guardaespaldas que estaban apostados afuera de nuestra *suite* la acompañarían todo el día, pero a mí, nadie me cuidaba tan afanadamente. De vez en cuando veo algún guardia encubierto que me sigue de lejos, pero ya sé cómo identificarlos. Los dejo tranquilos para que hagan su trabajo. A mí me molesta ser perseguido y, si bien entiendo el riesgo, trato de vivir la vida lo más normal posible.

Hoy va a ser un día tranquilo para mí. Solamente tengo un almuerzo con el editor del libro que Kate va a lanzar y me gustaría escuchar sus comentarios. Ya veremos. Luego de ese almuerzo, me gustaría explorar a ese grupo de gente allá afuera, verlos de cerca y ver qué traen.

Como siempre, llegué temprano a mi cita y pedí una botella de un vino tinto chileno. Tengo buenos recuerdos de Chile. Esa visita al valle de Apalta, allá en los Andes, fue increíble. Probar el merlot "Casa Lapostolle", edición limitada fue espectacular. Ese viaje de incógnitos con Kate lo disfruté tanto. Nadie sabía quiénes éramos y alquilamos carros normales para que no sospechara la gente.

Me encanta la decoración de este restaurante y los establecimientos de Denver, Colorado… y de las montañas. Los troncos de pino, las rocas en las bases de las paredes, las vigas vistas en los techos y las chimeneas siempre encendidas que dan esa sensación de hogar. Me encanta la montaña y su cultura. Me recuerda tanto a mi infancia en las cimas del norte de España cerca de Bilbao, por el palacio de Urgoiti.

No puedo quejarme de este restaurante, la vista de la ciudad desde esta mesa es envidiable y el servicio es de primera. Lo malo es estar acostumbrado a que me traten siempre bien. He olvidado cómo es una conversación normal con cualquier persona sin que quieran aprovecharse de mis influencias. Ahí viene mi cita. Este editor es bien aburrido y no estoy de humor como para aguantar mucho, así que el camino duro se pasa rápido. Vamos.

La comida fue buena y la conversación no duró mucho.

—Gracias, gracias, tus ideas son bastantes radicales, y las vamos a pensar. Seguimos en contacto. Adiós. Me levanté, le apreté la mano y me dirigí al baño a echarme agua en la cara para no dormirme. "Qué conversación tan aburrida", pensé. Me quité la chaqueta, mi pulsera y el reloj Vacheron que tanto me gustaba, y me remangué la camisa. Abrí el agua fría en el baño y me refresqué. Junto a mí, un señor hacía lo mismo. Al parecer, tuvo una experiencia muy similar a la mía por su mirada.

—No se preocupe. Estas reuniones aburridas, no son tan malas como las fiestas de Halloween —me dijo mientras se reía y se tiraba más agua fría en la cara.

—A mí tampoco me gustan las fiestas del Día de Brujas. Son las peores. Y dígame, ¿por qué no le gustan a usted? —le pregunté con curiosidad.

—Pues mi cumpleaños es justamente el 31 de octubre y nadie se acuerda de mi cumpleaños por pensar en esa fiesta a la que nunca quiero ir, y se echó a reír.

—Qué curioso, yo también nací cerca, pero el primero de noviembre —repliqué.

—Disculpe la curiosidad, pero tengo que preguntarle si usted celebra el Día de todos los Santos —insistió.

—Pues no soy religioso y nunca he seguido ni la religión de ahora ni las que existían antes, pero las respeto, claro está. Y dígame: ¿usted la celebra? —le cuestioné. En ese momento estábamos ya conversando en el baño frente al espejo mientras nos secábamos las manos y otras personas iban y venían.

—Tampoco soy religioso, pero el concepto de celebrar las vidas anteriores que nos han guiado me alegra mucho. Por ejemplo, yo ese día saco un tiempo para pensar en mis antepasados que comenzaron todo un imperio. Recuerdo a las familias más cercanas en el tiempo, como mis antepasados españoles, y también a mis abuelos, que fueron un ejemplo maravilloso de trabajo y actitud, y a mi madre, que me enseñó todo lo que sé. Y así puedo seguir… Nuestros familiares merecen ese momento de reconocimiento y ese día se lo doy —me dijo con un brillo increíble en sus ojos y con una convicción que me llegó al corazón.

—Mi nombre es Frank Weshwood y estoy de paso por acá haciendo negocios y usted es… —le pregunté, mientras le extendí mi mano para saludarlo.

—Esteban Castillo, encantado de conocerlo. Soy el representante de Puerto Rico en las próximas elecciones del primer ministro mundial y es la primera vez que estoy en el estado de Colorado. Es fascinante este lugar.

—Pero dígame Frank, ¿dónde aprendió español?, lo habla muy bien.

—Cuando joven vivimos un tiempo en el país vasco y también manejo bastante bien el Euskera. Gracias por su comentario, me anima a practicar más.

"Me parece fascinante esta conversación", pensé. Me apretó la mano como debe ser y me dio una buena vibra.

—Esteban, tengo un excelente vino chileno que tengo que terminar y si usted no tiene nada que hacer, le invito a que me acompañe a disfrutarlo. Además, me interesaría saber más sobre ese imperio familiar suyo que me mencionó."

—Por supuesto, es un placer compartir con usted. El universo nos ha cruzado en este restaurante y no tengo más que agradecerle por este regalo inesperado.

Y sin interrupción, nuestra conversación no se detenía. "Hay algo especial en este hombre", pensé.

✳ ✳ ✳

La ruta de sangre y oro

Felipillo le confesó a Atahualpa la odisea que pasó al visitar las tierras de los barbudos más allá de los mares que los incas conocían.

—Ese periplo consistía en un viaje en las casas flotantes por muchas lunas más allá del norte del Tahuantinsuyo. Era un viaje largo y tenían que detenerse en las costas para recoger comida y agua. En un momento del viaje dejaron la casa flotante en la orilla de una ciudad llamada Panamá y luego tenían que caminar varias lunas por las montañas. Siempre se dirigían al norte hasta encontrar otro pueblo y otro mar tan grande como el nuestro. En esta costa nueva, se subían a otra casa flotante más grande y navegaban por varias lunas más allá hasta encontrar unas tierras rodeadas de agua, en las que se detenían para cargar agua, comida por última vez antes de emprender el último largo viaje sin parar, pues no había tierras por muchas, muchas lunas hasta la orilla que ellos llamaban España, que es el imperio de los barbudos. Era como la duración del tiempo de una siembra hasta la cosecha —le contaba Felipillo. Tomó aire y continuó:

—La última parada en esa tierra grande que se llama Borikén era de varios días. Es una tierra verde, productiva y generosa en la que los navegantes hacen sus ceremonias religiosas. Aquí se reúnen los frailes y los enviados del rey de España con otros barbudos líderes en una casa grande de techos bien altos. Al final de esa casa, en la última pared, colgaba otra cruz grande de palo del tamaño de un inca niño, en la que todavía tenían a su dios muerto colgando —se detuvo nuevamente para respirar.

—Muchas casas flotantes estaban ahí en la bahía de San Juan, pero otras no llegaban a este puerto, pues eran atacadas por otros barbudos más grandes con pelos amarillos y barbas rojas, que hablaban otras lenguas del norte. Estos barbudos rojos nos superaban por más de dos cabezas de alto y eran mucho más corpulentos. Solo de verlos infundían miedo —Felipillo se detuvo para tomar otro trago de agua—: Pude ver a uno de esos ladrones del norte, o piratas, como ellos los llaman, pues lo tenían preso, atado de pies y cabeza en un cepo en la plaza central en San Juan —confirmó el intérprete.

Atahualpa no se inmutaba.

—Lo curioso de esa última parada era que los barbudos habían construido todo un gran pueblo inmenso con unas paredes gigantes como las del Cuzco, pero con palos de trueno más grandes, como del tamaño de la mitad de un árbol. Estos vomitaban más fuego y su trueno era mucho más ruidosos y con más alcance que los que habían visto en Cajamarca. Estos palos eran tan grandes y poderosos que los soldados les daban de comer unas rocas redondas inmensas, del tamaño de una piña, y no se cansaban de vomitar fuego. Su poder era tanto —dijo Felipillo— que eso palos eran capaces de poner fuego y destruir a las casas flotantes de los enemigos. Seguramente traerán estos palos grandes al Tahuantinsuyo y quién sabe lo que va a pasarnos —pausó el relato, asustado.

Atahualpa no respondía, solo escuchaba. Miraba el horizonte sin parpadear y con una cara de preocupación que hasta los ojos se le aguaban.

—Y ¿cómo sabes todo eso?, ¿Te bajaron del barco? —preguntó Atahualpa.

—Sí, ellos me llevaron para presentarme al regente de la isla, como ellos le llamaban a la tierra rodeada de agua. Querían que le explicara lo que había en el sur y le contara sobre las riquezas del imperio de los incas. Me parece que mi explicación otorgó a los españoles cierto respeto y en poco tiempo nuestro barco estaba lleno de provisiones para continuar el viaje —contestó el intérprete. Y añadió—: En la ciudad, mientras esperábamos, pude informarme que los nativos de la isla tuvieron una mortandad muy grande, que ya no quedaba casi nadie de las tribus originales de Borikén ni de las otras islas cercanas. Los pocos nativos, que creo se llaman así mismo *taínos*, se esconden en las montañas y nadie los ha vuelto a ver.

Atahualpa abrió los ojos, se alejó por un momento contra un árbol, miró al cielo y no dijo nada. El intérprete pudo ver una lágrima que bajaba por su mejilla. No entendía lo que estaba pasando con Atahualpa.

—¿Estás bien Sapa Inca? —le preguntó.

—Sí, Felipillo, estoy bien. La noticia que me has dado me rompe el corazón y creo que ya tengo la respuesta de nuestro dios Inti a todos mis pedidos —se recompuso, se sentó nuevamente frente al intérprete y prosiguió. —: Esta noche, ha sido la última de descubrimientos y en la que Inti y Quilla nos han iluminado y balanceado con todas su fuerzas y amor —le dijo Atahualpa con una mirada decidida.

Procesión

Ya los primeros barbudos van de salida de Cajamarca luego de dar por terminada la captura y retención de Atahualpa por más de ocho meses. Se llevan sus muchas piedras de oro y de plata que tan poco les costaron. Han utilizado muchos incas para llevar todo ese peso. Hay toda una fila de hombres alineados caminando con la carga que llevan a sus espaldas y que sostienen con sus ponchos y cuerdas a sus frentes. Mientras la línea de cargadores baja hacia la costa, muchos otros barbudos van llegando desesperadamente hacia la sierra, en busca de el Cuzco. Están utilizando nuestro sistema de carreteras, pero las bestias grandes en las que se montan de camino hacia acá, están destruyéndolo con su peso y sus patas tan grandes. El Qhapaq-ñan nunca fue diseñado para esos animales tan pesados que antes no existían en estas comarcas. Salen en grupos de cien y siguen avanzando sin considerar la altura de los Andes. Muchos de estos nuevos barbudos sufren *soroche*, que es el mal de altura que provoca mareos y vomitos. Cualquiera en su condición, regresaría a su refugio, pero su hambre de oro es más fuerte y nada los detiene. Unos se dirigen a Quito y otros van al sur.

Los barbudos están frustrados porque, en cada pueblo que encuentran, solo hallan casas y templos quemados. No hay animales o los sembríos fueron regados con sal. No hay indios; solo humo y cenizas. Todos han desaparecido, todo está destruido, pero es reciente, porque las cenizas estaban calientes todavía y algunos muertos no estaban en descomposición. Ellos veían las huellas de los soldados de Rumiñahui en todo el sitio, así que no podían estar muy lejos, decían. La desesperación de los barbudos por el oro era tanta que dejaban de comer un día entero solo por avanzar al próximo pueblo con la idea de encontrar algo que brillara. Otros buscaban entre la tierra por si acaso se les había caído algo en la huída.

Mientras los desesperados barbudos subían a las montañas buscando mejorar su suerte, el jefe barbudo que apresó a Atahualpa regresaba con su tesoro a la costa, para poder retornar a su tierra del norte. Una vez allá, le entregaría a su rey el porcentaje de oro que le tocaba por haberle autorizado a conquistar estas tierras. Como Pizarro era un jefe muy precavido y sagaz, había mandado a construir otras casas flotantes hacía muchas lunas mientras se dirigía a Cajamarca. Ahora, a su regreso, ya las tenía disponibles. El peso era considerable, por lo que tuvo que dejar casi todas sus piedras plateadas en la costa, a la espera de su regreso.

* * *

Algún día me casaré. ¡Ya debe estar en algún lugar!

Luego de pedir un jugo natural de naranja en el vestíbulo del hotel donde me alojaba, encontré una mesa junto a la ventana en una esquina tranquila. Estábamos en diciembre y la alegría se sentía en todos lados. La gente caminando en la calle, el friíto de invierno entraba cada vez que alguien abría la puerta de entrada al hotel y yo disfrutando ese momento.

No me molestaba el ruido. Escuchaba a lo lejos la música de la novela que varias personas veían en el televisor del vestíbulo. La gente entraba y salía. Era divertido sentir ese movimiento. En esa época, a principios de los noventa en Ecuador, los cuartos de la mayoría de los hoteles no tenían televisores, pero había un gran televisor comunal de 25 pulgadas que se hallaba en el vestíbulo o en el restaurante. Así que ese era el mejor sitio para "ver gente" o socializar.

Cada diciembre compraba una agenda nueva para organizar mi semana de estudios o trabajo del próximo año. Eso lo aprendí de mi padre antes de empezar la universidad y lo sigo haciendo hasta hoy. Las agendas impresas eran muy útiles y, si las sabías manejar, podías conseguir toda la información necesaria en el momento adecuado: números de teléfono, direcciones de correo postal para enviar una carta escrita, revisar las notas de las reuniones o de las fechas para confirmar o negar alguna disputa. Me servía como libreta de dibujo cuando me aburría. En fin, de todo. Ese librito era una salvación en ciertos momentos. Era mi nota segura en esos ratos en que me fallaba la memoria, ya que no podía tenerlo todo en mi mente. Algunas personas sí podían recordar grandes cantidades de información y era sorprendente cuando veías que ellos memorizaban los teléfonos de la familia, de amigos, las fechas claves, datos prohibidos, recetas secretas de la abuela. Si bien algunas agendas pesaban un poco en tu mochila, valía la pena llevarlas.

Siempre necesitaba un día entero de diciembre para mover la información de la vieja agenda del año que terminaba a la nueva agenda que iba a comenzar el primero de enero. Escribía mi nombre en la portada: "Esteban Castillo".

De la misma forma, con gran gusto y desprecio desechaba y olvidaba información de personas que ya no quería contactar o que, simplemente, quería remover de mi círculo de allegados. Era una sensación tan buena anotar comentarios y resoluciones en mi vieja agenda que me liberaban de muchos malos ratos o de momentos que tuve de callar para no explotar en algún evento y de los que tal vez me hubiera arrepentido.

De repente, siento la mano de una persona en mi hombro que me pidió compartir la mesa, pues ya no había sillas disponibles, y yo accedí. La persona tenía un fuerte acento chileno, una sonrisa contagiosa y un alma ligera. Se notaba que era de esas personas que solo con su mirada se daban a querer.

—Saludos, soy Alberto Parra Riquelme. Y estoy de vacaciones —se presentó.

—Adelante.

—Gracias por compartir tu mesa conmigo.

Me inspiró paz y me pareció que su aura le habló a la mía desde ese primer momento. Se acomodó frente a mí y pidió una sopa de lentejas. Trató de ser cortés halagando mi nueva agenda, mientras yo le contestaba con monosílabos, pues quería avanzar con mi proyecto. Alberto se dio cuenta de que en la tapa de mi vieja agenda había puesto una pegatina de mi equipo de fútbol favorito. Esa fue la excusa para comenzar a hablar del deporte y de los buenos jugadores que estaban saliendo en ese momento. De repente y como aprovechando la conexión de la conversación, me preguntó si yo creía que esos jugadores nuevos, cuando niños, sabían o pensaron que alguna vez iban a ser estrellas de fútbol como lo son hoy. Ese tema me encanta y, luego de mi larga explicación de que el destino lo crea uno y que se han preparado por años para este momento, etcétera, él me preguntó:

—¿Ya estás preparado? —y siguió—: Según tu edad, dentro de pocos años, conocerás a quien será tu futura esposa. Seguro te estás preparando, ¿verdad? ¿O es que no te quieres casar?

—¡Qué pregunta más directa y certera! ¡Claro que me quiero casar! —repliqué suavemente.

"Pero qué atrevido este señor que ni me conoce y quiere tocar estos temas tan personales", me dije en silencio. "Yo no tengo por qué compartirle lo que pienso o deseo sobre ese tema. ¡Él no tiene que preguntarme nada sobre mi vida!", dije para mis adentros. Ya, de por sí, había sido lo suficientemente cortés al contestarle varias preguntas y entablando una conversación. "¡No le voy a contestar nada más!", me dije.

Miré mi agenda, pensé usarla como pretexto para terminar este cuestionamiento, pero preferí hacer una transición caballerosa. Lo vi, vi mi agenda, lo volví a ver, insinuándole que estaba ocupado. Luego, con voz tranquila, cuestioné el motivo de la pregunta. Me miró fijamente y dijo:

—Se nota que eres inteligente y organizado. Veo que tienes el control de tu vida y que sabes aprovechar tu tiempo. No estás dejando las cosas al azar y al manejar tu agenda me demuestras que tienes el control de lo que haces hoy y mañana. Solo que creo que, con esta pregunta, puedo añadir valor a tu organización y a tu vida. Solo piensa que, si te vas a casar en un par de años, tu futura esposa ya debe estar viva en algún lado y que debe estar feliz aprendiendo o tal vez atribulada enfrentando problemas. Piensa que ella también te está esperando y que también quiere ser mejor para poder encontrar un futuro esposo que comparta sus intereses y actividades. Se trata de que le puedes enviar buenas vibras, que pienses en ella y la apoyes donde esté. No se trata de religión. Se trata de energía. Si tienes una novia y ella es la elegida, mucho mejor, pero si todavía no la conoces, te digo que el universo ya sabe dónde está y, en algún momento cercano, las cosas se darán para que se conozcan, se enamoren y compartan su vida.

—Bueno, no quiero molestarte más, gracias por tu atención y sigue con tu agenda, que vas por buen camino —se tomó dos cucharadas más de la sopa, que parece que no le gustó mucho, porque la dejó casi intacta. Dejó un par de billetes en la mesa, me estrechó la mano, se levantó y se fue.

Nunca más lo vi por el hotel y siempre lo recuerdo desde ese momento, allá a principios de los noventa, porque mi vida comenzó a emitir buenas vibras a mi futura esposa, sin saber quién era ella o dónde estaba, y sin saber cuándo iba a conocerla. Por eso digo, en parte, que la conocía sin conocerla y el universo se configuró para que este amor continuara. No sé si nuestro encuentro comenzó aquí o tal vez antes de esta conversación. Lo que sí sé es que, desde ese momento, empecé a saludarla sin conocerla, empecé a pensar en ella sin haberla visto, a imaginarme las características que tendría su cara, su pelo, su voz, como para disfrutar de su compañía. A la vez, comencé a pensar en lo que yo hacía; en cómo me comportaba y me preguntaba si ella se sentiría bien con esa actitud que yo estaba desarrollando. Quería estar preparado para ella, quería ser un buen compañero, un buen esposo, un buen amigo.

* * *

La muralla y dos rosas

Ya habían pasado uno años desde que comenzamos nuestra relación y nos encantaba aprovechar los fines de semana para estar juntos. Encontramos unos *shawarmas* con ensalada; solo algo ligero y rápido para aprovechar el atardecer en el Viejo San Juan. Luego, tomamos unos helados mientras lentamente bajábamos por las calles empedradas de la ciudad amurallada hacia las afueras con dirección a la bahía. Caminábamos entre la muralla del Viejo San Juan y el mar. La bella ciudad capital de Puerto Rico deslumbra en esa entrada natural de mar que la hace única. El día era perfecto, ni mucho calor ni mucho frío. El sol se despedía, con algo de brisa salada que nos despeinaba. Ya se podía ver el azul del cielo entre nubes que pintaba el paisaje. Sofía y yo caminamos tranquilamente. En algún momento, ella me tomó del brazo como apretando su aura a la mía.

—A ti te encanta el Viejo San Juan, ¿verdad Esteban? —me pregunto Sofía.

—Sí me encanta. Estas murallas encierran tanta historia, tantas batallas —le dije admirando el lugar. Las murallas era tan imponentes, tan altas, como un edificio de cuatro pisos. Se veían sólidas, gruesas soportando el paso del tiempo, las lluvias, las tormentas, y tantas guerras. Me imaginaba los piratas ingleses, como Francis Drake intentar franquear al castillo de San Felipe del Morro o a los holandeses o a muchos otros de tantos lados que osaron atacar la isla para apoderarse de este punto clave del comercio de América hacia Europa y fracasar.

Hablamos de todo un poco hasta que llegamos al borde de la muralla que protegía la ciudad de los piratas. Bueno, hoy ya no hay piratas como los de esas épocas coloniales, pero me parece que todavía la gente cree que los peligros vienen de afuera. Ahora nuestros fantasmas son internos y evitamos enfrentarlos, pues no estamos seguros de lo que tenemos ni de lo que queremos. Hay muchas voces de afuera hablándonos a la vez y nosotros estamos prestándole más atención a ellas que a nuestra voz interior que nos dice lo que somos y lo que valemos.

En aquellos tiempos era complicado ingresar a ese pueblo amurallado. Los marineros visitantes eran escasos y tenían que entrar a la bahía flanqueada por el fortín de San Felipe del Morro.

Hoy día, en esa bahía, hay un paseo peatonal entre la muralla y el mar y se puede caminar desde la punta norte del fortín del Morro, pasando por la puerta de San Juan hasta el lado sur de la ciudad hacia la ciudad moderna. Es una caminata electrizante y majestuosa. Al principio del camino, el océano Atlántico es bravo. Las olas rugen y puedes sentir la espuma que salpica el camino luego de golpear a las rocas impuestas para defender al transeúnte. Una vez que el camino peatonal ha ingresado en la bahía, el mar es manso y luego, el camino pasa por unos mangles, ya casi al fin de la muralla, antes de llegar a lo que hoy se llama Paseo de la Princesa.

El pedacito de manglar que encontramos era perfecto. Esa sombra era la que buscábamos. En ese atardecer de ese sábado increíble, decidimos pasar el resto del día que se iba, conversando y disfrutando de las olas del mar y de las historias de cómo las generaciones pasan y el mundo cambian. Hablamos del presente, del pasado, de los españoles y los indios taínos, del futuro y de si nos veíamos casados y con hijos.

Ella me dijo que sí, que le gustaba esa idea para el futuro y me devolvió la pregunta: —Seguro, no más de cuatro hijos. ¿Cuántos quieres tú? —mirándome de reojo. Yo tragué mientras trataba de organizar mis pensamientos, ya que estaba resbalándome en un terreno no explorado. Ella prosiguió—: Nosotros somos dos y siempre me faltó una hermana —dijo tranquila. Ella se rió y yo intervine:

—Pero, para tener hijos, necesitas un compañero, ¿Te casarías conmigo? —le dije.

"¿Qué acabo de decir?", pensé. Mi inconsciente dijo lo que había pensado tantas veces y que no me atrevía a preguntar. "No, ¿en serio? Así, de sopetón, ¿sin aviso?", me dije a mí mismo. Mis entrañas no lo pensaron; mi vientre solo lo dijo. Mi mente no pudo filtrarlo a tiempo y no lo pensó bien. Mi estómago lo sacó de una; fue directo sin pasar por el cedazo de la lógica. Creo que todo el ambiente estaba propicio para ese momento, para esa pregunta. No importaba lo que ella contestara, yo solo sabía que quería pasar el resto de mi vida con ella. Sofía era la persona con quien quería envejecer. No me veía lejos de sus ojos, de su sonrisa ni de sus chistes. Yo era un hombre nuevo cada vez que estábamos juntos. Ella llenaba mi vida. Quería cuidarla y conversar hasta que se acabara el día y, cuando amaneciera, seguir conversando de todo;

saber lo que pensaba, discutir y analizar, y seguir aprendiendo como hasta hoy. Creo que por eso mi vientre y mi corazón se lo dijeron directamente al suyo.

—Sí, claro que sí. —dijo segura y me abrazó.

No hubo anillo de oro ni nada, fue como una continuación de la conversación. No fue planificado, fue natural. Nos vimos profundamente a los ojos, nos abrazamos otra vez. Ella me besó suavemente en los labios y yo correspondí. La miré. Nunca voy a olvidar esa mirada, esos ojos profundos. Era como si ya los hubiera visto en vidas pasadas, como si los tuviera grabados en mi sangre, en mi vida. La ayudé a bajarse de la pequeña muralla que evita que los transeúntes caigan al mar y seguimos caminando por la ciudad. Tal vez era una caminata que ya habíamos hecho en un pasado no muy lejano o ¿tal vez no? No sé. Era un *déja vu*. Fue algo así como si en otra vida hubiésemos estado juntos, pero hubiésemos dejado algo inconcluso. Tenía la sensación de que ya teníamos una relación sólida y con muchas cosas que contar. Sentía como una continuación de ese amor o tal vez eran las ganas de que ese amor perdurara, así que los dos íbamos a hacerlo posible.

Al regresar, parecía que iba caminando sobre una nube. Como en los cuentos de los niños, todo era de colores o mejor dicho, los colores parecían tener más fuerza. Llegamos a una de las plazas del Viejo San Juan y le compré dos rosas rojas atadas con un delicado hilo rojo grueso. Este, a su vez, estaba entrelazado con un fino hilo dorado que brillaban bajo las luces de una feria de pueblo. Mientras las música sonaba alta y el ambiente se mantenía alegre, la besé y le dije:

—Te entrego mi amor, estaré a tu lado a pesar de todo, para siempre. Y fui correspondido con esa sonrisa que me alumbra hasta hoy. Hace poco me mostró la rosa conservada junto al hilo rojo en un libro de nuestra biblioteca que durante todos estos años había guardado. Esa marca de amor que nos dimos ese día frente al mar fue más fuerte que la marca del tiempo en la muralla del Viejo San Juan.

* * *

Análogo 8

Místel, ¿por qué trabaja?

Tanto Sofía como yo, seguíamos como estudiantes de doctorado al finalizar los noventa, pero ya casi terminábamos. Durante este tiempo, trabajábamos en lo que nuestros horarios nos permitieran. Yo buscaba conseguir una ayudantía de cátedra o un trabajo de verano con una paga significativa. En otras ocasiones, era mejor ayudar en un proyecto de alguna reunión de profesionales o visitas para conferencias magistrales. Muchos de estos trabajos eran sin paga, pero te daban la comida por lo menos. Personalmente, me gustaba involucrarme en muchos proyectos y, cuando me sobraba tiempo, hasta me involucraba en proyectos de ayuda social sin fines de lucro para tener mi mente ocupada y para no pensar en el hambre.

Recuerdo uno de esos trabajos a tiempo parcial en la universidad, en el que era mentor de estudiantes nuevos. Mi función era ayudarlos con gramática, escritura, matemáticas o cualquier otra ayuda académica que estuviera a mi alcance. Yo, por cierto, hacía esto por las mañanas y tomaba mis clases de doctorado por las tardes y noches y, así, poder terminar las pocas clases que me faltaban. Un viernes, ya casi al final del año escolar, me asignaron a dos estudiantes que eran hermanos. Luego de mi explicación y discusión de la tarea, ambos me preguntaron si podían hacerme una pregunta personal. Yo accedí esperando la pregunta de rigor:

—¿Y, usted, de dónde es?

Esa pregunta vino seguida de algunas otras que me llevaron a explicar que vivía solo, que no tenía familia cerca, que no podía hablar con ellos por teléfono sino dos veces al año por lo costosa que era la comunicación telefónica internacional y que ni pensar en ir a visitarlos en diciembre o verano, porque debía trabajar para costearme la matrícula de mi próximo semestre. Los chicos estaban bien curiosos y yo accedí. Total, era viernes: no había muchos estudiantes y habíamos resuelto su problema matemático. La siguiente pregunta de los estudiantes me sorprendió y a la vez me movió a saber más. Ellos me preguntaron:

—Místel, ¿por qué usted trabaja?

—¿Cómo? —contesté—. ¿Me puedes explicar otra vez tu pregunta, por favor? —les respondí.

—Es que vemos que sufre mucho y su vida no es nada fácil. Con todo lo que ha pasado, debería mejor pedir ayuda al Gobierno y, así, le dan comida. Tendría un apartamento en los proyectos de vivienda del Estado y hasta le pagarían la luz y el agua. No tendría que trabajar.

—Místel, ¿por qué trabaja? —preguntaron una vez más.

No supe qué contestar, no sabía si preguntar más sobre esa realidad que ellos vivían o darle mis razones más personales. Pensé que tal vez debía averiguar un poco más. Luego de una pausa indagué:

—Y tus padres ¿qué piensan sobre trabajar? ¿A qué se dedican ellos? El muchacho más joven me dijo:

—No, ellos nunca han trabajado como usted. Siempre que encuentran un trabajo tienen miedo de perder las ayudas del Gobierno y tienen que dejarlo. Luego, siguen buscando trabajo, pero, en lo que buscan y lo encuentran, el Gobierno nos ayuda.

—Místel no trabaje tanto —insistió.

Me quedé impávido. No podía creerlo. Quería buscar a Sofía y contarle esto. ¿Qué pensaría ella? Pero ahora tenía que aprovechar la atención de estos chicos y sembrar algo en sus mentes.

—Bueno, déjenme decirles por qué yo trabajo. Entonces busqué las palabras más impactantes que pudiera encontrar para tocar esos corazones y poder romper esa cadena de miedo y de aprendizaje que los tenía atados hacia una forma de pensar y de actuar. El ejemplo de sus padres estaba determinándonos y yo quería, con un par de palabras, romper esa costumbre que el sistema les había inculcado e inyectar un poco de inspiración que moviera sus vidas hacia un futuro más retador e inspirador. No recuerdo lo que les dije exactamente. Utilicé ejemplos de mi padre cuando trabajaba en una gasolinera en California durante el día mientras estudiaba en la universidad por la noche cuando yo era niño. Luego les conté que llegó a ser profesor en la universidad. También compartí el ejemplo de Sofía que luchaba por estudiar lo que le gustaba en otra ciudad lejos de su casa y todo para aprender lo que deseaba y sentirse bien. Usé el ejemplo de mi abuelo que estableció su negocio. Les presenté la inmovilidad que genera el miedo y las consecuencias de rendirse. Creo que hablé como diez minutos y vi en sus ojos una atención que pocas veces observas en un adolescente.

Age of Empire vs. my Queen

Habían pasado algunos años del nuevo milenio y Sofía y yo nos habíamos casado. Me encantaba estar con ella y disfrutar de su compañía, pero al llegar el fin de semana debía tomar un "break" y visitar a mis amigos de la universidad. Ellos estaban terminando sus doctorados en Ciencias Físicas y Químicas. Si bien teníamos intereses diversos, nos unía el fútbol, ya fuera para verlo, para jugarlo o para discutirlo.

Con estos amigos de varios países, compartía también la afición por los juegos de computadora y, sobre todo, con un nuevo juego de guerra que Áxel, mi amigo rumano, consiguió. Un sábado nos invitó a su casa y nos mostró *Age of Empire II (AoE II)*. Lo instaló en su computadora y Shrinivas, mi otro amigo de la India, lo instaló en la suya. Nos conectamos con un cable de red y comenzamos a jugar. Ese primer día, terminamos a las cinco de la mañana del siguiente día. No quería terminar de jugar, pero tuve que irme, pues Sofía llamaba a casa de Áxel, preocupada por lo tarde que era. Cuando llegué a casa le expliqué sobre la maravilla de juego que había descubierto y ella, muy pacientemente, me escuchó entre dormida y despierta. En una pausa, intuí por su mirada no le interesó para nada el tema. Nos dimos la vuelta cada uno para su lado de la cama y dormimos casi toda la mañana del domingo.

Esa semana fue la más larga de todas, ya que quería que llegara el viernes para ir a casa de mi amigo para volver a jugar AoE II. Pero esta vez iba a llevar a Sofía para que pudiera disfrutar del juego también. Ese fin de semana hicimos un *barbecue* y, tan pronto terminamos de comer, nos instalamos a jugar. El juego es divertido desde principio, pero si solo observas jugar a otros, pues no es tan interesante. Creo que Sofía y yo nos sentimos un poco aparte al solo verlos jugar a Áxel y a Shrinivas. Áxel era muy bueno. Creo que se pasaba jugando todo el tiempo.

El siguiente fin de semana, llevé la *laptop* que me regaló Patrick. Tenía que decidir si la usaba para estudiar o para jugar, ya que la memoria temporera de la máquina no daba para mucho. Era una *laptop* buena, pero ya era un poco atrasada para los nuevos juegos que llegaban con más gráficas, más colores, más movimientos. Decidí que iba a utilizarla para jugar el bendito juego y así poder ganarle a Áxel. Borré todos mis programas, formateé el disco y solamente instalé AoE II. Era mi arma secreta. Bueno, la verdad, la capacidad de mi *laptop* era tan limitada que, con todo y que solo corría un programa, las gráficas eran borrosas en ciertos momentos y la imagen se congelaba seguido. El siguiente fin de semana, le dije a Sofía que no iba a llegar por la noche, que se acostara tranquila y que no me esperara, que quería jugar con mis amigos y ganarle a Áxel. Ella lo entendió y pude dedicar mi viernes por la noche y el sábado todo el día para jugar con mis amigos. Luego de comer, nos instalamos en tres cuartos. Las computadoras estaban conectadas por cables de *network*, ya que, para esa época, todavía no había internet y, mucho menos *wifi*. Con esos cables podíamos jugar los tres en tres máquinas distintas hasta cansarnos. Solo estipulamos dos reglas. La primera era que íbamos a jugar en el mapa más grande en modo invisible, lo que implicaba que no sabrías dónde estaba el oponente y tenías que descubrir la topografía del lugar con *scouts* recorriendo por todos lados para "abrir" el mapa. La segunda regla era que íbamos a detenernos solo para comer y por acuerdo entre los tres. El último que sobrevivía, ganaba. Y ¿qué ganaba?, pues nada. No apostamos nada. Era el orgullo de ser el mejor. Estaba empeñado en ganar, aunque me preocupaba lo que pensara y sintiera Sofía con esa nueva obsesión.

Bien, comenzamos. Yo envié tres *scouts* para descubrir el mapa: uno hacia el norte, otro al este y otro al oeste. Yo estaba al sur del mapa. Luego de dos horas de jugar desarrollando mi civilización, pude descubrir que Shrinivas estaba cerca y que Áxel estaba al otro lado de lo que aparentaba ser una isla, porque a cualquier lado que mandara mis *scouts* se topaban con agua. Cuando ya me disponía a construir las murallas de la ciudad, Áxel me atacó y tuve que detener mi construcción y concentrarme en defenderme. Menos mal que había preparado un complejo de seis torres de vigilantes alrededor del centro de mi ciudad donde se albergaban arqueros que supieron defender a mis aldeanos. Triunfé en la primera defensa de mi civilización. A los cinco minutos, escuchaba maldecir a Áxel porque lo estaban atacando con todas las fuerzas.

Al cabo de seis horas de juego, propuse detenernos para ir a comer, y así fue. Salimos a un sitio de comida rápida y la idea era volver a jugar. En menos de nada estábamos ya instalados. Durante la comida, le propuse a Shirinivas que nos aliáramos para atacar juntos a Áxel y debilitarlo significativamente. Así lo hicimos y por poco lo destruimos. La ventaja que Áxel nos llevaba era que tenía el juego en su casa y practicaba durante la semana. Él descubría tácticas que nosotros desconocíamos. Este juego era demasiado interesante y adictivo.

Entre estas y las otras, pasó la noche y comenzó a amanecer. No habíamos sentido ni hambre por el juego. El que tenía ganas de ir al baño salía corriendo y el juego no se detenía. Cuando escuchábamos que Áxel salía al baño aprovechábamos para atacarlo en conjunto y hacer el mayor daño posible. Era increíble. Este juego estaba diseñado para tenerte pegado a la pantalla todo el tiempo.

Con el sol ya casi poniéndose otra vez y nosotros sintiendo el frío de la noche que entraba por las rendijas de las ventanas, y con mi estómago, que ladraba de hambre, pues no habíamos comido nada durante el día, les dije que ya me iba y que tenía que regresar a casa si quería seguir vivo. Ellos me convencieron de que llamara a Sofía y que le dijera que iba a jugar hasta la medianoche nada más. La llamé, hubo muchos silencios y me quedó un mal sabor de boca luego que corté la llamada. Jugué, pero no jugué. Estaba allí, pero no estaba disfrutando de ese momento. Mis entrañas me daban un mal presentimiento. Como a eso de las 11:00 p. m. me fui y mis amigos no protestaron. Simplemente no les importó. Igual, siguieron jugando.

Cuando abrí lentamente la puerta del apartamento donde vivíamos, busqué a Sofía y ella estaba durmiendo. "Qué bueno, no se va a preocupar", pensé. Lentamente me bañé y me acosté. Ella se levantó y me dio el sermón de mi vida en ese mismo momento. Ni mi madre me había hablado así tan directamente, sin rodeos, con el corazón en la mano. La verdad, yo estaba tan cansado que, aunque dije "sí", no me acuerdo de las cosas más importantes de su discurso, la mayoría de sus comentarios no tuvieron buen aterrizaje en mi cansado cerebro.

—Discúlpame, mi vida. Déjame dormir un par de horas y seguimos hablando después —le dije medio dormido. Ella me miró y se fue a la cocina como con ganas de darme una cachetada. No sé. Tal vez me entendió. Ella tenía también una expectativa del matrimonio muy diferente a mi comportamiento de ese fin de semana. Vivíamos un momento de crisis que era difícil de manejar. Tan pronto me acosté en la cama, me dormí. Al despertarme, me pareció como si solo hubiese dormido unos diez minutos, pero ya eran las 6:00 p. m. El sol se estaba poniendo y había dormido como once horas. Inmediatamente llegó el segundo discurso que Sofía me regaló. Lo que sí recuerdo era que debía escoger entre ese jueguito o ella. Que ella no se había casado para pasar los fines de semana sola y que se pasaba toda la semana trabajando y estudiando para poder disfrutar el fin de semana con su esposo y que, si no iba a tener esposo, entonces que mejor pensara qué iba a hacer porque ella ya sabía lo que tenía que hacer.

Cuando tu esposa te dice que ya tiene pensado lo que va a hacer, mejor cuídate. Era una situación muy delicada. Yo la quería con todo mi corazón y ella era la mujer de mi vida, pero con ese juego adictivo estaba arriesgando todo. ¿Lo quería perder por un par de horas de diversión? No había pretexto. Tenía que decidir, pero ya. En ese momento. Ella salió llorando del departamento a caminar, y yo no dudé en tomar la decisión. Hubiese sido lo más tonto de mi vida si hubiese elegido defender mi derecho a compartir con mis amigos y a distraerme. Tenía muy claro que había decidido compartir mi vida con mi esposa y que debíamos buscar actividades que nos hicieran felices a los dos. Bueno, de eso se trata estar juntos, estar juntos en las buenas y en las no tan buenas.

Tomé mi celular, llamé a Áxel y le dije que ya no contaran conmigo para seguir jugando; que tenía que tomar una decisión difícil, pero que esperaba que ellos comprendieran. ¿Qué pasó? Pues que me dijeron de todo: que estaba esclavizado, que tenía que demostrar quién era el que mandaba en mi casa, que tenía derecho a divertirme y que me dejaba gobernar por mi esposa. La verdad, no volvimos a hablar por un par de semanas.

Cuando Sofía volvió de su caminata, yo la recibí con la comida lista, con música suave y hasta abrí un vinito para celebrar. Ella no lo creyó al principio, pero, cuando vio mi determinación de hacer que nuestra relación funcionara, me abrazó y lloramos. Le di las gracias por enfrentarme y demostrarme que estaba cometiendo un error. Le dije que, en este camino de nuestra relación, yo necesitaba que ella no esperara días o meses sin decirme si algo le molestaba, como ahora. Le pedí que lo conversáramos todo y que llegáramos a acuerdos. Había cosas que hacía sin darme cuenta y que la herían. Solo necesitaba que nuestra relación funcionara y que me dijera lo que no le gustaba para, así, mejorar los dos, adaptarnos y ser felices. No había magia, solo conversación directa enfocados en los hechos, en las consecuencias de lo que nuestras acciones generaban. O lo mejorábamos juntos o lo mejorábamos juntos, pero nunca lo dejaríamos de hablar.

* * *

Fake news

—Kate, mira…. —le dije mientras llegaban cientos de personas a los alrededores del hotel para protestar por esta elección del nuevo primer ministro mundial, que se va a realizar en un par de días aquí en el estado de Colorado. Estos protestantes ya han copado las cuatro calles que rodean este complejo hotelero y la verdad estoy preocupándome. Esto se puede salir de las manos —le dije, pero nada pasó; ni se inmutó. Subí un poco mi tono de voz por si acaso no me había escuchado.

—La policía de Colorado se limita a no dejar pasar a toda esta gente que protesta. Muchos marchan, otros no paran de saltar o cantan, y otros gritan consignas en contra de esta nueva confederación que alinea la gran mayoría de países en este lado del mundo. También hay pancartas en contra de "la Hermandad". Los helicópteros tripulados por la inteligencia artificial de la policía graban a todos. También verifican si tienen armas, pero nada amedrenta a los manifestantes. Bueno, si los ciber-policías que están al frente del hotel con sus escudos, no los han amedrentado hasta ahora, pues creo que nada lo hará.

—¿Me escuchaste, Kate? —le dije. Ni me miró.

Odio esa conducta de niña rica mimada que siempre saca cada vez que la enfrento. Sus padres la criaron sin límites y desde pequeña se cree dueña del mundo. Claro, siempre fue la mejor de su clase, se graduó con honores y no le faltaba nada; al contrario, le sobraba mucho. Estoy seguro de que su padre, el excelentísimo doctor Weyler, le aguantaba todo. Gracias a eso, no puede soportar hoy que alguien que no tenga tanto abolengo, dinero o poder la rete y le lleve la contraria. El trabajo siempre fue lo primero en su familia, por lo que no tuvo muchos amigos antes de casarnos. Amigos de verdad, me refiero. Pero, hoy, voy a decirle la verdad. Voy a demostrarle que la gente que la aprecia, también la enfrenta y le hace ver un punto de vista diferente. Estoy seguro de que ella va a entenderme.

Quizás yo soy el equivocado tratando de hacerla caer en razón. Bueno, razón… ¿para quién? ¿Para mí o para ella? O, mejor dicho, ¿para ellos? Es muy complicado comprender las conexiones del dinero y del poder, pero algo sí sé: ella es mi esposa y no me voy a subyugar a sus caprichos tan fácilmente. Si en su infancia estuvo muy sola por tantos compromisos sociales que tenían sus padres, no es mi culpa. Ahora yo estoy aquí y ella aceptó asumir mi apellido y llamarse Kate Weshwood Weyler cuando se convirtió en mi esposa y prometimos amarnos y respetarnos. Había amor cuando nos casamos. Lo que sí está claro era que al menos yo la amaba. Pero no sé si todavía siento lo mismo.

—Mira, Kate, allá a dos cuadras, cerca de ese parque… hasta hay fogatas por todos lados. Ya cerraron la calle y hay gente bailando en plena avenida en medio de esa multitud allá al fondo. Mira, allá —y señalé a lo lejos golpeando el cristal de la ventana del *penthouse* del hotel. Proseguí—: ¿Puedes verlos al final de la cuadra? no tuve respuesta—.

—Tú me dijiste que regar noticias falsas desacreditando a los líderes de estos grupos radicales en las redes sociales iba a hacer el trabajo, pero creo que no ha funcionado. Todos esos *bots* y grupos falsos que tenemos al servicio de nuestros intereses no están dando resultado. Ese dinero que se gasta en esos *influencers* no sirve de nada y creo que la gente ya se está dando cuenta del discurso subliminal que hemos implantado desde hace décadas en las diferentes presencias audiovisuales en las pantallas del mundo. Veo que cada vez hay más fanáticos en todas las grandes ciudades en contra de nuestra nueva religión universal y siguen utilizando cualquier medio para llevarnos la contraria. Creo que la gente que protesta está siendo bien efectiva con la gente que se educa, con la gente que sigue leyendo —le dije tranquilamente, esperando que siguiera mi conversación con una contestación normal.

—No te equivoques, Frank —me dijo en un tono que tiende a sonar como molesta—. Nosotros, en la Hermandad, tomamos la investigación de Albert Bandura muy en serio y la validamos con millones de personas alrededor del mundo en diferentes idiomas, con diferentes religiones y niveles sociales. Y, definitivamente, comprobamos que el aprendizaje se acentúa y se reproduce cuando se muestra en un modelo agresivo principalmente masculino, tal y como lo teorizó Bandura, allá por los años sesenta. Si Bandura hubiera tenido la tecnología de hoy, con las redes sociales, en vez de la televisión cuando realizó sus investigaciones sobre la agresividad aprendida, hubiera sido un éxito inmediato. Es ahora cuando pudimos confirmar no solamente ese concepto, sino que pudimos verlo en práctica con muchos prismas en diferentes idiomas y culturas. Es que podemos decir con seguridad que, no solo aquí en América, sino a escala mundial, mi querido Frank, nuestros *bots* y *YouTubers* están haciendo su trabajo. Ahora nosotros influimos en cómo la gente decide vivir. Con nuestros modelos, les presentamos las opciones y el camino que deben seguir. La información les llega por muchos medios desde las pantallas y ahora los *fake news* vienen directamente de boca de los mismos líderes mundiales —lo dijo haciendo una pausa de satisfacción, como cuando tienes esa convicción de que nadie va a contradecirte.

—Espera, Frank, tengo otro mensaje —se volvió a tocar detrás de la oreja —. Me acaban de informar que esta noche van a bombardear las nubes para generar más nieve y provocar más viento —me dijo sonriendo—. Mañana, a esta misma hora, no habrá ningún alma que pueda estar en pie frente a esos policías robóticos que cumplen su labor de día y de noche, con frío o calor, que no sienten nada y lo hacen sin protestar. ¿Qué sería de nosotros sin la tecnología? Hemos avanzado más en estos pasados tres años que lo que hemos avanzado en los últimos cincuenta años. Nadie se iba a imaginar ese momento cuando comenzaron los celulares y la internet que la tecnología nos iba a dar el control tan fácilmente —sonrió otra vez, mientras se acomodaba su pañuelo sobre el fino vestido crema que le regalé por nuestro aniversario, cuando todavía nos quedaba algo de amor. Ya casi era la hora de salir para encontrarnos con los presidentes de los países africanos en una comida que se realizaría en el salón grande del hotel. Kate me confesó:

—Pensar que los líderes más importantes del mundo están en esta ciudad y pronto tendremos un nombre que nos liderará a todos. Su mirada denotaba nostalgia. Yo odiaba esas reuniones en las que tenías que sonreír sin importar las boberías que decía la gente, pero era parte de mi función del esposo que apoya, en este caso, por interés.

— Franky, querido, ¿estás listo, mi amor? Sabes que, al salir por esa puerta del cuarto del hotel, yo soy el amor de tu vida y tú darías y sacrificarías tu vida por mí, así como yo por ti. Así que, a sonreír. Ya falta poco.

∗ ∗ ∗

Semilla nueva

No recuerdo a qué hora terminé de despedirme. Repetí como cien veces:

—Castillo, así, como *Castle*. Esteban *Castle*. Esteban Castillo de Puerto Rico. Gracias. Estamos en contacto. Besos y abrazos iban y venían. Una lista grande de números de teléfonos con los representantes de la nueva Confederación de Naciones que nos unen de una forma diversa fue el resultado de esta interesante y muy inusual reunión. Me emociona poder ver un futuro más prometedor para todos, con este acercamiento, pues esta nueva organización es menos burocrática, más funcional y definitivamente efectiva, a diferencia de lo que hacía la ya extinta Organización de las Naciones Unidas. La nueva Confederación de Naciones es "la mejor opción para los países". Pronto, en varias semanas, tendremos la oportunidad de centralizar muchas de las decisiones que nos beneficiarán a todos y agilizar los procesos de transformación. Todo el trabajo que hemos hecho durante todos estos meses acá en Nueva York se verá concretizado en la nueva estructura gubernamental, que será elegida en el estado de Colorado por una votación de la Asamblea General seguida por una votación mundial universal directa. Hay mucha expectativa y mucha tensión en todos lados y a todo nivel, pero, por ahora, tengo que detenerme y centrarme en mí, en mi familia. Tengo que regresar a San Juan, porque tengo unas ganas locas de ver a mi Sofía. ¡La he extrañado tanto!

—Saludos, Sarah, ¿cómo estás? Sí, lo mismo de siempre, gracias —le dije a la mesera del *lounge* del aeropuerto mientras esperaba mi vuelo a Puerto Rico.

—Lo veo pensativo ¿Está bien, don Esteban? —dijo muy amablemente la mesera al traer mi comida y que me atiende en mis frecuentes periplos al Caribe.

—Sí, estoy bien. Gracias por preguntar, Sarah, tú siempre tan atenta. Es que hoy tuve dos vivencias que me tienen pensativo —me detuve y, luego, continué—: Ya te contaré en otro momento. Y tu marido, ¿está mejor de su operación? — pregunté.

No escuché bien su contestación porque en ese momento pasó un avión muy cerca del domo de cristal donde estábamos. Los vuelos de aviones livianos no tripulados en un aeropuerto civil no eran normales, pero no quería hacerla repetir la contestación y ya tendríamos otras oportunidades de conversar.

—Bien…, bien…, envíale mis saludos.

Su esposo, Pete Hakimi, es un emigrante marroquí muy trabajador y respetuoso. En algún momento tuve la suerte de ayudarlos. Desde ese momento, comenzamos una linda amistad. Pero hoy, lo que mueve mi corazón es este viaje relámpago a mi isla es que quiero encontrarme con mi esposa. Mi estómago me empuja a hacer este viaje adelantado y solo siento el deseo de darle una sorpresa. Quiero verla.

Por otro lado, este evento social que tuvimos en esa terraza del hotel fue tan emotivo y refrescante entre tantos representantes que lograron escucharme. Sentí su empatía hacia todo lo que les dije y sus corazones me hablaron sin hablar.

Mientras presentaba mi discurso pude ver la emoción en sus miradas. Sus ojos me compartieron mucho con sus expresiones. Incluso vi muchas miradas cristalizarse por las nacientes lágrimas que querían detenerse.

Al estrecharnos las manos, al final del conversatorio, pude sentir el palpitar de sus corazones, sin embargo mi discurso fue corto y hasta superficial. Tengo que contactarlos, y expandir y solidificar esos sentimientos que pudimos intercambiar en tan poco tiempo. Mi abuela solía decir que los ojos son el reflejo del alma y hay un mensaje que tengo que desenhebrar en esas miradas. Creo que voy a seguir los pasos de ella cuando íbamos a la plaza del mercado de agricultores y saludaba a casi todos por su nombre. Estoy seguro de que en las próximas reuniones podremos hablar un poco más.

—Pasajeros del vuelo 2040 con destino a San Juan… —decía el altoparlante con su discurso de protocolo. Mi vuelo se ha retrasado por el viento excesivo. No hay problema. Me encantan estos momentos de introspección y análisis.

En esta última reunión informal, veo a mis colegas asiáticos, africanos, europeos, americanos o de Oceanía esforzándose y dando lo mejor de sí para representar a sus países en esta nueva confederación de naciones. A muchos de nosotros nos mueven muchas cosas, pero solo con el hecho de pensar en que lo que hacemos afectará a la vida de los hijos de mis hijos, me da una responsabilidad adicional. Me imagino que ese mismo sentimiento lo tendrían mis antepasados al pensar en las futuras generaciones.

Puedo escuchar la voz de mi viejo con sus consejos que tantas veces repitió. Estoy seguro de que esos mismos consejos los escuchó de su padre y así de su tatarabuelo. Nuestra familia cree mucho en pasar los valores de una generación a la otra a través del consejo y la conversación. Deseamos conservar las cosas buenas que hemos aprendido sobre el respeto, sobre las leyes de la vida, sobre las hierbas sanadoras y tantas cosas lindas que la naturaleza nos ha enseñado. En repetidas ocasiones me he preguntado: "Y el abuelo de mi padre, ¿de dónde habrá sacado tanta sabiduría?"

Siempre supe que nuestros ancestros, los indios de América se ayudaban como comunidad, así fueran las tribus de los shyris, quitumbes o taínos. Todos supieron ayudar al que venía a buscaba una mejor vida como parte de la nueva generación. Su fin era ser siempre un poquito mejor, pero manteniendo las tradiciones. Eso lo hemos mantenido. Por ejemplo, muchas abuelos vinieron del campo a la ciudad y terminaron solo unos grados de la escuela superior trabajando duro. Muchos limpiaron casas, cortaron gramas y arreglaron jardines, otros ayudaron en las escuelas, o en trabajos temporero que pagaban poco. Muchos iniciaron negocios de todo tipo para salir adelante. Tantos sacrificios para sacar adelante a sus hijos. Ellos siempre creyeron en la educación y en el trabajo. Ahorraron y llevaron a sus hijos hasta la universidad. La siguiente generación, por su parte, desde pequeños educaron a sus hijos pensando no solamente en una educación formal en la universidad, sino en mantener nuestros valores en acción. Nuestros padres nunca dudaron en que seguiríamos nuestras carreras universitarias y en las mejores instituciones. En mi caso, creo que mi madre nunca se imaginó que llegaría tan lejos y que estaría influenciando donde se toman las decisiones más sensibles del mundo. Me siento no solamente agradecido por la oportunidad que tengo ahora donde estoy trabajando que es el fruto de mi sacrificio, sino también del trabajo duro de mis padres, la tenacidad de mis abuelos, y de las generaciones que vinieron antes que ellos. Ahora entiendo que al unir todas esas cicatrices de mi gente, acumuladas por el tiempo, puedo descifrar más claramente mis raíces. Ahora, yo cargo con la obligación de hacerlo, no solamente bien, sino excelente.

* * *

La luna

Como Atahualpa ya había investigado todo lo que necesitaba saber sobre los barbudos en su cautiverio, no dudó un segundo en informarles a los generales a través del excelente trabajo que estaba haciendo Lusán.

Este chasqui Huamán se vistió de cocinero y, cargando las yucas, las papas y los ajos, entró a pasar el día junto a Atahualpa. Esa tarde, ya bastante fría, el inca líder le pidió a Lusán que se memorizara este mensaje para su Yuisa y lo quiso hacer, no como despedida, sino como un hasta luego. Caminó por el patio del castillo de Cajamarca, una vez más, bajo la mirada del soldado que lo seguía muy de cerca. Se arrimó a un árbol, comenzó a silbar, como lo hacía siempre, y contempló los cielos mientras hacía los nudos de su quipu suavemente como todas las noches. Pero esta vez no había silbidos de respuesta, pues Lusán estaba a sus pies colocándole las nuevas alpargatas con hilos rojos, tejidas con la cabuya recién trenzada y adornadas con hilos de oro. Fue entonces que Atahualpa comenzó con el mensaje:

—Dentro de poco estaré cara a cara con nuestro dios Inti y le agradeceré por habernos permitido encontrarnos. Hoy te devuelvo el collar del coral rosado que me diste porque no quiero que se quede en otras manos. No necesito el collar en mi pecho al morir, ya que tú pintaste mi alma de tu color —pausó mientras su voz se cortaba. Lusán lloraba porque fue él quien sonsacó al príncipe en esa época para que fuera a la cascada donde conoció a Yuisa.

Atahualpa prosiguió: —Hace ya muchas lunas que me hacen falta tus ojos y tu cálida sonrisa. No puedo enfrentar la cercanía del frío abrazo de la eternidad sin ti. Si bien mis huesos tienen miedo al presentir que ese momento de transformación que todos los humanos vamos a pasar está cerca, yo lo controlo con el recuerdo de las emociones que viví contigo.

Cierro mis ojos y busco tu mirada en mi adentro porque sé que está aquí conmigo, en mi ser, en mi cuerpo, porque siento tu energía, el poder de tu mirada. El frío de este viento de la montaña adormece mi cuerpo, pero no llega hasta mi alma.

Ahora dejaría todos los títulos y tronos que poseo por tenerte acá. Renunciaría a la eternidad de la historia y borraría mi nombre de la lista de los Sapa Incas solo por saberme junto a ti. Pero no puedo. Estoy favorecido con la oportunidad de servir así, aquí y para esto. Tengo una responsabilidad con mi pueblo y con lo que viene después de mí, después de ellos y más allá.

Ahora nos toca ver para nuestros adentros y buscar entre nuestros recuerdos ancestrales. Debemos buscar en nuestros pensamientos más profundos y sentimientos pasados y encontrar quiénes somos y lo que valemos. Tu pasión me selló, tu amor me marcó y esa energía que nos une es la que me da fuerza para enfrentar este momento ante la muerte.

En este momento, me doy cuenta de que es tu amor el que me sostiene. El buscar en mi interior me ayuda a reconocer que no se trata de una pasión, ni de un amor, se trata de vida. Tengo nuestra energía en mí. Ya no es solo inca o taína, ahora es ambas, es una sola. También siento el amor de mi padre, el de mi madre, y el de mis antepasados. Busco en mis memorias y me doy cuenta de quién soy y quién soy contigo. Pienso en quién soy como miembro de esta familia, de esta comunidad, de esta panaca. Respiro este viento único e intenso de los Andes y lo siento en mis pulmones incas que se llenan de él. Cierro los ojos y escucho al majestuoso cóndor volar a lo lejos en el páramo cerca de los volcanes, del *Cotopaxi* y del *Chimborazo*, montañas gallardas de los Andes. Respiro nuevamente, para controlar mi corazón. Escucho al grillo y al sapo, que tratan de dormir evitando el frío. Son sonidos que conozco desde niño, que me han criado y me han visto crecer. Soy inca, y no, por el color de piel o el color de mi cabello o por el amuleto que llevo colgado en mi pecho con las uñas y cabellos de mi padre. Soy inca no por lo que dicen mis energías, sino por lo que me dicen mis entrañas. Respiro otra vez y saco de mis pulmones este aire que ahora es caliente. Veo el vaho que se aleja y que me dice que el círculo de la naturaleza está completado.

Hoy yo soy ese vaho de aire caliente que pronto parte al más allá, pero no quiero irme sin que sepas que estaré en la energía de la luna que te alumbra, en la fuerza del viento que te despeina y en las vibraciones del sonido de las aguas. Yuisa, esta energía nuestra hallará la forma de que nuestras almas se busquen y se encuentren otra vez. Nos reunirá en el futuro, en otros vientos y en otro mar.

Digital 2

Ahora podemos hacer más cosas y más rápido

África y América

███████████ Nunca ha sido fácil trabajar con los presidentes africanos o hispanoamericanos —me dijo Kate, mientras se quitaba la ropa para entrar a la ducha—. Siempre insisten en la familia, en la familia; todo gira alrededor de su comunidad. Es increíble, como si no hubiera nada más en la vida—, se detuvo y cerró la puerta del baño para ingresar a la ducha caliente.

Mientras tanto, me acerqué a la ventana de la *suite* para ver cómo iba la situación afuera. Puedo ver que todavía hay gente en la intemperie. El frío ha apretado y la nieve no para de caer. La policía no hace nada, solo espera que la naturaleza haga su trabajo. Hay más fogatas y las casetas de campaña se han multiplicado. Todo se está llenando de gente. Las cámaras de televisión de todas partes del mundo y los famosos *YouTubers* de las redes sociales han estado ignorando estos eventos de la calle y todas las protestas por los pasados tres días. Los medios de comunicación se hacen de la vista larga o pasan una media verdad muy corta por mandato de "la Hermandad". Pero siempre hay uno que otro reportero independiente que se cree héroe o heroína, y busca la historia entre la gente.

Bueno, es mi turno de bañarme. Ahora Kate y yo no compartimos ni el baño; hace tiempo que no nos tocamos ni un pelo. Pensar que hemos pasado del amor a la indiferencia en poco tiempo.

Recuerdo cuando disfrutamos nuestra luna de miel en el yate de su familia por el Mediterráneo. No hubo ninguna esquina de ese bote que no fuera testigo de nuestro amor. Nos amábamos con furia, con la pasión de los amantes iniciados por la clandestinidad. Pero tan pronto regresamos al puerto final, todo se transformó. Todo cambió, aunque nunca lo hablamos. Fue como si cada uno decidiera seguir su vida en solitario y no ha cambiado desde entonces. Tal vez porque ella nunca me quiso o, tal vez, porque su amor por el dinero y el poder pudieron más. Ahora ya no la amo como antes y estoy aquí principalmente por los intereses de ambos y de ambas familias. O, mejor dicho, de los intereses de las riquezas que representamos.

Eso es algo que no me gusta de este acuerdo. A mí me criaron junto a mis hermanos y hermanas, y siempre estuvimos disfrutando de la vida en grupo. Viajábamos y siempre nos molestábamos unos a otros, buscando aventuras. Pero ella, nunca disfrutó de eso, pues es la única hija y nieta de su familia. Lo que sí aprendió es a acumular riquezas e influenciar a los grupos de poder para dividir y gobernar. Bueno, de hecho, "la Hermandad" busca eso, dividir y gobernar. Lo han hecho por siglos y están a un par de horas de lograr ese todo poderoso gobierno mundial que tanto nos beneficiará a unos pocos entre los muchos ricos.

Me metí a la ducha. El agua estaba muy caliente, pero era necesario para sacarme todo el mareo del alcohol y el sudor de tanto bailar con las líderes mundiales y las esposas de los presidentes. De hecho, una de ellas, con quien compartí parte del postre en la mesa antes de la fiesta, me mostró fotos de su familia y de sus nietos. Ella me dijo que, gracias a Dios, ellos habían podido salvar a su familia, pero muchas personas en África no habían podido hacerlo. Yo no sabía cómo sentirme respecto a esta situación.

Sé que, si sigo apoyando a mi esposa, pronto ese concepto de familia desaparecerá, pero, si me separo, hasta podría ser una víctima más de "la Hermandad". Es increíble que una mujer tan poderosa esté en una posición tan intransigente. Lo único que sé es que no me conviene separarme. Pero, por otro lado, esto que estoy pasando, ¡no es vida! Yo quiero tener la oportunidad de elegir con quien quiero vivir y amar. Las nuevas leyes de este mundo tan polarizado no nos dan esa libertad. Ahora las personas pertenecen a los gobiernos y tienen que obedecerlos si quieren recibir su sueldo mensual y el apartamento que todos tienen. Si bien la pobreza y la indigencia que vimos alguna vez en las calles de las grandes ciudades en el pasado, ha desaparecido, esta aparente comodidad no es más que un chantaje.

—Kate se quedó dormida por todos los cocteles que se tomó con la expresidenta de las Naciones Unidas y con el presidente de los países del sur de Europa. La veo roncando. "Creo que es el mejor momento de revisar su computadora", pensé. Con mucho cuidado, saqué la computadora de su cartera y la desenrollé sobre la mesita de noche. Lentamente, tomé su mano derecha y la estampé contra el lector de huellas digitales de la computadora. La acerqué más a la cama para que la maquinita escaneara su rostro y así poder utilizar el aparato. Por fin conseguí acceso a la información y silenciosamente me senté en el suelo junto a la cabecera de la cama para averiguar lo que sea, pero pronto. Abrí un par de programas, unas fotos y vi unos audios que no iba a poder escuchar para no hacer ruido. Busqué en los archivos de años pasados y poco a poco iba conectando eventos y la información de las carpetas. Me detuve y comencé a leer con más detenimiento. No lo podía creer: era el plan final para consolidar su poder detrás del poder oficial. Este plan hace referencia a dos archivos: el 3YAQ-3981 con contraseña Neked-Hciv@8891_Suk. Y otro similar: 3YAQ-128482 con la misma contraseña. ¿Qué es eso? ¿Unos archivos digitales? ¿Un correo electrónico o un teléfono encriptado? ¿Algún sitio físico? ¿O una caja fuerte en un banco? No tengo idea pero voy a averiguarlo. Veo que Kate se está moviendo en la cama. Lentamente, me deslicé en el piso y casi me acuesto inclinándome hacia el lado de la mesa de noche para agazapar el resplandor de la pantalla. Kate se acomodó para el otro lado de la cama y continué la lectura casi escondido entre la mesa y la pared.

—Un *Timeline* complicado con muchos prismas y muchos nombres de compañías que había escuchado anteriormente —murmuré sorprendido por lo que veía. Se detalla el resultado de lo que ha pasado hasta la clausura de la ONU y ahora se detallan las últimas actividades antes de las elecciones del primer ministro de la nueva confederación de naciones a nivel mundial y los primeros decretos de los primeros 100 días de gobierno. Algunos me gustan, pero otros… ¡Dios mío! ¿Será esto verdad?

* * *

Cena de Nochebuena

Han pasado muchos años desde mi operación e, inevitablemente, recuerdo el día en que recibí la noticia que marcó mi vida. Entre sorbos de café y bocados de tostadas con mantequilla, veía un nacimiento de porcelana posado a los pies del árbol de Navidad. Estaba alistándome para comenzar a preparar la cena de Nochebuena, mi época favorita.

Mientras miraba las luces de colores titilar, comencé a recordar el día en que recibí la noticia. Era un 24 de diciembre y esperaba con mucho nerviosismo los resultados de la resonancia magnética. "No creo que tengan el resultado listo. Todos deben estar celebrando Nochebuena", pensé. Me lo dije a mí misma para tratar de calmarme un poco, aunque sabía que el centro de imágenes del hospital universitario trabajaba ese día.

Mi esposo y yo decidimos dar una vuelta con los niños para despejarnos, pero sobre todo para que la espera no fuera tan larga. Así que decidimos ir a un santuario cerca de Portland, para ver las luces de Navidad y las diferentes estampas relacionadas con las festividades. Los niños corrían por el área hasta que llegamos frente a la gruta en la que se alzaba la estatua de la virgen. A sus pies, estaba la ciudad de Belén. Nuestros hijos se entretuvieron tratando de encontrar al niñito Jesús. Yo me paré detrás de ellos y de mi marido, para que no vieran mi cara de angustia.

Aunque no soy religiosa, me considero muy espiritual. Echando mano de las creencias en las que me crie, e inspirada por el ambiente místico que había en la gruta, comencé a rezar. Pedí desde lo más profundo de mi ser tener fuerzas para enfrentar lo que sabía que iba a venir: una operación cerebral en la que había una gran probabilidad de que las funciones básicas de mi cuerpo se afectaran.

No me había sentido bien los últimos meses. Me daba mucho dolor de cabeza, me sentía débil y con cambios de humor que no podía explicar. Así que era muy difícil pensar positivamente por más que tratara. En aquel momento, mis preocupaciones mayores eran que quedara inútil, que fuera una carga para mi familia y que no pudieran cuidar de mis hijos, que en aquel momento eran pequeños.

Mientras estaba sumergida en mi conversación espiritual, llegó un texto a mi celular de parte del centro de imágenes anunciando que ya estaban los resultados de la resonancia magnética y que podía entrar al portal del hospital para verlos. Mi corazón comenzó a palpitar a mil por hora y tuve que hacer un esfuerzo para mantener la calma. Mi esposo, que me conoce muy bien, me preguntó:

—Amor, ¿qué te pasa?—. Le enseñé el texto que había recibido. Él abrió sus enormes ojos color ámbar y me dijo que mejor fuéramos a la casa para ver el documento en la computadora.

Tan pronto llegamos a la casa y abrimos el documento comencé a leerlo con mi marido y mi hijo mayor a mi lado mientras el pequeño correteaba alrededor sin advertir lo que estaba pasando. Mis ojos se convirtieron en una fuente de lágrimas y comencé a llorar a borbotones. Mi hijo mayor, que no pasaba de los 12 años, me abrazó y me dijo con una seguridad admirable:

—Mamá, no te preocupes. Todo va a salir bien. Ya verás—. Mientras mi esposo me decía:

—Así es, mi amor. En mejores manos no puedes estar. El neurocirujano tiene mucha experiencia. Estoy aquí, contigo, en la salud y en la enfermedad. ¿Recuerdas? —me dijo con dulzura.

Lloré por el sentimiento que me provocaron sus palabras, pero, sobre todo, lloraba porque sentía nuevamente, pavor de solo pensar que podía quedar inútil y le iba a causar dolor a mi familia. Aunque mi esposo trataba de alentarme, veía en sus ojos su miedo. El cerebro es el disco duro del cuerpo, de la misma manera que las computadoras de antes tenían un disco interno que controlaba todas las funciones de la máquina; dependemos del cerebro para todo. Era una situación muy delicada.

Llegamos a la cita con el neurocirujano, más tranquilos. Pensamos que nos iba a decir que la operación no era necesaria o que había una equivocación, pero nada de eso sucedió. El neurocirujano me dijo: —Este tumor hay que sacarlo lo más pronto posible porque, si no… —dijo poniendo su pulgar hacia abajo, cual Pilato dictando sentencia de muerte. Me quedé perpleja. Me tomó unos minutos internalizar que estaba hablando de mí. Le dije que lo entendía perfectamente.

—Muy bien, doctor. Tengo varios compromisos. ¿Qué le parece si programa la operación para el mes que viene? —le dije sin advertir la urgencia a la que él se refería.

Abrió sus ojos y se acercó a mí, como un papá dispuesto a llamarle la atención a su hija, y me dijo con voz firme:

—No estás entendiendo. ¿No ves que, si no te opero pronto, no aguantas ni un año? Es duro escuchar que tu vida está en vilo y que no puedes controlarlo. Al oírlo, sentí que el entorno se difuminaba y que los sonidos venían desde muy lejos. Escuchaba las explicaciones del médico lejanas, como en las películas. Volví a la Tierra cuando Esteban me agarró la mano. Nos quedamos sin habla, inertes.

Ante semejante noticia, no tuve más que rendirme. Aquellas palabras marcaban ese momento histórico que no piensas que vas a vivir y que tampoco tienes idea de cómo enfrentar. Había llorado tanto el día que recibí los resultados que ese día de la cita, ya no quedaban lágrimas que derramar. Desde ese momento decidí que haría algo que me habían aconsejado muchas veces: fluir. Esa palabrita que tanto había odiado ahora era mi tabla de salvación. Todavía asombrados por la noticia, arreglamos todo lo necesario y la operación ocurrió días después.

Ahora, después de tantos años, luego de haber tomado todo tipo de terapias y ver que puedo verbalizar mis pensamientos, que puedo caminar y que mi disco duro controla nuevamente mi cuerpo, no me queda más que agradecerle a la vida por otra oportunidad.

Desde que estaba en el Instituto de Rehabilitación me prometí que iba a tener más paciencia conmigo misma, sin vivir exceso de pasado ni exceso de futuro, sino el aquí y el ahora como si fuera el último día. Suena clichoso, a libro de autoayuda, pero no es hasta que ves que tu vida está en peligro que le encuentras sentido a la idea de vivir en el presente. Nunca tuve miedo de morir, sino de estar muerta en vida. Así que, como todavía estoy aquí, no me queda otra que luchar por vivir a plenitud el amor de mi marido, que siempre ha estado a mi lado; de mis hijos, que se merecen tener una madre valiente, y de mis padres, que se sacrificaron tanto por mis hermanos y por mí.

Por eso hoy, día de Nochebuena, quiero hacer esta cena para pasarla bien con la gente que quiero, brindar por las sorpresas que nos da la vida y para celebrar el amor y el compromiso que nos unen. Quiero hacerlo ahora, porque no sabemos hasta cuándo estaremos aquí.

Espero con ansias a Esteban para disfrutar de su compañía, amarnos y luego discutir de tantos temas sociales y políticos en los que tratamos de arreglar el mundo, como solíamos hacer antes, cuando yo trabajaba en la extinta Organización de Naciones Unidas como intérprete. Aunque trato de no agitarme tanto, pues no es bueno para mi salud.

Últimamente, no me he sentido bien. Me estoy sintiendo de la misma manera que me sentí antes de la operación de hace tantos años. Sin embargo, no quiero preocuparme por eso ahora. Lo que tenga que pasar, pasará. Mientras tanto, seguiré fluyendo, aunque siga sin gustarme del todo la palabrita. Mejor voy a preparar la cena, que se hace tarde.

Otoño

El avión aterrizó, y mi corazón despegaba. Los latidos se acentuaron cuando pensaba que pronto podría abrazarla. Mientras caminaba hacia la salida de los pasajeros y en la búsqueda del chofer que me llevaría a casa, solo recordaba la sonrisa de mi amada Sofía. El camino se hizo eterno, pero más eterno fue llegar hasta aquí. Cerré y abrí los ojos y ya estaba en casa. Pagué al taxista, toqué a la puerta adornada con las guirnaldas navideñas, y ahí estaba ella, intacta.

—¡Qué sorpresa! —pegó un grito de alegría mientras se lanzaba a mi cuello y me besaba. Yo casi me caigo y, con el poco equilibrio que logré, la tomé por la cintura y la abracé. Luego, me retiré un poco para verla bien y sí, era la misma, como antes. Tiene unas pocas arrugas en sus ojos que ya rozan los sesenta años y con unas libritas de felicidad que le van muy bien. No me gusta cuando baja tanto de peso, pues se ve como enferma. Ella se lanzó a mi cuello otra vez y me besó. Caminamos un poco entre beso y otro beso que aterrizaban en mi boca, en la mejilla, en la oreja. Cerramos la puerta. Qué sensación de plenitud me provocaban su aroma y esos besos que por tantos años me han acompañado. Sus ojos de capulí son igual de expresivos y su cabello me sigue hechizando como siempre.

Los hijos ya se habían emancipado y la casa era toda nuestra. Ella comenzó el rodeo y yo la seguí. Tiró el control remoto en el sofá, yo puse mi maleta de viaje en la esquina. Se quitó los zapatos y yo hice lo mismo con los míos. Luego, la falda, y yo, mi pantalón. Las prendas se quedaron juntas en la sala como conversando. Me haló hasta el pasillo mientras me besaba y yo la empujaba hacia la pared, mientras desabotonaba su blusa, que le quité despacito. Ella me sacaba la camisa negra. Llegamos al cuarto y sin perder la pasión y la energía fuimos al baño a lavarnos los dientes y balancear las aguas. Ya la experiencia nos decía que hay que estar cómodos para el amor. De ahí terminamos en la ducha. Yo de espaldas al chorro como protegiéndola y ella recibiendo el salpicar de las gotas que saltaban de mi cuello. El agua tibia rodaba en nuestro cuerpo mientras nos enjabonábamos y nos acariciábamos con unas sonrisitas complices. Ella enjabonaba mi pecho y yo, su cintura y su estómago. Ella seguía con mis orejas y mi cuello y yo, con sus caderas y sus muslos. Estábamos como reconociéndonos, dejando que nuestra memoria muscular trajera esos viejos mapas que utilizamos durante tantos viajes que surcamos juntos, y permitiendo que nuestros cuerpos recordaran la dulzura de muchos momentos que en tantos mares de pasión navegamos juntos. Ella era el mismo ángel llegado del cielo en ese momento. Han pasado más de treinta años de eso y la veo igual. ¡Vamos!, claro que hemos cambiado bastante y yo ya no soy el mismo galán de 130 libras de pura musculatura. No estoy engañándome, pero, es que, ¡no se trata de la parte física! Se trata de cerrar los ojos y saber que ese beso en la ducha, allí desnudos enjabonándonos, es el mismo beso desde el principio, es el beso que decantó mi corazón a su servicio. Que no es comprado ni alquilado luego de una noche de fiesta. Es el mismo beso que me emocionó hace tanto tiempo y al que no le hemos hecho nada para dañarlo. Claro, siempre hay situaciones, pero las hemos discutido, las hemos enfrentado y ahora continuamos por voluntad propia. No es perfecto, pero es nuestro y así quiero mantenerlo y disfrutarlo.

Ella me besaba con ansias locas. Creo que eran las mismas ansias que yo había guardado todo este tiempo de ausencia por mi trabajo. Su cintura y su cadera me encantan, pues conservan las líneas que me las sé de memoria y que las recorro en mis sueños cuando no estoy con ella. Siento sus manos en mis nalgas y le digo suavemente a su oído:

—Todo eso es tuyo y de nadie más—. Ella me muerde la oreja y el agua sigue bajando por mi espalda quitándome el jabón. La tomo por la cintura y lentamente la muevo hacia el frente de la ducha para intercambiar las posiciones, pero esta vez yo me paso a su espalda y le comienzo a besar su cuello. El jabón ya se fue, el agua sigue tibia y ahora yo soy el que recibe el agua en la cara y en el pecho, pero eso no me importa ni me detiene. Respiro nuevamente para no descarrilar el tren de la pasión. Cuando, de repente, como dosificando el momento, Sofía me detiene, cierra la llave y me dice:

—Vamos a la cama, que allá estábamos más cómodos.

Ya no éramos los mismos jóvenes de hace muchos años. Ya no hacíamos las mismas piruetas que se nos apetecía, pero la mirada era la misma y la humedad llegaba, a pesar de la menopausia. Llegaba al toque de varios roces de mis labios con sus labios, pues mis besos y mi voz la emocionaban como antes.

Si bien ya no se trata de tiempo, de la duración o del aguante, ahora es cuestión de profundidad en las emociones e intensidad en cada instante del amor. Ahora cada roce cuenta. Cada momento tiene su significado. Al entender nuestros nuevos cuerpos y sus limitaciones en el otoño de nuestra vida, nos ha llenado de paciencia, entendimiento y adaptación. Sofía ya no tiene que interpretar lo que tengo en mente para hoy. Ella ahora lo lleva a donde ella quiere, y yo me dejo llevar.

Ahora yo soy todo un profesional respirando y, así, dosifico la fuerza de mi amor. Quilla guía ahora la marea, ya Inti se fue a dormir. Sin esa magia, todo duraría muy poco o habría muchos mal entendidos.

Este amor en el otoño de nuestras vidas ya no se rige por las fuerzas de nuestros deseos carnales, ahora se guía por el placer de la compañía, de la inventiva y de la creatividad de los dos; de estar junto a mi amada, de sentir su calor en mi cuerpo. Todavía tengo esas mariposas en el estómago. Ellas persisten, pues les doy agua. Las cuido. Pues estas mariposas dentro de mi estómago se sienten felices y sé que las de ella también lo están, por los detalles que nos hacemos, por esa notita furtiva, por esa llamada inesperada, o por ese detallito o por los textos cariñosos que nos enviamos. Ahora buscamos la eternidad en las pequeñas cosas. En esa caricia lenta pero intensa, en ese beso robado sin que ella lo esperase o en ese dejarnos llevar ante los caprichos que cada uno sugiere.

Nadie toma un buen vino añejo en una copa rota, y yo no quiero herir a mi princesa para que ella siempre tenga ese brillo cuando me vea. Ella siempre me ama más y mejor cuando es feliz y yo la quiero feliz siempre. Pues cuando ella se enoja, es… madre mía, mejor no quieren verla así.

Todo eso hace la diferencia y crea una eternidad de emociones que nos mantiene y marca nuestra sangre. Ese segundo es el que nos permitimos a nosotros mismos. Nuestra relación es como un hilo rojo que nos une más allá de la distancia y del tiempo. Basta un segundo con la persona amada para entender que la eternidad puede vivir en un solo momento.

* * *

El plan

Esa noche dormí casi nada. Logré sacar unas copias digitales del plan y otros documentos comprometedores. Los guardé en un *flashdrive* escondido en una pulsera de oro y cuero que siempre tengo en mi mano derecha. Esa pulsera me la había regalado mi padre poco antes de morir.

Me dijo que la cuidara y que la pasara a mi descendencia. Qué ironía. Si él supiera que nunca voy a tener hijos con este monstruo que está a mi lado y, si bien, nuestro matrimonio es arreglado, yo no tengo la oportunidad de hacer mi vida normal. Esto de ser un esposo de una figura no pública, pero tan importante, no me ha sido muy ventajoso para mí.

Seguí revisando lo que venía para el mundo con este gobierno unificado y decidí detenerme. Mi estómago se revolvió. Tuve que respirar profundo por un momento; no tanto por lo que venía, sino por todo lo que había pasado en las décadas anteriores. Todos los opositores que habían fallecido de cáncer, de enfermedades raras, de accidentes de tránsito o accidentes misteriosos en helicóptero o en aviones. Yo había conocido a algunos de ellos durante mi infancia con mis padres o durante mis años en la universidad. No podía creerlo. Yo le había preguntado directamente a Kate si ella tenía algo que ver con alguno de esos eventos desagradables y ella me había jurado que no. Ya veo que, si bien ella no apretó el gatillo, sí se fumó el cigarro con los que lo planificaban.

Este plan gigantesco tenía muchos sub-planes relacionados. Unos eran con la economía; otros con la música para los jóvenes, las películas; otros más relacionados con la educación superior, la desinformación y la tecnología. Incluso, con la policía, la comida y la iglesia. ¡Sí!: la Iglesia. No lo podía creer. Lo que más me perturbó de lo que leí fue el plan para borrar la idea de la familia de la memoria colectiva de la gente que vivía, especialmente, en el sur del planeta. Si bien ya lo habían logrado reducir bastante en el norte; en el sur, todavía era muy fuerte. Este plan comenzó desde hace unos 500 años. No podía creerlo; ya llevaban siglos y generaciones completas trabajando en esto. Los archivos de la computadora de Kate revelaban que ese plan cobró vida luego de que los reyes de España autorizaban al viaje de Cristóbal Colón en 1492, aprovechando la exploración de este "mundo nuevo".

Nadie se imaginaría que dos eventos casi en paralelo en América iban a traer tanto cambio en el mundo. Primero, la llegada de Hernán Cortés a Tenochtitlán, que era la capital del imperio mexica en Mesoamérica y su encuentro con *Moctezuma* II; y el segundo evento, el tercer viaje de Francisco Pizarro a las costas del sur de América cerca de lo que ahora es Machala en Ecuador, en 1531, y su posterior encuentro con Atahualpa, último jefe de los Incas. Esos dos eventos demostraron a los poderosos de Europa todas las grandes posibilidades que ahora había en este mundo nuevo.

El objetivo ulterior de ese plan era cambiar el planeta, no solo este nuevo mundo descubierto, sino del viejo, y de esas viejas estructuras, que ya no les servían como estaban. Ahora, este "mundo nuevo" era más amplio, con más oportunidades y se necesitaban nuevos métodos y estrategias que pudieran manejar estas nuevas visiones.

* * *

Acto V

Mi estómago me lo había confirmado desde antes. Dormí poco. Durante la noche, pude ver a las estrellas fugaces que se animaron a brillar en la oscuridad. Ya los Apus en la mañana me lo habían presagiado con sus realengas sombras. Pero en esta tarde que ya se estaba enfriando no había pájaros por ningún lado y el cielo estaba raro, triste, como sabiendo que algo vendría sobre mí. El proceso se estaba dando y yo tenía solamente que fluir con él. Me había propuesto no alterarme con ningún resultado, pero esperaba una noticia positiva.

—Hoy, 26 de julio de 1533, en nombre de la Corona de España, y de los reyes católicos, el excelentísimo jurado aquí en Cajamarca ha llegado a un acuerdo. ¡Atahualpa es encontrado culpable de todos los cargos! —Oí decir al hombre que se puso de pie junto a la mesa en la plaza, en la ciudad frente a todos los barbudos.

—En el nombre de la justicia, se le condena a que muera en la hoguera o en la horca. Él puede elegir —prosiguió el representante que sostenía esa simple hoja con el veredicto de ese jurado improvisado, que a todos querían convencer.

—¡¡No!! —gritó Pizarro—, ¡Malditos traicioneros! ¡Ese no fue el acuerdo del jurado! Esto es un robo a mano armada. ¿Quién cambió el acuerdo?—. Francisco Pizarro empujó la mesa con su pierna derecha y desenvainó su espada, a la vez que apuntaba a los miembros del jurado. Nadie respondió para defenderse.

—¿Quién votó en contra de liberarlo? ¿Quién me traicionó? ¡Maldita sea, hablen cobardes! Seguía apuntando a los miembros del jurado, mientras ellos lentamente iban alejándose.

—¡No os dais cuenta de que este hombre es inocente! —caminó desde la mesa hacia mí, apuntándome con la espada—. Este hombre es inocente. Nosotros hemos matado y robado. Gritaba mientras los señalaba a todos—. ¡Pero este hombre no ha hecho nada que merezca la muerte! ¡Se han equivocado! No podemos matar a Atahualpa —les gritaba con todas sus fuerzas.

—Tranquilo, Francisco, no hagas nada que de lo que te puedas arrepentir —le dijo Diego de Almagro, mientras le ponía las palmas de las manos, hacia abajo como haciendo señas para calmarlo—. No creo que quieras explicarle al rey que te opones a sus leyes y a sus decisiones, ¿verdad? —prosiguió—

—No podemos ser injustos con alguien que no sabe de nuestras leyes y de nuestra religión. ¡Maldita sea! Apenas acaba de aprender nuestro idioma y ahora lo acusamos de algo que no está en su cultura—.

Decía Pizarro mientras los miraba a todos y todos le viraban la cara.

—¡Malditos injustos! Son unos perros cobardes —seguía gritando, lo que le provocó que empezara a toser.

—Este hombre no es un inca normal. Él tiene información que nos interesa. Él trae consigo la llave de muchas más riquezas y sabiduría —gritaba Pizarro caminando por el medio de la plaza y gritando sin control de un lado para el otro. Trataba de convencer a los hombres que ejercieron como jurado, quienes a último momento habían cambiado de parecer. Pizarro agarró por el pecho de la sotana a Valverde y lo vio directamente:

—¡Tú me traicionaste! Tú cambiaste tu voto, ¿verdad? ¡Dilo como hombre de Dios que dices ser! ¿Te das cuenta de que esto llora ante los ojos de Dios? ¡Estas cometiendo un asesinato de un hombre inocente! ¡Maldito cobarde! Lo empujó contra el piso al soltarlo. Pizarro caminó hasta donde estaba su socio Almagro y le dijo:

—Tu cambiaste el voto, ¿cierto? Tú me traicionaste. Por algo te dicen el "Adelantado" —le gritaba entre escupiéndole con esa mirada de odio y entre llorando por ver su amistad y confianza traicionadas.

—Cálmate, Pizarro, así es mejor. Tranquilo —insistió Almagro.

—Si tú me hubieras pedido mi parte de nuestra empresa, la tercera parte de nuestra organización, si me hubieras dicho: "Dame La Compañía de Levante". Yo te la hubiera dado con tal de salvar a este hombre. Pero tu codicia y tu venganza te han cegado. Te preocupaste solamente por un par de lingotes de oro, que no conseguiste por llegar tarde. En vez, de ver todas las posibles riquezas que mañana estarían a nuestro alcance. ¿No ves que éste es solo el comienzo? Así como Hernán Cortés en las tierras del norte, nosotros estamos haciendo historia descubriendo estas nuevas culturas, tradiciones y ciencias—. Volvió a toser luego de atorarse con su saliva al tomar la capa de Almagro. Luego de respirar profundo, siguió gritando:

—Sí, sí…, el oro es importante para todos, pero hay mucho más allá que las riquezas que estamos logrando. Si comparas lo alcanzado hasta ahora, verás que nuestra empresa no vale ni un céntimo de lo que vale la vida de este Sapa Inca. ¿No te das cuenta? Su conocimiento y sabiduría ancestral son infinitos y el saber que esta gente tiene sobre las estrellas y sobre la naturaleza, ¡no tiene precio! ¡Has traicionado nuestra amistad! ¡Maldito perro inmundo! ¡Eres un asesino Almagro! Lloraba y sollozaba Pizarro mientras se arrodillaba en el piso agarrado de la capa de su socio, Diego de Almagro. Este le quitó la capa de un sopetón y salió de la plaza con una mirada de satisfacción, que encerraba un sabor a venganza solapada.

Yo no me inmuté mientras pasaba todo esto, solo respiraba, estaba en paz. Claro, estaba tenso y con miedo por lo que venía. Sin embargo mi objetivo final no era salvarme, era salvar a nuestro pueblo y proteger toda la sabiduría que habíamos recibido de los dioses y de nuestros socios de las estrellas, que nos visitan en sus grandes aves doradas. Ya casi totalmente lo había logrado. Lusán, mis generales y mis caciques más cercanos están haciendo el trabajo y ahora solo me toca a mí terminar esto.

La tarde gris ha comenzado con una garúa leve y ya aprietan las sombras en esta parte de los Andes. El silencio y el frío fueron apoderándose de la plaza central de Cajamarca, donde hoy se había completado este juicio y donde hace poco se había celebrado la boda de Pizarro con mi media hermana Quispe-Sisa. Esa boda enfureció sobremanera a fray Valverde, pues, él no aprobaba la unión de españoles con gente que desconocía su religión y que adoraba a las montañas y al sol. La organización del fray era muy estricta en cuando a eso. Este sacerdote no aceptaba lo que ellos consideraban idolatría y él no podía imaginarse una nueva España de muchas creencias y mundos diversos. Él, simplemente, no iba a permitir esa unión.

La mayoría de los presentes en la plaza se mostraron desilusionados y acongojados. Muchos de ellos estuvieron a mi lado durante estos ocho meses de encierro. Vieron a los cientos de incas traer el oro y la plata arropados en sus ponchos y muchas veces corrigieron mis errores al tratar de hablar el castellano correctamente. Allá en lo profundo de sus almas de todos los presentes, yacía, bien adentro, un arrepentimiento no declarado y un lamento mudo por lo que estaba sucediendo hoy que arrastrarán por siempre, no solo ellos, sino sus generaciones. Podía verlo en sus ojos esquivos y en la ausencia de alguien que respondiera en este momento incómodo. La lluvia se largó con más fuerza y el frío de la montaña arreció. Tal vez todos los soldados querían dejar a Pizarro solo en este momento que le partía el alma y que él sentía como una puñalada con sabor a traición de su socio y de su sacerdote.

Los truenos de los Andes no se hicieron esperar y el viento frío nos golpeó sin piedad. Los soldados nos miraban de reojo y nadie se atrevía a llevarme bajo techo para resguardarme de la lluvia. Tal vez estaban esperando que un rayo hiciera justicia y así ellos no tendrían que ensuciarse las manos en este momento triste.

Yo me quedé impávido, tranquilo, mientras el día ya terminaba y el sol…, mi sol, se retiraba en esa tarde ya nublada, lluviosa y tormentosa. Era como si me dieran la espalda, como si evitara ver lo que estaba pasándome, como queriendo que Quilla hiciera los balances a las aguas para que el momento cayera en su nuevo orden, sin el Sapa Inca número catorce del Tahuantisuyo.

La lluvia, que muchas veces me sorprendía en mis viajes, ahora me estaba acompañando como un baño de alma, como nivelando el calor que se había apoderado de mi cuerpo al escuchar el veredicto. Hoy, esa lluvia me sonaba a un susurro de mi gente, mientras chocaba con los charcos que se estaban formando en esta plaza desierta. Hoy, esta agua fría me recordaba la que caía del cielo sin parar en la cascada donde conocí a mi amada, y que mojaba mi vergüenza al ver su hermosura. Esta lluvia de hoy me sonaba a un final o a un comienzo, no lo sé. Tal vez la naturaleza también lloraba o se transformaba en este momento y esta era su forma de anunciarlo.

Las gotas de lluvia se mezclaban con las lágrimas de Pizarro que seguía arrodillado en el piso de la plaza. Algo estaba murmurando entre su lamento. Solo pude escuchar:

—Nuestro acuerdo —lo dijo en voz baja. Levantó la cabeza del piso. Su sombrero se había ensuciado, pero poco le importó que las plumas se hubiesen mojado o se llenaran de barro.

—¡Todavía podemos salvarlo! —dijo un poco más fuerte, con rabia en su voz. A pesar de la lluvia, lo escuché claramente, pues estaba solo a un par de pasos de donde yo estaba sentado. Levantó el torso y se dirigió hacia mí. No pude moverme, pues me hallaba amarrado de pies y manos a la silla que se había improvisado a un lado del jurado.

—Perdóname, Atahualpa. No pude asegurar que esta decisión final se diera tal como te la prometí. Yo confié en Almagro, y como vez, él se confabuló con el fray Valverde para influir en la decisión. Pizarro me lo decía con vergüenza en los ojos. Se frotaba la cara mientras se escurría la lluvia, que estaba ya salada por tanto sudor que acompañaban sus palabras.

—Atahualpa, yo soy un hombre de palabra y quiero asegurarme de que nuestro trato se logre. Voy a continuar con el plan y voy a viajar a España. Abogaré por el reconocimiento que tu gente merece. Me aseguraré de que a tu familia del Cuzco no le falte nada y que se puedan emparejar con gente que los eduque y les enseñe las letras y las artes. Te doy mi palabra —me confirmó Pizarro, ya más recompuesto y calmado; más bien, pensando en el futuro.

—No es fácil ser un líder íntegro y muchas veces tienes que sudar sangre para que tu palabra se cumpla —le dije lentamente—. Yo no voy a poder asegurarme de que cumples tu palabra con tu rey, pero confío en ti y en tu integridad —me detuve por un momento y continué—: Tengo para ti el tercer dibujo que realicé con el escribano y quiero que se lo des a tu rey. Es mi propuesta para el escudo de armas. Quiero que represente a mi gente. Esto lo dejo en tus manos. No lo discutimos antes, pues no tuvimos tiempo, pero le dará valor a tu argumento. Tu rey lo entenderá. Uno de mis sirvientes te lo dará más tarde —tragué y proseguí—: Yo, por mi parte, le ordenaré a mi general Calcuchimac, que te lleve al Cuzco y te conecte con las panacas que gobiernan la ciudad, pues ya eres un noble inca por adopción y ellos aman a Quispe-Sisa. Lo que, sí no voy a asegurarte, es de que todas las panacas te sigan y que todos los ejércitos luchen a tu lado, pero tienes el apoyo de mis generales y de mis panacas —volví a respirar y continué— Te pido que entregues mi cuerpo y la seguridad de mi familia a Rumiñahui. El sabrá qué hacer. Asígnales las tierras de los shiris y de los quitumbes para que ellos puedan seguir adorando a nuestro Inti en ellas y deja que Quito siga siendo nuestra casa y la casa de mis hijos. Quiero que ellos sigan su vida allá. El brillo de mis ojos le comunicó la importancia de esto último. Pizarro aceptó con un movimiento de su cabeza y los dos nos quedamos en silencio.

—Ahora lo último que me queda por hacer es lograr mi bautizo por el sacerdote católico para entrar en tu cielo y en el más allá, pues tengo que hablar con tu dios invisible. No quiero que me quemen, pues mis huesos tienen que quedarse con mi gente. Vamos, llévame donde el fray Valverde que necesito conseguir este paso final.

La cascada

El general Rumiñahui y sus soldados organizaban sus acciones para llevar a cabo la estrategia ordenada por Atahualpa. No dejaban nada disponible en su caminar que pudiera ser utilizado por los barbudos, sobre todo, el oro y la plata. Debían recoger todas las joyas de los pueblos y llevárselas para ser escondidas. El general y los soldados se encargarían de eso. Los que podían caminar al paso de los soldados los seguían. Los que no, eran advertidos para que se escondieran y huyeran por su vida donde pudieran. Muchos ancianos y enfermos preferían morir en su tierra con su sol y con el polvo que conocían y que los vio nacer. Yo como cronista del imperio lo certifico.

Los jóvenes y las familias nobles quitumbes y shyris seguían a Rumiñahui, que los guió hacia las montañas por el este. Ya habían pasado el tope de la montaña, más allá del frío del páramo. Ahora bajaban por climas más cálidos. Estaban siguiendo las orillas de uno de los ríos que salen de los deshielos de los Andes y que alimentan una de las muchas cascadas que da vida de los interminables e inhabitables verdes bosques lluviosos. En ellos viven los Chachapoyas y las Amazonas, guerreras indomables que defienden su tierra a cualquier precio.

Yuisa y Guarina también emprendieron ese camino por voluntad propia. Nada podía hacer en estos momentos, solo seguir las órdenes de su Sapa Inca. Pero más importante que eso, era seguir las sugerencias de su hombre. Porque Atahualpa nunca le ordenó que hiciera nada. Ella nunca fue tratada como una persona de segunda y siempre tuvo la última palabra. Por el contrario, muchas veces, Atahualpa fue quien siguió los sabios consejos de Yuisa al pie de la letra.

Ahora era cuestión de orgullo; era cuestión de evitar el daño mayor y de que su pueblo sufriera lo menos posible. El Sapa Inca no iba a dejar que unos apestosos invasores esclavizaran y humillaran a su gente. Él cuidaría todo el conocimiento que le fue entregado por sus aliados de las estrellas, así como todas las técnicas de cortar y manejar las rocas en la naturaleza. ¡Que vivan la sabiduría Inca!, ¡Que vivan los socios de las estrellas!, ¡Que viva Atahualpa!

Rumiñahui había recibido mensajes de otros chasquis enviados por Lusán. Estos les decían que el último Sapa Inca había sido sacrificado y nada quedaba intacto en Cajamarca. Kalitá llegó también con un mensaje especial de Lusán para Yuisa. Ella había sabido la noticia de su hombre antes que Rumiñahui por medio del cantar de los pájaros que le habían visitado y acompañado hace ya varias lunas. Ya había llorado todo lo que debía llorar.

Cansados de caminar durante todo el día, decidieron tomar un descanso a las orillas del río. Esta era la última noche antes de llegar. Ese atardecer estaba fresco y no había nubes. Las estrellas brillaban y la luna estaba llena, como lista para amar. Esa noche se divisaron muchas estrellas fugaces. Se podían ver hasta estrellas grandes y pequeñas quemarse al entrar en la atmósfera. Había una sensación especial en el aire, como una paz diferente.

Mientras Guarina recolectaba algunos frutos cercanos, Yuisa se sentó apoyada de un árbol para pensar en Atahualpa. Viendo hacia el cielo y como buscando entre los pájaros, elevó su voz interna y pensó: "Ahora entiendo por qué estoy aquí. Ahora entiendo el propósito de mi huida de Borikén. Ahora entiendo todo y veo que esa "coincidencia" de encontrarnos tenía que pasar así, en ese momento, en las orillas de la cascada, para que podamos unir nuestros sentimientos y nuestras auras. Me amaste por lo que era sin saber de mi pasado cuando me conociste. A tu lado, me liberé de mis miedos y supe ser la esposa del líder, pero la Yuisa de siempre. Encontré y afinqué el valor de mi familia y de mi gente. Abandoné mis odios y mis rencores, y decidí amar. Amé mi pasado, amé mi presente. Aprendimos juntos en todos estos años; yo de ti y tú de mí. Aprendí nuevas costumbres y pude influir en las tuyas. A tu lado pude ver otros mundos diversos. Te dejaste ayudar y pudiste desprenderte de tus complejos. Dejaste de compararte con tus hermanos y entendiste que tus capacidades son únicas y que iban más allá de lo que ellos podían ofrecer. Desplegaste tus alas de líder y diste rienda suelta a esa visión de prosperidad para tu pueblo. Dejaste de ver el árbol, y empezaste a ver el bosque. Supiste entenderlo en los ojos de los barbudos y supiste leerlo en el aura de la gente a tu alrededor. El universo necesitaba que estuviésemos juntos para que algo grande pasara y que tu pueblo pudiera poner a salvo todo el conocimiento que nadie tiene y que puede ser utilizado de forma errónea.

Ahora los secretos de tu gente, la de tus antepasados y la de tus socios de las Estrellas del Sur están a salvo. Esos seres celestes que solían visitarte en sus aves doradas ya fueron advertidos por tus mensajeros, y pronto las líneas de *Nazca* serán borradas, pero ellos sabrán lidiar con la situación. Ellos han contactado a los generales, y Rumiñahui tiene toda la ayuda que necesita.

Yo por mi parte quiero decirte que esta aventura ha sido increíble. Estas emociones que creamos juntos son más fuertes que el tiempo. Viven en mí, en mi sangre. Son tan fuertes que cada gota de mi sangre ahora tiene tu energía, tu nombre. Sí, yo te amo, tu amor me protege, y ahora ese amor marca nuestro futuro. Ya no soy la misma. Siento que esto apenas comienza. Siento que serán otras futuras aventuras en otros cuerpos, en otras formas, en otros tiempos, pero nos encontraremos y el universo sabrá reunirnos. Por eso me voy tranquila, sabiendo que tú sientes mi energía en ti y que tu amor me acompaña. Esta noche veo la luna y sé que es la misma luna que nos une. Cierro los ojos y mis manos sienten tus brazos en el viento que me acaricia. Me voy tranquila sabiendo que estamos juntos". Yuisa cerró los ojos y bajó la mirada.

Ya mañana será un día de regocijo y de reunión con el dios Inti.

Temprano todos estaban caminando hacia la cascada en la que pronto estarían reunidos como pueblo. La columna de humo se veía a muchos árboles de distancia. Las aves juegan con el pelo de los caminantes como animándolos a seguir. Yuisa tomó de la mano a Guarina y la apretó como sintiendo miedo y felicidad a la vez. Ella se inclinó mejor por el lado de la felicidad. Enseñó a su corazón que no es el final, sino el comienzo del reencuentro. Todas las aves habían salido a cantar. El humo del vapor del agua, que se levantaba por la caída, y el choque del agua con las rocas era tanta y tanta, que se veía vapor y chispas en el aire. El vapor era tan alto y el sonido tan fuerte que impresionaba. Los guacamayos volaban alrededor de todos como sabiendo lo que venía. Ellos cantaban, estaban felices, como cuando tienes visitantes que te alegran la vida. Las pequeñas cotorras a veces se internaban en el vapor del agua que subía y bajaba entre luces y sonidos fuertes en el aire. Los colores de los tucanes pintaban con su reflejo las aguas. Mientras volaban, entonaban sus gritos de alegría y saltaban por las ramas nuevamente para revolotear entre ellos y junto a los caminantes. Había como un color especial, diferente, en el aire húmedo. El viento fuerte movía el vapor del agua y mojaba todo y a todos, como limpiándolos. No sé si era el sol, pero la luz estaba especialmente brillante. El sonido del agua chocando con las rocas era cada vez más fuerte, como un estruendo que no habían oído nunca. Era mucho más fuerte de lo normal. Ya todos sabían lo que debían hacer y lo asumirían con alegría. Rumiñahi ya se había ubicado al borde del inicio de la cascada ayudando a todos. Tomó la mano de Yuisa, la miró a los ojos y le dijo:

—Ha sido un honor para mí conocerte, Yuisa. Tu vida me ha inspirado y he aprendido tanto de ti que no hay palabras para agradecerte —tragó por un momento y luego continuó—. Nunca vi a Atahualpa tan feliz como cuando regresó de ese viaje del norte contigo. Hiciste que un joven indeciso y capaz se convirtiera en un hombre completo, en un líder sabio y sagaz. Gracias, hermana, nos veremos pronto. Él le sonrió y ella le soltó las manos y siguió caminando hacia el frente. Tomó entre sus manos el collar del coral rosado que ahora colgaba de su cuello y que Atahualpa le había devuelto en uno de los intercambios con Lusán. La bruma del agua la cubrió, la elevó. Las nubes se abrieron y una luz brillante nos arropó a todos. Ella sonrió y no sabía si subía o bajaba, solo sentía la voz de Atahualpa, que la cubría, y el calor de su amor, que la abrazaba. Entre el estruendo del agua, se escuchó:

—Te amo, mi amor. Nos conocimos en una cascada y el agua otra vez nos va a unir —y solo la escuché decir—: Nos veremos en otros vientos y en otros mares. Y no puede verla más.

* * *

La votación final

Como Kate me lo había dicho antes, hoy por la madrugada comenzó una tormenta de nieve mucho más intensa. Las ráfagas de viento son tan fuertes que parece un huracán con nieve y granizo a la vez. Los locales nos decían que nunca habían visto algo así. La pobre gente sigue afuera protestando con máscaras y abrigos sobre abrigos para cubrirse del frío, pero no se rinden ni se van. Enciendo el televisor y veo las noticias. Me doy cuenta que las mismas protestas se estaban repitiendo en los otros estados de los Estados Unidos. También está pasando lo mismo en Asia y en otras partes del mundo. Las grandes ciudades de lo que queda de Europa están paralizadas por las mareas de gente que protestan. Las policías no se dan abasto. "¿Qué está pasando? ¿Será posible?". Estaba verdaderamente preocupado.

—Ey Frank…, amor, buen día. ¿Qué pasa? ¿Qué es ese bullicio? Me dijo Kate al despertarse. Tenía un fuerte dolor de cabeza que no le permitía hablar por todo el alcohol que ingirió la noche anterior y que creo que no recuerda.

—No sé, al parecer la gente se está dando cuenta. Mira —le dije subiendo el volumen de las noticias de la televisión.

—Baja, baja eso, Frank… que no puedo con mi dolor de cabeza. Por favor, pásame agua y algo para este dolor que me mata —me dijo poniendo sus manos sobre su cabeza.

—Aquí están el agua y las pastillas, Kate. Voy a ordenar una sopa de pollo y café negro. No te levantes —le dije. Aunque no la ame, no significa que no la aprecio como para no preocuparme.

—Frank, es que veo tanta pasión en esa gente, que no puedo creerlo —me dijo luego de tomarse las pastillas que le llevé. Si ellos supieran todo lo que yo sé, estoy segura de que sus líderes optarían mejor por la estrategia que utilizó Atahualpa hace mucho tiempo —me dijo con una sonrisa en la boca.

—¿Sabes lo que hizo Atahualpa cuando llegaron los españoles a América del Sur? —me preguntó persiguiéndome a la cocina de la *suite* mientras se llevaba las manos a la cabeza por el dolor.

—No Kate, no recuerdo lo que hizo, dime.

—Pues ese indio mal parido se llevó a la tumba todos los secretos de los astros, de la medicina y de la tecnología de esa época. Sin tener microscopios o saber de átomos, usaban la naturaleza como medicina para su salud y longevidad. Todavía hoy, hay grupos de indígenas en Vilcabamba que viven sanos toda la vida y mueren a los 120 años de viejos, pero lúcidos. En esas épocas ya una de las tribus que conformaba el imperio de Atahualpa, la cultura la Tolita fundieron y utilizaron el platino. No solo oro o plata, sino platino. Esos Incas construyeron un sistema de carreteras en la que una noticia podía salir de Quito y llegar al Cuzco en aproximadamente ocho días (alrededor de, ¡2500 kilómetros de distancia!).

Los incas guiaban sus vidas con los detalles del sol, del magnetismo y del universo. Ellos sabían cómo levantar rocas que pesaban toneladas y llevarlas a sitios bien lejanos en el tope de los Andes, para construir templos a su dios Inti. Sabían cómo disolver la superficie de las piedras grandes y moldearlas a su gusto. Cortaban las rocas como si fueran gelatina, como si tuviera *lásers* y con una precisión única caían una junto a la otra, como Legos, sino mira las paredes perfectas de Ollantaytambo, o las de Sacsayhuaman, o las ruinas de Queqo Grande, o las increíbles edificaciones de Machu Picchu en el Perú.

—¿Te imaginas las armas de destrucción masiva que hubiéramos podido crear con esa tecnología? ¿Cuántas guerras hubiéramos podido ganar? Tenían los mapas para contactarse con los visitantes del espacio. Porque hay evidencias que demuestran esas visitas. ¿Te imaginas toda la sabiduría? Tantas y tantas cosas que nunca sabremos, que perdimos —dijo golpeando airadamente la mesa de la cocina—. Pero esos secretos que ellos poseían nos hubieran ahorrado siglos de espera y desarrollo —acotó tomándose la cabeza con las manos por el dolor que no cesaba.

Kate no sabía qué más decir. Se levantó y miró por la ventana del piso doce del hotel. Miró hacia el paisaje de izquierda, no lo disfrutó, pues no podía prestarle atención. Miró para el otro lado y fue igual, sus ojos miraban algo, pero su mente observaba una y otra vez esa imagen de la gente protestando, que la aterrorizó. No quería ni pensar que tal vez esas manifestaciones podría detener la votación final. Fijó su mirada hacia las casas que se veían a lo lejos. Luego miró hacia las montañas, donde se acaba el horizonte, donde se pierde la montaña nevada. Simplemente quería huir, volar. No estar ahí; no ser ella.

Regresó su espalda a la ventana y me dijo:

—Yo pensaba que podíamos controlarlo todo, pero no es así. "La Hermandad" de ese tiempo de la conquista de América era una organización muy insípida, pero bien posicionada y estaba en desarrollo. Los reyes de entonces no apoyaban mucho nuestra visión y nos costaba convencerlos, pero los líderes de hoy se venden a cualquier precio. Nuestra mejor jugada durante todo este tiempo fue cambiar la mesura y la sobriedad del *ser* por la abundancia y la urgencia del *tener* en la sociedad. Ayudamos a la sociedad a que moviera el enfoque de su atención. Todo se movió de centro. Hoy, el enfoque de la sociedad es de afuera hacia adentro, en vez de mantener la conversación que tenía la sociedad de antes con su yo interior y que los llevaba a controlar lo de afuera. Poco a poco, fuimos trabajando para que la base gregaria de la política se fuera debilitando, pero finalmente se socavó. Ahora la naturaleza está haciendo el resto. Nos ha costado influir y controlar a la sociedad y guiarla con lo que ahora llamamos "los patrones del algoritmo de la ciber política y la sociedad conectada". Hace cuarenta años, lo poco que lográbamos era porque seguíamos utilizando la fuerza militar de las dictaduras junto a las medidas macro geopolíticas, el chantaje de la deuda externa. Hoy, con las redes sociales y con todos estos avances en la comunicación y la tecnología, la política cibernética es más sencilla. Sin embargo, con todo eso que hemos avanzado, no nos ha permitido todavía controlarlo todo ni a todos. Ahora hay menos influencia de la familia filogenética y más homogeneidad de las masas —continuó explicándome desde la mesa de la cocina de la *suite* presidencial—.

—Ese Atahualpa, para su época, imagínate, era el año 1533, supo usar ese concepto original de política. Su mesura y sus valores casi religiosos sobre la naturaleza le dieron el enfoque.

En apenas ocho meses, al final de su cautiverio, durante su juicio, él supo argumentar en su defensa, no en quechua o en pukina, sino ¡en el lenguaje español! ¡Así, tal y como lo oyes! —hizo otra pausa, tragó en seco y comenzó a sorber el café caliente que le serví y continuó.

Atahualpa hizo el mejor trabajo de contraespionaje que jamás hayamos visto. En apenas ocho meses, espió desde adentro y consiguió la información que necesitaba para tomar la decisión política más grande de la historia de la humanidad. Alguien me puede explicar, ¿cómo lo logró? Imagínate, sin caballos, sin carros, sin teléfonos, sin aviones, sin internet, sin celulares, ¡sin redes sociales! ¡Por Dios! ¿Cómo logró comunicarse con todo el imperio en tan poco tiempo? Desde el sur de Colombia, hasta el centro de Chile. Desde la costa del océano Pacífico hasta las entradas del Amazonas. Cuando tomó la decisión más radical desde su encierro, todo se ejecutó. No permitió que nadie lo traicionara. Acabó con sus caciques iluminados, con sus ancianos conocedores de las ciencias y la tecnología y con toda esa información maravillosa que tenían de las estrellas. ¿Cómo logró alinear a todos los incas sabios desde su prisión? Se lo llevó todo al otro mundo…, se los llevó a todos con él. Imagínate, él desapareció alrededor de tres millones de incas de la noche a la mañana. Nadie supo qué pasó con ellos.

Atahualpa supo gobernar y supo jugar su ajedrez. Su amor por su gente lo hizo *ser*; no le importó *tener*. Lo tenía todo y lo apostó todo. Supo ganar sin ganar. A veces la victoria no consiste en quedarse hasta el final… sino en llevarse lo que realmente importa. Un pueblo entero lo siguió. Como Atahualpa diría: "hasta donde la mano extendida alcance el cielo"